冬の翼

森　詠
Mori Ei

文芸社文庫

冬の翼《つばさ》

人が戻ろうとするのは場所ではない。場所は、もう、そこに存在する必要すらない。人が戻ろうとするのは、自分の思い出のなかへなのだ。

――ウィリアム・フォークナー

そなたが終わらせることのできなかったもの、それがそなたを偉大にするであろう。

――ゲーテ

1

母さんが死んだ。

ぼくがその知らせを受け取ったのは、群馬県の山の中でログハウスを建てている時であった。

梢の間から白煙をあげる白根山の頂が、からりと晴れ渡った青い空に、くっきりと姿を現わしていた夏のある暑い午後のことだ。

ぼくはちょうどその時、立川さんと一緒に梁《はり》にまたがり、最後の桁《けた》の取り付けをしていた。自転車で汗をかきながらやって来た立川さんの奥さんが下からぼくたちを見上げ、手を振って叫んだ。

「降りて来て、未来《みらい》くん」

「ちょっと待って。いま大事な仕上げのところなんだ」

立川さんは桁を切りこみにハンマーで叩き入れながら大声で叫んだ。ぼくは奥さんの目が赤く潤《うる》んでいるのを見た瞬間、悪い知らせなのを直感していた。

棟木《むなぎ》を伝って下に飛び降りた時も、いつもならしっかり着地できるのに、膝頭が震えていて思わず、砂利の地面にころんでしまった。

立川さんも奥さんの顔を見て、ただならぬ気配を感じとったらしく、何もいわずに下に降りて来た。ぼくに駆け寄った奥さんは、手にした電報を震えながら差し出した。

「お母さんがとうとう……」

奥さんは言葉をつまらせ、立川さんと顔を見合わせた。

ぼくは覚悟していたものの、その電報を受け取った時、一瞬目の前に雷でも落ちたような白い閃光が走るのを覚え、目がくらんで何も見えなくなってしまった。本当は見えてはいたのだが、あたりがモノクロのネガフィルムのように反転し、陰画の世界になってしまったのだ。

ぼくはその時、まばゆいほど白い世界の中で、大きな黒い揚羽蝶《あげはちょう》がひらひらと舞っているのを見た。それは雨に濡れたような光沢を帯びた羽を動かしている蝶で、ゆっくりとあたりを舞いながら、中空にかかる黒々とした太陽に向って飛んで行こうとしていた。

揚羽蝶はスローモーションで、羽をひとあおぎするたびに、細かな黒い鱗粉を宙に撒き散らしていた。鱗粉は真白な空に、まるで虹のように棚引いて、蝶の航跡を作っていく。

静まり返って、まったく音のない世界の中で、ぼくはその黒い揚羽蝶の美しさに見とれていた。蝶はやがて高く高く舞い上がり、天に開いた穴のような太陽に吸いこまれて行ってしまった。

ぼくには、それがひどく長い時間のことだったように思えたが、ほんの一瞬のことだったらしい。立川さんがぼくを覗きこみ、

「すぐに東京に帰った方がいい。私たちも後から駆けつけるから」

といった。

ぼくはしばらくの間、返事ができなかった。あたりを見回し、たしかに見たはずの黒い揚羽蝶を一生懸命探していたからだ。

立川さんは、そんなぼくの様子を見て、ショックのあまり口が利けなくなったと思ったらしい。彼は優しくぼくの肩を叩き、慰めの言葉をかけてくれた。

不思議なことに泪《なみだ》は出なかった。

ショックだったことはたしかだが、これで母さんは長い間の苦しみから自由になったからだ。

ぼくの母さんは三年前からガンに冒《おか》されていた。それも普通のガンではない。血液のガンといわれる白血病だった。

母さんの病気を診た医師は、母さんのたった一人の肉親であるぼくを呼び、気の毒

そうな顔をしながら、母の命があと一年保つかどうか分らないと告げた。母さんはまだ若かったため、ガンの進行が早く、手遅れなまでに病状は悪化していたらしい。

医師からその宣告を受けた時、ぼくはまだ十五歳で、いま以上にひどいショックだった。足許にぽっかり口を開けた暗い奈落に、真っ逆様に墜落していく気分に襲われ、ぼくはその場に昏倒していた。

母さんは当時、三十九歳で、まだ人生の盛りを過ぎた年齢ではなかった。ぼくは神様の不公平さを呪った。もっと死んでもよさそうな年寄り連中はごまんといるのに、なぜ、ぼくの母さんだけ、そんな酷い目に遭わせるのか。どうして両親や祖父母までそろい、兄弟姉妹も沢山いる人たちが、こんな目に遭わず、母と子二人きりしかいないぼくたちだけが不幸にならなければいけないのか。

ぼくは一人ぼっちになるのが恐かったし、それにもまして、母さんが女として十分に幸せに生きることなしに死んでしまうのが可哀想でたまらなかった。

母さんは医師に診てもらう以前から、白血病に罹《かか》っていることに気づいていた。母さんのお母さんが——つまりぼくの祖母にあたる人だが——やはり白血病で亡くなっており、以前から、「私はきっとおばあちゃんと同じ病気で死ぬことになるわ」といっていたのだ。

祖母も母さんも広島に住んでいた。

原爆が落ちた時、母さんのお母さんは九ヵ月過ぎの身重だった。母さんのお母さんは空襲警報がいったん解除になった後、忘れ物を取りに防空壕に戻っていて助かったのだった。

家に戻っていた祖母の家族たちは――曾祖父も、母さんの兄弟姉妹たちも――全員が死亡してしまった。爆発のショックで祖母は産気づき、暗い防空壕の中で母さんを産み落とした。

その際、祖母も母さんも、たっぷりと放射能を被曝したのにちがいない。

それから十八年後の冬の寒い日、祖母は白血病で苦しみ抜いた末、全身の毛穴という毛穴から血を出して死んだ。母さんは当時、まだ生きていた祖父と一緒に祖母を看病していたから、同じ症状が自分の身にも出てきたのを知って、白血病に罹っていることを悟ったのだった。

祖父は戦地に出ていて原爆には遭わずに済んだものの、もともと躰が丈夫ではなく、祖母が亡くなってから数年もしないうちに、後を追うように亡くなった。

一人ぼっちになった母さんが、それからどんな生活をしていたのかは、断片的にしか分からない。上京して、独力で教育系の大学を卒業し、小学校の教諭になって働いていた。

その間に、母さんはどういうきっかけか、ぼくの父親になる男とめぐり合い、ぼくを産んだ。父親のことは、ほとんど覚えていない。ぼくがまだ二歳の頃に母さんとぼくを捨てて、ほかの女の許《もと》に行ってしまったという話を誰からか聞いたことがある。母さんは、なぜか、父さんのことになるとあまり話してくれなかったが、ぼくははっきりいって父を憎んでいる。

父には外国人の血が混じっており、普通の日本人より鼻筋が通っていて見かけもハンサムだったそうだ。ぼくも、おかげで同世代の友人に比べれば上背があるし、整った顔立ちをしていて、よくハーフかと聞かれることがある。女の子たちにも注目され、決して悪い気はしないので、その点では父に感謝しなければならないだろう。

ぼくの家系は祖母の代以来、片親の家庭になるべく運命づけられているのだろうか。そして、母さんもそうであったように、ぼくも母親に先立たれ、一人で生きて行かねばならぬ宿命を背負わされているのだろうか。

母さんの白血病に話を戻せば、死の宣告を受けてから、母さんは病にそう易々《やすやす》とは屈服せず、二つの夏を越し、三つ目の夏になる今まで生き延びた。それは、母さんの生きようとする強靭《きょうじん》な意志に負うところが大きかったようにぼくは思う。

母さんは、ぼくのことが心配で、そう簡単に死ぬわけにはいかないと口癖のようにいっていたのを覚えている。

母さんはあまり口には出さなかったが、この一年間の苦痛は耐え難いものだったらしい。白血病の進行に伴い、躰のいろいろな部分に内出血の紫色の斑点が現われるようになった。母さんは副作用の強い抗ガン剤を盛んに打たれ、脂汗を浮べながら、必死に耐えていた。

ぼくはしまいに母さんの苦しみを少しでも取り除きたいと医者に訴え、副作用のない別の薬に替えてもらったこともある。

その気丈な母さんも、ついに矢尽き、刀が折れてしまったのだ。ぼくは母さんの心配の種にならないように、自分の生活態度を変えたいと努めたが、母さんの生きているうちにその実績を見せるまでの段階には達しなかった。

ぼくは十七歳。本来なら、都立N高の二年生なのだが、去年からぼくはほとんど学校には行っておらず、結局、今春自主退学してしまった。

ぼくには友人らしい友人がほとんどいなかった。中学時代は成績も上の部類で、進学校のN高にも楽に入れる偏差値だった。勉強だって、決してきらいでもない。それなのに、なぜなのか、正門にまで来ると足がすくんでしまい、どうしても学校に入れなくなってしまったのだ。ぼくは学校をさぼるのを覚え、暇を見つけては盛り場をほっつき歩いた。はじめのうちは、担任の先生が毎日のようにぼくに会いに来て、学校に連れて行こうとしたが、一年も経つとあきらめてしまったらしく、道端で会っても、声もかけてくれなくなった。

　学校をやめてから、母さんの知人のつてで小さな会社に就職したが、一ヵ月もしないうちに仕事がつまらなくなり、母さんに内緒で辞めてしまった。その後も、ガソリンスタンドの店員とか、ファーストフード店の店員とか、次々に仕事を変え、ろくに尻の温まる暇もない状態が続いていた。

　母さんは、そんなぼくを見て将来を憂えていた。ぼくは今度こそ母さんに心配をかけず、じっくり腰を落ち着けて働こうと思うのだが、その決心も一週間と続かなかった。

　そもそも、ぼくに「未来」などという名前を付けたのが間違いなんだ。母さんと父さんが、まだ仲良く暮していた頃、二人でぼくを覗きこみながら名付けたらしいのだが、はっきりいってぼくは未来が嫌いだった。

　ぼくに未来らしい未来があるのだろうか、といつも疑問に思っていたし、いずれ母さんが死んで一人ぼっちになるのが分っている未来なんてバラ色とは思えなかった。

　その母さんがとうとう死に、恐れていた未来が現実のものとなった。母さんが死んだいま、ぼくは十七歳にして天涯孤独の身となり、これからはたった一人で生きていかなければならなくなったのである。

　立川さんの奥さんも、ぼくに急いで東京に戻った方がいいと勧めた。午後一時過ぎの特急に乗れば、長野原から東京上野まで三時間もかからない。長野原草津口駅までは、立川さんがパジェロを飛ばせば、発車時刻までに十分間に合うだろうというのだった。

ぼくはすぐに東京に帰るつもりにはなれなかった。

母さんが最期の半年間、入院していた大学病院には、母さんの親しい友人たちがいて面倒を見てくれているはずだし、きっと大阪の規夫おじさんが病院に駆けつけてくれるだろうと思った。

おじさんの新城規夫は、母さんやぼくが唯一親類づき合いしている人だった。規夫おじさんは、ぼくの母方の祖父の兄にあたる人の息子で、母さんとはいとこ同士の間柄にあった。二人とも年齢が近く子供の頃からのつき合いで、母さんが東京でひとり暮しをしている時、やはり上京していたおじさんにだいぶ世話になったと聞いている。

規夫おじさんは父親のいないぼくを心配して何かと目をかけてくれ、ぼくは規夫おじさんが父さんだったらいいな、と思っていた。規夫おじさんは私立のW大学を出た後、新聞社に入り、現在は大阪本社に勤めている。

ぼくがすぐに東京に帰りたくなかった理由は、ログハウスがもう少しで完成するところだったからだ。ぼくは母さんとログハウスが完成するまで絶対に東京には戻らないと約束していた。

これまで何でも中途半端にしかやってこなかったぼくとしては、今度こそ最後まで投げ出さず成し遂げようと決心していたし、初めて最後までやりとげられそうな気がする仕事だった。

ここでまたログハウスを自分の手で完成させずに帰京したら、母さんは天国に昇ってもきっと溜息まじりに、

「未来はどうして一つのことに最後の最後まで取組んでみようとしないのかしら」

と嘆くに決っている。

ログハウスはあと一、二日で完成する段階だった。後は屋根を葺《ふ》けばいいだけだったが、それも半ば仕上がっていたのだ。まだ屋根が出来ていないうちは、完成したとはいえないだろう。

ぼくがログハウスを建てるのは今度が初めてである。これまで大工の経験はないし、ノコギリやカンナ、ノミの類をいじるのも、みな初めての体験だった。そんなズブの素人のぼくに、根気よくログハウス造りを教えてくれたのは立川さん夫婦と、彼の仲間たちだった。

白根山麓の山中にログハウスを建てるという計画を立川さんから聞きつけたのは、母さんだった。立川さんの奥さんである阿佐子さんは、母さんの大学時代の親友だった。

立川貢さんは——阿佐子さんの夫だが——長野原に農地を買い入れ、自然農法——農薬を使わない有機農業を提唱し、仲間を集めてそれを実践していた。

母さんは病院に見舞に駆けつけた阿佐子さんから、ログハウス造りの計画を聞いたのだ。ぼくは初め、立川さんから「きみも手伝ってくれないか」といわれた時、それほど乗り気ではなかった。

立川さんは母さんから引っ込み思案のぼくのことを、草津の自然の中に連れ出し、汗をかかせて、一本立ちできる男にしてほしいと頼まれていたらしい。今年の夏を、どうやって過そうかと思っていた矢先だったこともあり、草津の山の中で暮してみるのも悪くないな、という軽い気分で行ってみてもいいと返事をした。

その時、母さんは駄目を押すようにログハウスを完成させるまで帰らないとぼくに約束させたのだった。いまから考えてみると、母さんはすでに死期を悟っていて、ぼくに自分のことで一夏を潰させたくなかったのだと思う。母さんは口ぐせのように「若いうちに何でもやっておくのよ。それがたとえ、社会的には多少悪いことでも、生きているうちに、好きなことをどんどんやっておくの。病気になったり死んでしまってからでは、人間はお終いなんだから」「他人のことよりも、まず自分を大切にしなさい。自分のことを大切にできる人は、必ず他人のことも大切にできるものよ」といっていた。

ログハウス造りを手伝いはじめて、ぼくは考えが一変した。何よりうれしかったのは、立川さんたちがぼくを一人前の男として仲間に入れてくれたことだった。ログハウスを建てる上で、ぼくは単なる手伝いではなく、不可欠な役割を任ったことだ。ぼくははじめこそ、立川さんたちの見よう見真似でチェーンソーを振ったり、ノミを使っていたが、終いにはぼく自身が工夫して、窓や仕切りを造ったりできるようになった。

自信を持っていえるが、あのログハウスの少なくとも半分はぼくが造ったのだ。だから、ぼくはなんとしてもログハウスを仕上げてからでないと帰れない、と思っていたのだ。そうでなければ、死に目にも会えなかった母さんに申し訳が立たなかった。

ぼくは立川さん夫婦に正直な気持を打ち明けた。立川さんはすぐにぼくの気持を分ってくれた。

阿佐子さんがぼくの代りに一足先に東京へ行き、規夫おじさんたちに事情を説明してくれることになった。喪主のぼくがいなくては、葬儀の段取りも進まなかったからだ。

立川さんは直ちに仲間たちを呼び集めた。突貫工事でログハウスを完成させることになったのだった。

その日、ぼくたちは、寝食をとるのも惜しんで、ログハウスの屋根を張る作業に全力をあげた。夜も発電機を使って作業を続けた。

ログハウスが完成したのは、翌日の午後遅くであった。わずか三間しかないログハウスだったが、ぼくは自分の手で建てた家の美しさに見とれてしまった。

ぼくは思わず飛び上がって大声で叫び山に吠えた。ぼくの躰に流れている何かの血が、その時、激しく騒いだような気がする。それはぼく自身が戸惑うほど、荒々しくも熱い血のざわめきだった。

それが何であったのかは、後で分るのだが……。

立川さんや彼の仲間たちも、大騒ぎで喜んでくれた。ぼくたちは早速、冷えたビールで乾杯した。ぼくは未成年ではあったが、この日ばかりは立川さんたちも、ぼくがビールを呑むのに目をつむってくれた。もっとも、ぼくは十五歳の頃から、母さんや大人に内緒でアルコールの味を覚えていたのだが。

立川さんはすぐに呑もうとしていたぼくを抑えていった。

「まず山の神様に感謝のお酒を捧げてからだ」

立川さんはそういうと、缶ビールを北西南東に少しずつ撒いて頭を下げた。ぼくも立川さんに倣って、同じように頭を下げて無事完成したことを感謝した。

それから、ぼくは一気にビールを干し上げた。立川さんはぼくの呑みっ振りに、目を細めていた。

ログハウスには、ぼくの名をとって「未来荘」という名前が付いた。ぼくは照れ臭かったが、はじめて未来という名前に誇りを感じた。

その日の夕方、立川さんとぼくはログハウスを前にして撮った記念の写真を胸に忍ばせ、上野行の特急列車に揺られていた。

車窓の外では真っ赤な夕陽が草津の山々を染めていた。ぼくは天に昇った母さんが喜んでくれているしるしではなかろうかと思った。

2

母さんの葬儀は、ぼくが住んでいる団地の集会所でしめやかに行なわれた。

ぼくは喪服代りの学生服を着て、母さんの柩の前に坐り、焼香に訪れる人たちに何十回、何百回となく頭を下げていた。ぼくの傍には、規夫おじさんが正座し何かとぼくに助言をしてくれた。友人代表として立川さん夫婦も、一緒に並んで坐っていてくれたので、ぼくは少しも心細い思いはしなかった。

柩の上には完成したばかりのログハウスの記念写真が飾られてあった。ぼくはその写真を見るたびに、母さんとの約束を果したことに満足し、もう少し長く母さんが生きていたらよかったのにと思わずにはいられなかった。

母さんの死に顔は、薄化粧していて、心なしか微笑んでいるように見えた。生前の元気な頃に比べ、だいぶ頬はこけ、やつれてしまってはいたが、昔ながらの優しさに満ちた美しさは残っていた。苦しみから解き放たれた安堵感に満ちた穏やかな死に顔だった。

母さんは大好きなバラやカーネーションの花に包まれて横たわっている。そのせいか、部屋の中は線香の匂いと一緒に、むせかえるような花の芳香で満ちあふれていた。

さまざまな参列者たちが、ぼくの前に代る代る立ち止り、弔辞や励ましの言葉をかけてくれたが、ぼくにはまるで別の世界の出来事のようにしか思えなかった。ぼくはただ機械的に頭を下げ、口の中で意味のつながらぬ言葉を呟き、お礼をいってまた頭を下げる。

参加者には見覚えのある人たちの顔もあったが、その大部分は見知らぬ人たちばかりだった。生前、母さんがこんなに沢山の友人や知己を持っていたのかと思うと驚きだった。

なかには焼香の後、ぼくの顔をまじまじと見ながら、

「本当にお父様そっくりになられて……」

と涙ぐみ、ハンカチを目頭にあてて去っていく女性もいた。男の弔問客の一人は、そっと規夫おじさんに近寄り、ぼくに聞かれてはまずいのか小声で、

「あいつには知らせたのかい？」

ときいた。ぼくは聞えぬ振りをして、次の人に頭を下げたりしていたが、規夫おじさんがはっきりした声で、

「知らせようと思ったが、どこにいるのか分らないんだ。いずれ、明美さんの亡くなったことを知ったら、彼の方から何かいってくるだろう」

と答えた。ぼくは規夫おじさんにこそこそと話しかけている男をにらんだ。男は母さんの友人で松平という名前だったのを思い出した。松平はしかめ面をしたまま、ぼくがにらんでいるのにも気づかずに、大股で立ち去った。

明美は母さんの名前である。「彼」は父のことにちがいない。ぼくはたとえ父がどこにいるのか分っていても、母さんが死んだことを知らせるつもりはなかった。ぼくたちを捨てていった父に、なぜ知らせる必要があるというのだ？　十五年以上も母さんを顧みなかった男に葬儀に出る資格などはない。

たとえ、血が繋がっていたとしても、ぼくにとって父などなきに等しい存在だった。もしこの場に、父が現われるようなことがあったら、ぼくが祭場に入れないだろう。

力に訴えてでも追い出してやる。

　規夫おじさんは優しくぼくの肩を叩いた。

「何故そんな恐い顔をしている？」

「何でもありません」

　ぼくが松平の去った出口に、いつまでも目を向けていたのに規夫おじさんは気がついたのだった。ぼくは目の前で深々と頭を下げた初老の婦人に慌ててお辞儀を返した。

　変な客といえば葬儀の終り頃にやって来た二人連れの男たちも妙な客だった。二時間あまり坐りずくめだったので足が痺《しび》れ、まるで感覚が無くなった時分に来た男たちだったので、よく覚えている。

　何よりも妙に思ったのは、それまで終始穏やかな表情を崩さなかった規夫おじさんの目が、男たちを見て、険しくなったことだった。その表情には、ありありと男たちへの不快感が浮んでいた。

　一人は五分刈りの坊主頭をした中年の男で、猪首のがっしりした体格。もう一人は背が高い若い男だった。二人とも普通のサラリーマンが着るような背広を着ていたが、一見してサラリーマンとは違った臭いを漂わせていた。

　物腰は丁寧だったが、頭を下げてもあたりを窺うように鋭い目で一瞥《いちべつ》する。二人は母さんの柩の前で合掌し、形通り焼香を済ませると、ぼくたちの前に足を進めた。

「きみが息子の未来くんかね」

坊主頭の男は口許の端に薄笑いを浮べ、人を見透《みすか》すような目でぼくを見た。

「ええ、そうですが」

ぼくは相手の眼光の鋭さに、一瞬気後れしながらも視線をはずさずに答えた。通りすがりに不良に眼《ガン》を飛ばされたような気分だった。

「お母さんは気の毒したね。それで、親父さんからは連絡が入ったのだろう？」

坊主頭は有無を言わさぬ態度でいった。ぼくはまた父のことかと腹を立てた。もう一人の若い男も脇から威圧するように肩をいからせて、ぼくをにらんでいた。まるで犯罪者を前にしたような目付きだった。

「この子は、彼のことは全く知らないんだ。こんな席で非常識だとは思わんのか」

規夫おじさんは静かだが力のこもった口調で二人をたしなめた。ぼくはびっくりして規夫おじさんを見つめた。葬儀に集っていた参列者たちの視線が一斉に規夫おじさんと二人の男に注がれるのが分った。

「やあやあ。失礼」坊主頭は急に目を和らげぼくたちに頭を下げた。「いずれ、ご協力願いたいと思いましてね。今日は挨拶代りにご焼香させていただきました」

坊主頭は若い男にちらりと目配せし、出口に歩いて行った。

「誰です？」ぼくは不機嫌な顔の規夫おじさんにきいた。

「――刑事だよ。私も何度か見かけたことがある」

「刑事？」ぼくは彼らの独特の刺すような目付きを思い出した。そういえば盛り場で時々見かける少年補導の私服たちが同じような目付きをしていた。

「どうして、刑事がぼくのところに？」

「――気にしないことさ。連中はそれが仕事なんだ。何をきかれても、知らないことは知らないといっておけばいい」

規夫おじさんは元の穏やかな表情に戻って次々と訪れる人たちにお辞儀をしては、お礼の言葉をくり返した。ぼくは時が時だけにそれ以上詳しくきくわけにもいかず、黙って頭を下げた。

葬儀は滞りなく終り、母さんの亡骸を火葬場に運んだ。

母さんは乳白色の骨灰となってしまったが、それでもぼくはまだ母さんがこの世に居なくなったということが現実には思えないでいた。

すべては夢を見ているような思いだった。世の中のあれこれのことが、ぼくの意志や考えを無視して、止めようもなく進展していく。一つひとつが見逃せぬ大切な画面なのに、次から次へと息つく間もなく展開して、消え去っていくのだ。

どこかで大声を出し、止めてくれと叫びたかったが、その声を出す暇もなかった。悪い夢を見ているのだと思った。ぼくはいつ醒めるとも分らない悪夢に翻弄《ほんろう》され、終始脂汗をかいていた。

　規夫おじさんや立川さん夫婦に付き添われ、狛江《こまえ》にある公団アパートの自宅に戻ったのは夕暮れ近くであった。生前母さんと親しかった人や近所の人たちが、賑《にぎ》やかに酒を酌み交わしていた。香典の集計をしたり、葬儀を取りはからってくれた人たちだった。

　ぼくは規夫おじさんに付き添われ、一人ひとりにお世話になった礼をいった。

　彼らは母さんの思い出話などをしんみりと話し合いながら、酒を呑んでいたが、夜になりあたりが暗くなる頃には、三々五々引き揚げて行った。

　結局、最後に残ったのは規夫おじさんと立川さん夫婦とぼくの四人だった。

　立川さん夫婦と規夫おじさんは旧知の間柄だったこともあって、母さんのことだけでなく、葬儀に顔を出した古い友人や知人たちの消息に話がはずんでいた。ぼくの知らないことばかりなので、ぼくは明日からいったいどうなるのだろうかとぼんやり考えながら、三人の話を聞いていた。

　開け放った窓から、近くを通る小田急線の電車の音が飛びこんでくる。夜になってようやく冷えた風が網戸をくぐり抜けて部屋に流れこんできた。

　ぼくは網戸にしがみつき羽をばたつかせている虫に気がついた。カナブンや蛾に交じって一匹の紋白蝶が羽をひらつかせていた。紋白蝶がどうしてまぎれこんだのだろう？　蝶は部屋の中の明りに惹《ひ》き寄せられたのか、羽根を何度もばたつかせては網戸の網にすがりつき、呼吸を整えるように羽根をゆったりと拡げたり閉じたりしていた。

ぼくは昼間、白日の下で見た黒い揚羽蝶を思い出していた。

「――未来くん、今日のきみは立派だったよ」

立川さんは頬髭をさすりながらぼくに話しかけた。

「え？」ぼくは何が立派だったのか分らなかった。

「お母さんは取り乱さなかったきみを見てきっと安心したと思うな」

「そう。私、心配していたわ。でも、あなたは泪《なみだ》も流さなかった。きっとがまんしていたのでしょうけど、さすが男の子だと話していたのよ」

阿佐子さんが感心した面持でいった。

いつの間にか話の矛先がぼくに向いていたのに気づいて、ぼくはどぎまぎした。何と返事していいものかも分らなかったからだ。

「これからのことだがね」規夫おじさんが眼鏡を押し上げて、ぼくにきいた。「きみはどうするつもりかな？」

ぼくはかぶりを振った。何も考えていなかったし、心の整理もついていなかった。

「どうだろう。未来くん」立川さんがいつもの訥々とした口調で、ためらいがちにいった。

「女房とも話していたんだが、うちに来ないか？　きみに手伝ってほしいんだよ。私たちと一緒にログハウスを造ったり、農作業をやってみないか？」

「――よかったら、私たちと暮さない？　私たちには子供がいないし、あなたのような人がいたら、毎日が楽しくなるわ」

ぼくは立川さん夫婦の親切な心づかいを聞いて、泪が出そうだった。うれしかったが、いつまでも人の好意にすがって生きていっていいのだろうか、という思いもあった。

「いい話だと思うな。立川さんのところで、もう一度、自分を見つめ直してみる機会をつくるのも大事だよ。そうすれば、学校に行きたくなるかもしれない」

規夫おじさんも賛意を示した。ぼくは慎重に言葉を選びながら自分の考えをいった。

「しばらく、時間を下さい。母の遺品を整理しながら、ひとりで少し考えてみたいのです。立川さんのところにお世話になるかもしれませんが、その前にやってみたいことがあるのです」

「ほう。何をしたいのかね？」

規夫おじさんが関心を示した。ぼくはただの思いつきを口にしただけだったので、答に窮してしまった。規夫おじさんは微笑んだ。

「いいたくなければ、それはそれでいい。自分の思う道に進むことが何より大事だからね」

　ぼくはそういう意味ではなかったのに規夫おじさんは誤解したらしい。

「そろそろ、帰らなくてはね。最終列車に間に合わなくなる」立川さんたちは腰を上げた。

　ぼくは立川さん夫婦に何と礼をいっていいのか、分らないほど感謝の気持で一杯だった。阿佐子さんがいった。

「未来くん、いいこと？　気持がはっきりしたら、いつでもうちへ来てね。明美の忘れ形見だもの。私にも息子同然なのよ。相談ならいつでものるわ。困ったことがあったら、迷わず私たちの所にいらっしゃい」

　阿佐子さんは目を潤《うる》ませ、ぼくの手を取って両手で包みこむように握った。ぼくは何もいえずにうなずいた。

「――待っているよ」立川さんはぼくの肩を叩いて笑った。

　ぼくはすぐにでも行きます、といいたかったがこらえて胸にしまいこんだ。

　立川さん夫婦が立ち去ると、部屋は急に静けさが増した。規夫おじさんは母さんの遺影に向い、線香を立てて手を合わせて祈った。

　ぼくはあらためて母さんの写真に見入った。母さんがまだ元気な時の顔で、幸せそうに微笑んだ写真だった。

「疲れたろう？」

「いいえ」

「――無理しなくてもいい。気が張っているから疲れたと感じないだけなんだから」

規夫おじさんは、ビールをグラスに注ぎ、ぼくに差し出した。

「呑もう。今夜ぐらいは、お母さんも許してくれるさ」

「――――」ぼくはグラスを押しいただくように受け取り、規夫おじさんのグラスにあてた。

「冥福を祈って」

ぼくはその声に一気にビールを呑み干した。

規夫おじさんは目を丸くして、ぼくの呑みっぷりを見ていたが、何もいわずにまたビールをグラスに注ぎこんだ。

「きみは呑み方まで、お父さんに似ているなあ」

「父の話なんですけど」ぼくは葬儀の時に現われた刑事たちを思い出した。「父は何をしたのです？」

「え？」規夫おじさんは不意を衝《つ》かれたのか、言葉に窮した様子だった。

「父は警察に追われているのですか？」

「お母さんから聞いていないのかい？」

「ええ、何も」

　ぼくは母さんの遺影に目をやった。母さんやぼくを捨てて逃げた男の話など聞きたくもなかった。だが、母さんはなぜ逃げた男の悪口を一度もいわなかったのだろうか？母さんが生きている間に父について二、三、話をしてくれたことはあったが、決して悪口ではなかった。むしろ、父がどんなに立派な男だったかという話だった。

「たしかにお父さんは警察に追われている。でも、それはお父さんが悪いことをしたからではないんだ。お父さんはむしろいいことをしようとしていた。警察の方が悪いんだ」

「警察が悪いことをするというのですか？」

「私たちが正義に適《かな》っていると思うことでも、警察や支配者から見ると不正義になることもあるのさ。法律に反していることでも、正義に適っていることがあるんだ」

「泥棒にも三分の道理があるということですか？」

「ちがう。法律自体が間違っている場合があるんだ。あるいは、法律を無理矢理にねじまげて人の行為にあてはめ、犯罪者に仕立てあげることがある。とくに権力にとって都合の悪い人たちを何としても取締りたいために、法律を悪用する人たちがいるのさ」

「むつかしい話だなあ」

ぼくは正直にいった。支配者とか権力とかについて、これまで一度も考えたことがなかった。警察官で感じの悪いやつがいるのは知っている。ぼくがバイクの免許を取ったばかりの時だ。友だちのバイクを借りて走っていたら、何の違反もしているわけでもないのに警官に停車をさせられた。警官はまるでぼくをバイク泥棒か暴走族のメンバーであるかのように横柄《おうへい》な態度で扱った。警官のなかには法律を盾にとって威張るやつがいることは知っている。

「きみのお父さんはバスクへ行ったんだ。バスクへね」

規夫おじさんはバスクという言葉に特別の意味があるかのように二度繰り返した。

「バスク？」

ぼくは心の中で何かがかすかにざわめくのを覚えた。バスクという言葉を、はるか遠い昔にお母さんから聞いたように思う。ぼくがまだ小学校に上がる前の頃だった。ぼくは近所のいじめっ子たちに寄ってたかって殴られたり蹴られたりしたことがあった。相手は小学校の高学年の子も交じった五、六人の子供たちで、ぼくはたった一人で立ち向った。いくら殴られ、地面に組み敷かれても、ぼくは泣かずにがまんしていた。

そこへ駆けつけた母さんが土にまみれすり傷だらけのぼくを抱きしめ、たしかにいったのだ。ぼくはバスクの子だと。バスクの子は泣かないんだって。その時、ぼくにはバスクという言葉が呪文のように聞えた。しかし、それ以来、母さんから二度とバスクという言葉を聞いたことがなかった。

「ああ、バスクなんだ。バスクは何か知っているだろう？」

「いえ、知りません」

「お母さんはバスクの話もきみにしなかったのかい？」

「聞いた覚えがありません」ぼくはかぶりを振った。規夫おじさんはビールをすすり、ひとりうなずいた。

「そうだったのか。しかし、もうきみは一人前の男だものな。バスクぐらい知るべきだろうな」

「バスクって何ですか？」

「地図にない国だ。スペイン北部とフランスの国境地帯にバスク語を話すバスク人が住んでいるんだ。ピレネー山脈の裾野や山間部に住んでいる人たちで、現在のスペインの祖父とされる誇り高い民族なんだ。いまではスペインの中の少数民族扱いされているが、バスクはローマにも征服されず抵抗し、スペインなるものを守ったし、イスラム教徒にイベリア半島が侵略された時代にも、バスクは屈せず、レコンキスタの先頭に立って戦い、スペインの国民性を統合するきっかけを作った」

「レコンキスタって何です？」

「世界史で習わなかったかい？」

「学校、きらいだったものだから」

ぼくは頭を掻いた。規夫おじさんは微笑《わら》いながら、レコンキスタについて教えてくれた。ぼくはレコンキスタがイスラム教徒に対するキリスト教徒スペイン人の祖国回復戦争のことで、それが今日のスペインを一つにまとめる歴史的に重要な要因となったことを初めて知った。

「どうして、父はそのバスクに行ったのです？」

「多分、故郷を見てみたかったのではないかな」

「故郷？」ぼくは規夫おじさんの話がすぐには呑みこめなかった。

「お父さんの躰には半分バスクの血が流れているんだ。彼は日本人とバスク人の混血児だった。だから、息子のきみには四分の一のバスク人の血が流れていることになる」

ぼくは母さんがいった言葉の意味をいまになってやっと分った。だから、母さんはぼくを抱きしめながら「バスクの子だから」と呟いていたのだ。

自分でいうのは変だが、ぼくは子供の頃から日本人離れした西洋人の面立ちをしているとよくいわれてきた。でも、ぼくは純然たる日本人だと信じていたし、母さんも一度として、ぼくに外国人の血が混じっていると教えてくれたことがなかった。バスクの子だといった時ですら、母さんはそれ以上、その意味を教えてくれなかった。

　ぼくは自分の躰の中に異民族の血が流れていると思うと、奇妙な感じがして仕方がなかった。ぼくが漠然と他人とは違う感覚を持っているような気がしていたのは、バスク人の血のせいだったのだろうか。民族の血の違いなど考えたことがなかったので戸惑いを覚えた。

「驚くのも無理ないが、きみが日本人であることに変りはないよ」

「ええ」ぼくはまだ自分にバスク人の血が流れていることを実感できずにうなずいた。いわれなくても、ぼくは日本人以外の何者でもないと思っていたのだ。

「きみの父さんは悩んでいたがね」

「何を悩んでいたのです？」

「自分がバスク人であるのか、日本人であるのか、というアイデンティティの問題だよ。だから、思うに彼はスペインのバスクに自分の根《ルーツ》を探しに行ったのではないか、と思うんだ。つまり、その手がかりとして、彼は失踪した彼の父親を探しに行ったのだろうと思うね。きみの祖父《おじい》さんを探しにね」

「ぼくの祖父さんをですって？」

　ぼくは素頓狂な声をあげたのが恥ずかしかった。考えてみれば、父が混血児《ハーフ》ということであれば当然のこと、祖父か祖母のどちらかがバスク人になる。そんなことに気づかずにいたぼくは、やはりバスク人の血が流れているという事実にショックを受けていたのだろうか。

「祖父さんについても聞いていないのかい？」

ぼくはかぶりを左右に振った。思い出すのは母方の祖父母の話ばかりで、父方の祖父母についてはなぜか母さんは話してくれなかったのだった。ぼくは母さんが死ぬ前に、どうしていろいろ大事なことを話してくれなかったのだろうかと、少し淋しくなった。

規夫おじさんは溜息を洩らしたが、祖父母夫婦について知っていることを話してくれた。

祖父は新城兵馬という医学生で、一九三〇年代にパリに留学していた。そこでどういう経緯か分らないが、美しいバスク人娘とめぐり逢った。そのバスク人娘と兵馬の間に生まれたのが、父の誠だった。

誠を生んだバスク人娘は第二次世界大戦の最中に亡くなったらしい。祖父の兵馬は敗戦後、数年たってから誠を連れて帰国している。そこで祖父は、実妹のはる子に息子を預けて再びフランスに戻って行った。

その後、兵馬ははる子に思い出したように手紙や仕送りの金を送っていたらしい。それがある年の冬、一通の手紙を送って来たまま、消息不明になってしまった。最後の手紙はスペインのバスクの町から出されたものだった。

「祖父さんはどうしたというのです？」

話を聞き終ったぼくが、最初に発した問いはそれだった。

「きみのお父さんも同じことが気になっていたのだよ。彼は酒を呑んだりすると、よくそんなことを洩らしていた。きみの父さんがバスクに行くという話を聞いて、真っ先に思い出したのはそのことだった」

「父も、祖父さんと同じように失踪してしまったというのですか？」

「うん。親子二代にわたって、バスクに消えたことになる。ミイラ取りがミイラになってしまったんだ」

「母さんとぼくを捨てて、別の女の許に走ったと聞いていたんですけど」

規夫おじさんは黙ってビールを呑んだ。ぼくは規夫おじさんがまだ何か知っていて、ぼくに話してくれないのを感じた。男と女の間の問題もからんでいるのにちがいない。ぼくだって一人の男として、男と女の関係については人並みに知っているつもりだった。

「——必ずしも、お父さんを責めることはできないと思うな。きみはお父さんを憎んでいるかい？」

「自分でも分らないのです」

ぼくはあらためて考えてみたが、父に対する実感がまったくなかったのだ。好きか嫌いかといわれても、父の顔さえまったく知らないのに、答えようもなかった。母さんを捨てて別の女の許に走ったということだけならば、そんな父は好きになれないだろう。だが、話の様子からすると、単純に別の女の許に走ったのでもなさそうだったからだ。

「父にいったい何があったのですか？」

規夫おじさんはゆっくりかぶりを振った。

「――きみの母さんは知っていたのかもしれないが、私は聞いていないんだ。遺品の中に、お父さんからの手紙なんかがあるかもしれないし、日記かなにかに書かれているかもしれない」

「遺品を後で整理してみるので、その時調べてみます」

ぼくは母さんが日頃使っていた机やガラス戸の本箱を見やった。机の上には病院から引き取った母さんの身の回りの品が並んでいた。

「まだぼくには分からないのですが、どうして父がバスクに行ったことで、刑事が聞きに来るのですか？」

「警察はきみの父さんがバスクに行って何をするのか警戒しているからだよ」

「警戒？　どういうことなんです？」

規夫おじさんは何から話していいものか考えているような面持だった。

「昔、彼も私も大学生時代に、同じ党派に属して学生運動をしていたのさ」

「トウハ……?」

　ぼくは意味が分らなかったので聞き直した。

　規夫おじさんは微笑み、「党派」について教えてくれた。あまり興味が湧かない話だったが、よく新聞に出ている過激派の記事を思い浮べ、そんなものの一種だとぼくなりに理解した。

「母さんも過激派に入っていたのですか?」

「過激派ねえ」規夫おじさんは苦笑した。「きみの母さんは入らなかった。明美さんは文学サークルのメンバーで、私たちの運動に同情を抱いていただけだ」

「そうだったんですか。でも、そんなことは学生の頃の話でしょう?　それともいまでも父やおじさんは過激派なのですか?」

「私は過激派に関係が無い。もう、そんな若さもない。その過激派という言葉だが、問題のある言葉でね」

　規夫おじさんはビールをすすりながらいった。

「どうしてです?」

「過激派というのは、権力——つまり警察や体制側が学生たちの運動を、他の人びとの運動から孤立させるために使っている面もあるからなんだ。過激派というと、暴力的で急進的すぎ、危険な響きがあるだろう？　一般の人びとがついて行けそうにないような極端に偏った思想や主張を持った特殊な人たちのように聞こえないかい？」

「いわれてみれば、そんな気もしますね」

ぼくはうなずいた。

「私たちはたしかに躰を張って、学生運動の先頭を切って闘ったけれども、大多数は普通のなんでもない学生だった。世の中が少しばかり見えて来て、社会の矛盾やら不正義、不平等といったことに黙していることができなかった良心的な学生が大半だった」

規夫おじさんは大きな溜息をついて、ビールをぼくのグラスにも注いだ。

「たいていの学生は大学を出ると、すっかり学生運動のことなど忘れて、文句をいっていたはずの体制社会の中にどっぷりつかってしまった。かくいう私もその一人さ。だが、きみの父さんはそれができない男だった」

「――――」ぼくはグラスのビールを口に含んだ。

「彼は私と違って大学を出た後も、党派から抜けるようなことはしなかった。彼は党派を信じて、山谷や釜ケ崎のドヤ街に潜りこみ、未組織の日雇労働者を支援して、労働組合を作ろうと活動していたんだ。その頃――七〇年安保が不発に終った後のことだが――彼の属していた党派は分裂に分裂を重ねていて、ある者たちは国外に革命の根拠地を作りに出て行き、残ったある者たちは国内で真剣に爆弾闘争や銃を使っての戦争をやろうと考えたんだ」

　ぼくは規夫おじさんの話を呆然として聞いていた。ぼくにはまるで無縁な遠い国での出来事のように聞えてならなかった。

「ところが、彼が信じていた党派は、ある寒い冬、北関東の山中で仲間殺しをし合ったあげく、とうとう自滅してしまった。彼はそれを見て、運動を止めてしまった。しばらくの間、何もせずにいたが、ある日、彼はスペインに行くといいだした。そんな経緯があったので、警察は彼が国外に脱出し、アラブにいる昔の仲間たちと合流したのではないかと見ているんだ」

　規夫おじさんは言葉を切った。ぼくはきいた。

「父はバスクへ行ったのではないのですか？」

「私は彼がバスクへ行ったと信じている。しかし、警察はそうは思っていないのさ。だから、まだしつっこく父さんの所在を聞こうとしているんだ。彼らは疑い深い連中なんだ」

　ぼくは規夫おじさんの説明が十分分ったわけではなかったが、一応納得した。

「もっとも、彼のことだからな。バスクで何をしているかは、分らないけどな」

　規夫おじさんはぽつりと呟くようにいった。ぼくは昼、訪ねて来た刑事たちを思い出した。彼らにつきまとわれているなんて、考えただけでも不愉快な気分だった。今度、彼らが来たら、父のことなんか何も知らないと怒鳴りつけてやろうと思った。

3

翌朝、規夫おじさんは新幹線で大阪に帰って行った。

一人取り残されてしまうと、母さんのいない部屋はひどく広々としていて落着かなかった。空気まで重く沈んでしまっている。

ぼくはがらんとした畳の間に寝ころび、一日中、ステレオをヴォリューム一杯にしてジョージ・マイケルやブルース・スプリングスティーンを聞いた。母さんが好きだったジョン・レノンやビートルズのレコードを何度もかけた。

寝ころんだまま窓の枠に切り取られた四角な空を眺めた。箒で掃いたような筋がついた雲が高い空にかかっていた。まだ夏の終りだと思っていたのに、知らぬ間に秋の気配が忍び寄っている。

これから、ぼくはどうなるだろうと、ふと思ったりもしたが、なるようになるさという、もう一人のぼくの囁きに従い、頭を空っぽにして何も考えないことにした。電話が何度もかかって来て、虚《うつ》ろな音をたてたがぼくは出なかった。誰とも口をききたくなかった。食べるのさえ面倒だった。食欲がまるで湧いて来なかった。

夜になり、時計の針が十時を過ぎる頃になって、ようやく腹が空いたので、湯を沸かし、台所の食器棚にあったカップヌードルを作って食べた。インスタント・コーヒーの瓶の底にこびりついていた粉をスプーンでカップにそぎ落し、湯を注いで呑んだ。

夜が更け、ステレオのヴォリュームを絞ると、ひんやりした闇がぼくに迫ってくるのを覚えた。部屋という部屋の明りを点けたが、ちりちりと鳥肌が立ちそうな肌寒い感覚を遠ざけることはできなかった。

夜半も過ぎた頃、雨が窓を叩きはじめた。風が出て来たらしく、時折、電線を唸らせて激しく窓を揺する音が響いた。窓ガラスに雷光が白く映えたが、雷鳴はブルース・スプリングスティーンの絶叫に消されて聞えなかった。

雨が窓ガラスの表を伝わり流れ落ちる様子を見ているうちに、泪が浮んできた。その時になって、不意にぼくはこの世界にたった一人きりになったのを覚えた。それは暗くて深い井戸の底に取り残されたような心細さだった。あるいは衝立のようにそびえる絶壁の頂に立ち、目もくらみそうな深い谷底を覗きこむ時のような心細さというべきものかもしれない。

ぼくはベッドの中にもぐりこみ、母さんの髪の匂いが残っている枕に顔を押しつけて嗅いだ。泪が抑えようもなくあふれて止まらなかった。

目が醒めると、夜来の雨が嘘だったかのように晴れ上がっていた。

ぼくはひと眠りしたせいか、いつもの元気を取り戻していた。起きた時がすでに昼近かったせいで腹は空腹を訴えていた。戸棚にあった食パンをトースターに放りこみ、こんがりと焼きあげ、マーガリンをたっぷり塗りこんで頬張った。ガスレンジで温めた牛乳をカップに注ぎベランダのテーブルに運んで呑んだ。

母さんの部屋に入り、机に坐った。机や本棚の引き出しを開けたり、中の私物を見るのがひどく後ろめたかった。どこかで母さんが見ているような気がしてならなかった。

母さんはぼくと違って几帳面《きちょうめん》な性格で、机の引き出しや本箱の中は、いつ誰に見られても恥ずかしくないほどきちんと整頓してあった。

ぼくは病院から持ちかえった遺品の中から、紫色の風呂敷包みを見つけて、結び目を解いた。包まれていた中身は、近眼鏡、愛読していた詩集や文学雑誌、それに何冊もの小説の単行本だった。病床でも母さんは死ぬ間際まで本を手放さなかったのだ。

ぼくは母さんの近眼鏡を目にかけた。途端にあたりの何もかもが遠のいて小さく見えた。こんな物でどうして字を読めるのだろうかと思った。眼鏡を掛けた鼻の許がむず痒《がゆ》くなり、眼鏡をはずして机の上に置いた。

本箱の単行本の間に一冊の手垢《てあか》のついた分厚い本が挟まっていた。背表紙は黒ずんで文字が消えていた。ほかの単行本はまだ新しいものばかりだったので、その本だけがひと際、古ぼけて見えた。

その本を抜き出した。表に薄くなった金文字で、〝ＥＶＳＫＡＤＩ〟というローマ字が並んでいた。金文字のところどころがはげて読みにくくなっていたが、たしかにＥＶＳＫＡＤＩと読める。その文字の下にもローマ字で何かが書かれていたが、かすれ過ぎて読めなかった。

本の間から何かが床に落ちた。セピア色になったモノクロの写真が一葉、それに比較的新しいカラーの写真が一葉、それと開封した航空郵便だった。

ぼくはカラーの写真を覗いた。若い頃の母さんとがっしりした体格の男が並んで写っていた。男の腕に赤ん坊が抱かれていた。夏らしく男は開襟シャツ姿で、母さんは白いブラウスに黒のタイトスカートを着ていた。公園か団地の遊園地で撮ったスナップ写真だった。

男を一目見た時に、ぼくの父だと分った。顔立ちがぼくにそっくりだったし、ぼくが後十年もたてば、こんな顔の大人になるような気がした。父の写真を見た記憶はほとんどない。母さんは何冊かアルバムを持っていたが、その中にはなぜか父の写真は一葉も貼りつけてなかったのだ。

ぼくは母さんがこんなに明るくにこやかな笑みを浮べているのを初めて見た。母さんは父の腕に手をかけ、赤ん坊のぼくを見つめていた。

赤ん坊のぼくはといえば太陽の日射しが眩しすぎるのか、しっかりと目を閉じていた。眠っているのかもしれない。父は持ちなれぬ危なっかしいものを持って戸惑っているかのようだった。

もう一葉の写真は、かなりの時代ものらしかった。そこには二人の青年が写っていた。一人は背を丸め、憂鬱そうな顔で手を腰にあてていた。その顔に見覚えがあった。カラー写真の父やぼくの顔にどことなく造作がよく似ているのだ。

もう一人は髯面のいかつい顔の青年で、彼は道端の岩に腰かけていた。二人ともゲートルを足に巻き、汚れた軍服のようなものを着ている。山道の途中で撮ったらしく、背後の遠景には雪をいただいた嶺々が写っていた。険しい頂だが美しい山々だった。二人の足許には二挺の銃が岩に立てかけてあった。

写真の裏には鉛筆で兵馬（二十七歳）、北条勇人（二十六歳）と記してあった。兵馬は祖父さんの名前だ。一九三八年九月「ピレネーを背にして」という文字もある。

ぼくは祖父さんと北条という男の顔をまじまじと眺めた。軍服のようなシャツはよれよれで、二人とも疲れ切った顔をしていた。二人はなぜこんな所にいるのだろうか。

ぼくは新しいカラー写真と並べて見比べた。

祖父の兵馬と父の誠の顔は、そっくり似ているというわけではないが、濃い眉毛や目許、鼻の形や顎からうなじにかけての線に、共通点があった。目付きや口許、額のはえぎわのあたりが違うのは、父が母方の血を引いているからなのだろう。

航空郵便の封筒に日が当った部分は、黄色に変色しかかっていた。表の宛名は母さんの新城明美様となっていた。封筒の裏を返した。予想通り、新城誠の文字があった。手慣れた綴り字で住所が記《しる》してあった。最後の文字だけはフランスだと分った。日付が一九七三年六月二十一日になっていた。

封はハサミで切って開けてあった。

ぼくは一瞬、ためらったが封筒の中身を抜き出した。三枚の薄い航空便用便箋に、小さな文字がびっしりと書きこまれていた。

ぼくは母さんの秘密を盗み見る思いで、父の手紙を読んだ。それは母さんへの愛情のこもった手紙だった。すでに何通か手紙をやりとりしているらしく、その記述の中にはぼくの写った写真を受け取り、大事に仕舞ってあることなどがあった。日付からするとぼくがまだ三歳になって間もなくの頃だった。見も知らぬ父が、ぼくのことを母さんと一緒にいつも思っているなどと書いてあるのを読むと、ぼくは自然に躰が熱くなるのを覚えた。

　手紙の後半には、父がこれからやろうとしていることが記されていた。詳しい意味は分らないが、父はこの手紙が日本に着く頃には、ピレネーの山脈を越え、スペイン領バスクに入っているだろうこと、その山行にあたってはようやく求めていた組織と連絡をとることができ、その人たちの援助を受けることになったこと。山越えには多くの危険が伴うが、危険は承知の上で万が一失敗して警察に捕まった場合は、息子のぼくのことをくれぐれも頼むなどといったことが綿々と書かれていた。

　なぜ、山越えしてスペインに密入国しなければならないかについても少し触れていた。探している祖父さんが、スペインのパンプローナという地方都市に住んでいたのを、パリで聞きつけたこと。それを教えてくれたのはパリに住む北条風漢という絵かきさんで、彼は祖父さんの友人であったことも記してあった。

　ぼくはあらためて古い方の写真を見た。祖父と一緒にいる北条勇人という男が、手紙にある北条風漢という絵かきと関係があるにちがいない。絵かきだから風漢などという変った雅号を名乗っているのではないのか。髭の男が北条風漢かもしれないのだ。

　手紙の末尾は、母さんとぼくに対し、簡潔だが心のこもった愛の言葉で結んであった。

　ぼくはあらためて手紙を挟んであった本を手にした。表紙をめくると白い中表紙があり、そこには母さんに宛てこの本を贈るとあり、新城誠の署名が記されていた。日付は一九七二年四月四日になっている。

頁をくってみると、いたるところに赤鉛筆のアンダーラインが引かれ、日本語や外国語で書きこみがしてあった。英語ではない。外国語はあまり知らないが、スペイン語のようだった。書きこみの筆跡は中表紙の署名と同じだった。

ぼくはしばらくの間、ぼんやりと手紙や写真を眺めていた。母さんは死ぬまでこの手紙と写真を傍に置いて離さなかったのだ。

ぼくは気を取り直して、母さんのスーツケースを開けた。母さんの匂いが一杯詰っている。下着やブラウス、スカートなどがきちんと畳んであった。一番上に一通の花柄模様の白い角封筒が置いてあった。表には、「未来さんへ」という母さんの文字が記されてある。

ぼくは恐る恐る角封筒を手に取った。分厚い封書だった。裏を返すと、母さんの字で、「私が死んだ後に開封して下さい」とあった。

ぼくは机の引き出しからハサミを取り出した。ステレオ・カセットデッキに母さんの好きだったエリック・サティのテープをかけた。静かなピアノの旋律が流れだした。

ぼくはハサミで封筒の端を丁寧に切った。

便箋には懐かしい母さんの字が並んでいた。ぼくは机に頬杖をつきながら、手紙の文面を目で追った。手紙からは母さんの香水の匂いがかすかに嗅《か》ぎとれた。

「悲しまないで下さい。

　この手紙をあなたが読んでいる頃、私はこの世に別れを告げ、大空に向って羽を伸ばし自由に飛び回っていることでしょうから。……」

　手紙はそんな書出しで始っていた。ぼくは読みながら、色が反転した世界で飛んでいた黒い揚羽蝶を目の奥に浮べた。あの揚羽蝶はやはり母さんだったのだ。

　手紙にはぼくを一人ぼっちにして先立たねばならないことを詫びる言葉が書きつらねてあった。でも、ぼくは一人になっても自分の力で十分にやっていけるはずだ、とも記されていた。ぼくは自分で思う以上に考える力を持っている、自分で自分の生きる道を探す力もあるはずだ、とあった。

「あなたはお父さんの子だから、必ずやしっかりとやっていけるはずです」

　お父さんの子か、とぼくは思った。それがどうだというのだろうか？　母さんはどうして母さんやぼくを捨ててスペインくんだりまで行ってしまった父のことを、そんなにも信頼しているのだろうか。

「……あなたには、これまでお父さんについて何も話して来ませんでした。母さんも、そのことは済まないと思っています。でも、いつか、あなたが大きくなったなら、分ってくれることだと思っていました。そのため、いまのいままで、あなたに話すきっかけもつかめず、時ばかりたってしまったのです。

あなたのお父さんが私や子供のあなたを置いてスペインに行ったことには深い理由があったのです。それはあなたの祖父にあたる兵馬さんがスペインのバスクで行方不明になったことと関係があります。あなたのお父さんは祖父さんがなぜバスクに消えたのかを調べに行ったのです。それはあの人にとってつらい旅でもありました。なぜなら、あの人にとって自分は何者なのか、自分はどこから来た人間なのか、を探そうという旅でもあったからです。そして、同時にお祖父《じい》さんはなぜ、あの人を捨ててひとりバスクに戻ったのかの理由を問う旅でもあったからです。

あなたのお父さんもバスクに入り、お祖父さんと同じように消息を絶ちました。消息を絶つ直前に、一度だけ手紙が来たことがあります。その手紙には、お父さんは二度と日本には戻るつもりがないことが記されていました。バスクの地に骨を埋めるつもりだというのです。だから、あの人は自分のことを忘れて私たちに幸せになってほしい、と。

あの人を責めないでください。責めを負うべきなのは、あの人を裏切った私でもあるのですから。私はあなたの母であると同時に、ひとりの女としても生きたかったのです。あの人が帰るまで、私は待てなかったのです。

女は弱い人間なのです。誰かがそばにいてくれないと生きていけない存在なのです。でも、もしあなたがあの人に会ったら、ぜひ伝えてほしいのです。私が本当に心から愛していたのは、やはりあの人だったと。……」

ぼくは目頭が熱くなった。母さんに何があったのかは、おおよそ見当はついた。ぼくだって十七歳ともなれば、男と女の間のことぐらい察しがつく。でも、母さんを他の男に走らせたのも、要は父がいつ帰らぬか分らぬ旅になんか出たからではないか。

ぼくは母さんが可哀想でならなかった。女手一つで、ぼくを育てていたために、女としての幸せを摑めずに死んでしまったのだ。だれが母さんを責めるものか、と思った。責められるべきなのは、やはり父なんだ。ぼくと母さんを放っておいた父なんだ。

ぼくはあらためて父を憎んだ。父さえいてくれたら、母さんはもっと幸せに生きることができたはずだ。白血病にだってならなかったかもしれない。

ぼくは母さんの手紙を読みふけった。母さんがどんなにぼくを愛してくれていたかが行間からにじむような手紙だった。

すべてを読み終った時、ぼくは思わず溜息をついた。手紙の最後の方は、母さんの病状がいい時に思いつくまま書いたものらしく、感情の起伏が大きく文面に現われていた。字も乱れていた。内容もぼくの行く末を案じることばかりがくりかえされていた。

ぼくは母さんの手紙を角封筒に戻した。母さんがどんな思いを遺して死んで行ったのかを思うと胸が痛んで仕方がなかった。

サティの曲はいつの間にか終っていた。ぼくはカセットのリバースボタンを押した。物静かなピアノの旋律が部屋に流れはじめた。

ぼくはベッドに横になり、窓の外の空に浮ぶ雲を眺めた。サティのもの憂い旋律に身をまかせた。母さんが父を愛していたなんて信じられなかった。その母さんが父のいない間に、心を動かされた男とは誰だったのだろうか。ぼくは出歩いていたから分らなかったが、母さんがよく会っていた男たちの中に、相手がいるのにちがいない。ふと規夫おじさんではないか、と思った。規夫おじさんなら許せるのにな、とも考えた。

4

ぼくはオートバイを駆って関越自動車道を飛ばした。ヘルメットのフードを切って風が唸った。速度計は優に時速百二十キロの目盛りを越えていた。

前傾姿勢になり、風圧を避けながら頭を空っぽにしたままスロットルを開き続けていた。それでも、単調な直線道路になったり、一緒に走る車が無くなると、ぼくはいったい何者なのだろうとふと思ったりする。

時折、ぼくはぼく自身が一体何者で、何のためにこの世に生まれてきたのか、という思いにとらわれる。そんな時のぼくはきまって不機嫌な顔をし、あらぬところを焦点の定まらぬ目でぼんやり見ているのだそうだ。

当人のぼくとしては、真面目にそう思うのだが、友人たちはそんなことは考えないのだという。考えたって仕方がないじゃないか、というのがぼくの数少ない友人たちの答だった。両親がセックスをして、それでいや応もなしに生まれたのがぼくたちだぜ、というのだ。

そんな風にいわれると、ぼくもそんな気がしないでもないのだが、生きるということはそんなに動物的で意味がないことなのか、と思うと生きるのが馬鹿々々しくなってもしまうのだ。


東松山のインターチェンジを過ぎたあたりから、雨がぽつりぽつりフードを叩きだした。と思う間もなく、いきなりスコールのような夕立が前面に立ちはだかった。ぼくは雨滴に曇るフードのシェールを上げた。速度を百キロまで落したが、頬に石つぶてのような雨滴が当ってくる。脇を百三十キロ近いスピードで、乗用車が追い抜いて行く。水しぶきが猛然と上がり、顔にぶち当った。「チクショーッ」ぼくはヘルメットの中で怒鳴り声を上げたが、速度をそれ以上上げて抜き返す気にはならなかった。顔に当る雨滴が痛くて、目を開けているのがやっとなのだ。ぼくは雨の日が好きだったが、この日ばかりは天を呪った。よりによって単車を駆っている時に、雨が降ることはないではないか。

高崎のインターチェンジで関越自動車道を降りて、国道を長野原に向った。その時分には雨はいくぶん小降りになり走りやすくなった。

立川さんの家に辿り着いたのは、薄暗くなった夕方近くだった。立川さん夫婦はぼくを見ると、早速、家から走り出て来て、抱きかかえるようにして迎えてくれた。バイクを車庫に入れて、ぼくはびしょ濡れになった雨合羽やバイクスーツを脱いだ。途中で合羽を着こんだものの、それまでに雨が下着にまで滲みこんでぐっしょり濡れていた。

冷えきった躰を熱い風呂であたためて、ぼくはようやく人心地がついた。

立川さんの奥さんが用意してくれたおじさんの下着やシャツを着、ズボンをはいた。立川さん夫婦はぼくがさっぱりした顔で、食堂に入って来るのを目を細めて待っていた。

「よく来てくれた」

「本当。心配していたのよ。あれから、一人でどうしているかって」

「ご心配をおかけして、済みません」

ぼくは親身になってぼくのことを心配してくれる人がいるありがたさを噛みしめながら頭を下げた。

「そんな他人行儀なことはいわんでいいよ」

立川さんは湯気の立ったキノコ鍋の蓋を開け、しゃもじで椀に盛った。阿佐子さんはぼくの前に山盛りの御飯を置いた。

「さ、おなかがすいたでしょうに」

「はい」

「まず一杯いこう」

立川さんは空のタンブラーを差し出した。阿佐子さんが「未来ちゃんは未成年なのに」といった。

「いや、未来くんが酒呑みの血筋なのは、先刻承知なんだ」

立川さんは笑いながら、ぼくが持ったタンブラーにビールを注いだ。泡が吹き上がり、タンブラーの縁からこぼれかかった。ぼくは慌てて口を持っていって泡を呑んだ。

「ほらなあ」立川さんは大笑いをし、阿佐子さんも仕方なさそうに笑った。ぼくは恥ずかしくなって頭を掻いた。立川さんは大声で「乾杯」といった。何に乾杯するのかは分らなかったが、ぼくも立川さん夫婦のタンブラーにタンブラーを合わせて呑んだ。

冷えたビールが喉元を下りていくのが分った。ビールが胃に収まると気のせいか、それだけで躰がカッと熱くなった。空腹に呑んだから、アルコールの回るのも早いにちがいない。

立川さん夫婦と、葬儀後のあれこれについて話を交わした。ビールを呑んだせいか、ぼくはいつになく口がなめらかだった。

「それで未来くん、私たちの提案について考えてくれたかい？」

阿佐子さんもビールを呑む手を止めてぼくを見つめた。ぼくは崩していた膝を正して坐り直した。ぼくのあらたまった態度に、立川さん夫婦は互いに顔を見合わせた。

「考えました。とってもありがたいお誘いで感謝しています。でも……」

ぼくは言いづらかったが、アルコールの勢いも借りて思っていることを口に出した。

立川さんの優しいまなざしに励まされた。

「ぼくはしばらく旅をしてみたいと思うんです。旅をしながら考えてみたいのです」

「ほう、旅か。いいな」

立川さんはビールを口に含み、阿佐子さんと顔を見合わせた。

「どこへ行くつもりなの？」

「スペインに行ってみようと思うのです」

ぼくは思ってもみなかったことが、口から滑るように出たのに内心驚いた。本当は行くあてなどまるでない旅に出ようと思っていたのだ。金はどうにかなる。母さんはぼくの知らぬ間にぼく名義の預金通帳を作っておいてくれた。その口座には十分にヨーロッパを往復できるだけの金額が積み立ててあったのだ。

さらに母さんはあの手紙の最後の方で、もしお父さんに会いに行くのなら、その預金口座のお金を旅費にあてなさいと記していた。ぼくは父さんなんかに会いたいと思わなかったので、母さんには悪いけど、あの金を遣って、アメリカや中南米にでも行って遊んで来ようかと考えていたのである。

「やっぱり。お父様を探しに行くのね」

「そういうつもりでもないんだけど……」

「――じゃ、どういうつもりだい？」

立川さんは目許に微笑を浮べた。

「ぼくにもまだよく分らないんです。ただ祖父さんについで、父までもが後を追うように失踪したバスクの地が気になるのです。何となく、バスクがぼくを呼んでいるような気がしてならないのです」

最後の言葉は嘘ではなかった。一度バスクの地がどんな所かを見てみたかった。なぜ祖父さんや父がバスクに行き、バスクにとりつかれてしまったのかを知りたかったのだ。

「そうね。あなたにはバスク人の血が流れているのですものね」

阿佐子さんは溜息をついてうなずいた。

「そうか。一度行ってみるのもいいだろうな」

立川さんもしんみりした口調でいった。

ぼくは思いつきを、ふと口にしただけだったのだが、それが話しているうちに本当に心の奥底で考えていたことのような気がして来てならなかった。

「未来くん、まさか、きみもバスクに行ったきり帰って来ないなんてことにはならないだろうね」

「ぼくはなりませんよ。ぼくは日本が好きだもの。母さんも、この地に眠っているのだし、そんな母さんを置いたまま戻らないなんてことはできません」

「いいわ。私は賛成よ。どうせ、バスクまで行くのならお父様を探していらっしゃいな。そして、明美が——あなたのお母さんが亡くなったことを知らせてあげるべきだわ。きっと、お父様もお母さんのことを心配してらっしゃるはずよ」

ぼくは母さんが大切に仕舞っていた写真を思い浮べた。父を探し出せたら、母さんを置いてバスクに渡って帰らなかったことについて、一言文句をいってもいいなと思った。あんなに素敵な母さんを、なぜ捨てて行ってしまったのか、父を殴りつけてでも謝罪させたかった。

「よし、未来くん。行って来い。私も賛成だ。そして、親父さんに会って来い。それからでもいい、うちへ戻って来いよ。うちはいつでも門は開けておく。なあ、おまえ」

「ええ、ええ。未来ちゃんのためですものね」

阿佐子さんは目を潤ませた。

立川さんはぼくの肩を大きな手で、ばんと叩いた。ぼくも急に元気が出る気分になった。それまで旅に出て、ぶらぶらと異郷の地を見て来ようと思っていただけだったが、目的がはっきり見えて来たので、張り合いが出て来たのだった。

「それで、いつ発つつもりだね？」

「――後片付けが済んでからすぐにでもと」

「スペインに行くといっても、探すあてはあるの？」

「手紙を出してみようと思うのです」

ぼくは父の手紙にあったパリ在住の北条風漢の話をした。十五年前の住所だから、そのまま北条さんが住んでいるとは思えなかったが、とりあえず手がかりは他になかった。

ぼくは立川さんたちに話をしているうちに、スペインに行くという話が夢物語でなく、どんどん現実感を帯びてふくらんでいくのを感じていた。

5

母さんが死んで初めての秋が巡って来た。

ぼくは母さんの遺骨を広島市郊外にある先祖代々の墓に納めた。それからスペイン語に少しでも馴染んでおくために、新宿にある語学院のスペイン語会話教室に通った。ぼくはもともと語学の才があったのかもしれない。一ヵ月間、みっちり会話の特訓をスペイン人から受けた結果、クラスでも一、二を競うほど上達が早かったので、スペイン語教師から誉められたほどだった。

パリの北条風漢さんから返事が来たのは、十月も初めのことだった。北条さんは父さんの手紙にあった住所には住んでおらず、別の住所に移転していた。旧住所の大家は親切で、ぼくの手紙を北条さんの移転先に転送してくれたらしい。

北条さんはぼくの手紙に大変驚いた様子だった。ぼくが渡仏し、父や祖父のことを聞きたいという願いについては、役に立てるかどうか分らないが、いつ来ても大歓迎だとあった。来仏の折には、空港まで迎えに行くから、事前に必ず知らせてほしいともあった。

ぼくはその手紙を受け取ってだいぶ心強くなった。スペイン行を決めたものの北条さんと連絡がとれなかったなら、どうしたものかと思い悩んでいたからだ。

ぼくはかねて安い航空券の購入を頼んでいた知り合いに、いつでも出発できるというサインを出した。数日後、知り合いから正規の半分にも達しないディスカウント・チケットが入手できたという返事があった。ぼくは直ちにパリに到着する日取りと便名を北条さんに知らせた。

出発の前々日になって、坊主頭の刑事と若い刑事の二人が再びぼくを訪ねて来た。ぼくはちょうど用事で出かけようとしている矢先だったが、刑事たちは強引にほんの短い時間だからといって部屋に上がりこんで来た。ぼくは少し向っ腹が立ったが、十分間だけの約束をして、彼らと話をすることを承知した。

「親父さんから何か連絡があったのかね?」

坊主頭はソファにどっかりと腰を下ろすと、たばこをくわえながらいった。

「何の連絡もないですよ」

「嘘をつけ」背の高い若い刑事がぼくの脇のソファに坐って吐きすてた。「正直に言わんとためにならんぞ」

ぼくは若い刑事をにらみ返した。二十代の後半らしい、その刑事は疑い深そうな目付きでぼくを見ていたが、視線をそらした。坊主頭がにんまり笑いながら、とりなすようにいった。

「パスポートを取ったそうじゃないか」

「だから、どうだというんです？」

「親父さんに会いに行くんだろう？」

「――ぼくが何をしようと勝手でしょう」

「そうはいかんのだよ。国には法律というものがある。法を破るやつをみすみす見逃すほどわれわれは甘くはない」

「ぼくが何の法を破ったというのです？」

「――わしらに協力してほしいんだよ」

坊主頭はたばこの煙を天井に吹き上げた。坊主頭は、灰皿を探して、あたりを見回したが、ぼくは気づかぬ振りをしていた。

「何を協力しろというんです？」

「わしらは日本人のテロ活動防止のために全力を挙げているんだ。そのために国際協力し合っている。日本人テロリストの犯罪を未然に防ぎたいんだよ。それで親父さんがいまどこにいるのかを知りたいのさ」

「どうして父がそんなことに関係があるんですか？」

坊主頭はぼりぼりと指で頭を掻いた。若い刑事はそんなことも知らないのかという顔でぼくを見た。

「坊や、済まんが灰皿はないかね」

坊主頭はたばこの先の灰を気にしながらいった。ぼくは腹が立ったけれどもがまんして台所から灰皿を持って来てテーブルの上に置いた。

「親父さんが何をしているか、母さんか、誰かから聞いているんだろう？」

坊主頭は灰を灰皿に落しながらぼくをじっと見つめた。表情の読みとれない目だった。

「いいえ。何も聞いていない」

「笑わせるなよ。おまえの親父のことだぜ」

若い刑事は鼻先で笑った。

「父が何をしたというのです？」

「おまえの親父さんはな、人殺しなんだよ。テロリストとして国際手配になっているんだよ。罪もない人間を何人も殺しているんだ」

坊主頭がさとすようにいった。

「嘘だッ」ぼくは咄嗟に叫んでいた。

「嘘なんかじゃねえんだよ」

若い刑事はぼくを怒鳴り返した。ぼくは思わず若い刑事につかみかかった。刑事は難なくぼくの手首をつかみ、捻じ上げた。ぼくは逆手をとられ、自然に躰が後ろ向きになってしまった。

「大人しくしろよ、坊や」坊主頭が静かな声でいった。その声を合図に若い刑事の手がゆるみ、ぼくはソファに崩れるように坐りこんだ。手首の関節が痛みを訴えていた。

「世のため、人のためなんだ。坊や、おまえだって親父に捨てられたんだぜ。母さんも捨てて、他の女の許に走った親父は許せないと思わないのかい？　このまま、おまえの親父を自由にしていたら、ますます不幸な犠牲者が増えることになるんだ。息子のおまえだって、人殺しの子といわれるのはいやだろうが？　え？」

ぼくは痛む手首をさすりながら、坊主頭の刑事の口許を見つめていた。父が人殺し、テロリストだといわれても、頭にピンと来なかった。規夫おじさんも立川さん夫婦も、父について、そんな話は一度もしてくれなかった。みんなはぼくに嘘をついていたのだろうか？

「親父さんはヨーロッパのテロ組織に入っているんだ。日本人だというのにな」

「父は混血だ」

「それでも日本人の父親を持っていりゃ、立派な日本人なんだよ。たとえハーフであってもな」

若い刑事が冷やかにいった。ぼくは無視して知らぬ顔をした。この若い刑事とは口もききたくなかったのだ。

「親父さんはETAという超過激派組織のメンバーとして活動しているんだ」

「ETA?」

ぼくはきょとんとしていた。

「本当に何も知らないんだな。ETAはスペインから独立しようとしているバスクという民族のテロリスト集団なんだ。ETAは西独赤軍とか、アイルランドのIRAとか、アラブのPFLPとか、日本赤軍なんかと連携して、ヨーロッパ各地で要人暗殺やら無差別爆弾テロやらをやっている。おまえの親父はな、いくつかの爆弾事件や暗殺事件の犯人として、スペインやフランスなどから指名手配になっているのさ」

「父がそんなことをしていたのですか」

ぼくはショックを受けて口ごもった。

「坊や、少しは大人になれよ。おまえの親父はな、罪のない女子供まで殺してしまっているんだ。罪は償わねばならんだろう? わしらに協力してくれんか」

「……協力しろといったって……」

ぼくは頭が混乱してしまった。

「親父さんは、いまどこにいる?」

「知らないんですよ」

「こいつ、まだ嘘を……」

若い刑事が腕を振り上げかけた。坊主頭が渋い顔をして若い刑事を制した。

「じゃ、どうして国外に出ようとしているんだ?」

坊主頭は部屋の奥に顎をしゃくった。次の間のベッドの脇に、荷造り途中のトランクがあった。ぼくはかぶりを振った。

「これから調べて、探そうと思っているのです」

「どうやって?」

「ともかくもパリへ行ってみて、父の知り合いにあたってみようと思っているのです」

「――知り合いがいるのかい。誰だね、その人は?」

「北条さんという人です」

「北条?」坊主頭は記憶を探るようにあらぬ方角をにらんだ。「北条何というのかね?」

ぼくは一瞬、迷った。北条さんにはまだ一度も会っていないのに、警察に喋ったら迷惑をかけるのではないのか、と思ったのだ。

「いいから言いたまえ。悪いようにはせん。わしらを信用してくれなきゃいかん」

坊主頭は鋭いまなざしでぼくを見た。

「風漢というんです。北条風漢」

若い刑事が畳みかけるように、住所はときいて来た。ぼくは咄嗟に古い方の住所を思い出して教えた。

「風漢とは変った名前だな」坊主頭は怪訝な面持をした。

ぼくは北条風漢が絵かきさんだと説明した。年齢は祖父さんと同じ年齢だとすると七十六、七歳になるはずだと答えた。坊主頭は指でまたぼりぼり頭を掻いてフケを落した。若い刑事も拍子抜けしたようにメモしていた手を止めた。二人の顔には失望の色が現われていた。二人とも、北条さんを父の仲間か過激派組織のメンバーだと勘違いしたらしい。八十歳近い老人ではテロリストにしては年寄りすぎると判断したのだろう。

ぼくは可笑《おか》しくなって笑いかけた。

「何が可笑しい」若い刑事は手帳を閉じてぼくをにらんだ。

「別に」ぼくは笑いを噛み殺した。

「それで、パリへ行ったら、どこへ泊まるのかね？」

「どうして、そんなことをきくのです？」

「きみと連絡をとる必要があるかもしれんからだよ。ひょっとしてだ、わしらの所にも、親父さんに居場所についての情報が入るかもしれんだろう？」

坊主頭は猫撫で声でいった。

「まだ決めていないんです。旅行代理店にまかせてあるので」ぼくは嘘をついた。

「そうかい。じゃ、決ったら知らせてくれんか？」

「どこへ知らせればいいのです？」

坊主頭は満足そうに笑みを浮べると、おもむろに名刺を出して、差し出した。名刺には黒田隆司という名前があった。左隅に警視庁公安部外事課という文字と電話番号が記してあった。

黒田刑事はボールペンで名刺に数字を走り書きした。彼は電話の直通番号だと告げた。

「コレクトコールでも、何でもいい。ここへ電話をして、わしの名を告げてくれれば、連絡できるようにしておく」

ぼくは電話を掛ける気はまったくなかったが、黙ってうなずいた。黒田刑事と若い刑事は目配せし合うと、立ち上がった。二人は邪魔をしたね、といいながら、そそくさと部屋から出て行った。

ぼくは父が新聞を派手に賑わせているテロリストだったという話がまだ実感として受けとめられずにいた。だからといって、ぼくに何の関係があるんだと思った。

ぼくはあらためて出掛ける仕度《したく》をして、ドアに鍵をかけ階段を駆け下りた。いつもの道を通り、小田急線の駅に着いた時、ふと背後からの強い視線を感じた。振り返ると見知らぬ男が二人、慌てて視線をそらし、何気なく装うのが見えた。ぼくは胸が一瞬、どきりとした。映画や推理小説でもよくあるように、刑事たちに尾行されているのではないかと思ったのだ。

ぼくは背後を気づかいながら、ホームに上がり、入って来た電車に乗りこんだ。いつの間にか、先刻の二人の男の姿はなかった。まわりの乗客たちを見回し別の車輌をも覗いたが、二人の刑事らしい男たちは見当らなかった。ぼくは自分の気の回しすぎが恥ずかしくなった。


エールフランスのパリ行便は霧のため定刻から三十分程遅れて成田空港を離陸した。舷窓から見える街の灯がたちまちのうちに分厚い雲に隠れて見えなくなった。ぼくの買った安売りチケットは〝パリ、ローマ十二日間の旅〟とかいったツアーのチケットだったらしく、エコノミークラスの最後尾にしか席が用意されていなかった。まわりは白髪の老人夫婦とか、独身の女たちのグループとか、女連れの角刈りのお兄さんとかいった種々さまざまな人たちが交じった団体客で占められていた。

ぼくは初めての海外旅行だったので、通関手続きや出国手続きが完全に済むまで、緊張のしっぱなしだった。母さんが買ってくれた一張羅のスーツを着ていたこともあって、ぼくは十七歳には見えなかったらしく、スチュアーデスたちはぼくを一人前の大人扱いしてくれた。おかげで、ぼくはモスクワに着くまでビールをたらふく呑むことができて大満足だった。

もっとも、そのため飛行機がモスクワに着陸した時には、すっかり酔いで饒舌になっており、まわりの客たちからは相当ひんしゅくを買ってしまっていたらしい。トランジットの待合室から機内に戻った時、ぼくの隣の席の女の子は別の席に移っていて、誰も空《あ》いた席に坐ろうとする人はいなかった。

ぼくはひどく心が傷つき、睡《ねむ》さも手伝って、その後パリまでは一滴の酒も呑まないで、眠りこけていた。

シャルル・ド・ゴール国際空港に降り立ったのは、フランスのパリ時間の午後一時過ぎだった。ぼくはひんしゅくを買いながらも、途中で仲良くなった女の子たち——といっても、本当はぼくよりも年上だったはずだ。ぼくは彼女たちに二十三歳といったが、誰も疑った素振りを見せなかった——に別れを告げ、入関手続きを済ませると、出迎えの人たちでごった返しているロビーにトランクをころがしながら出て行った。

北条さんの顔は分らなかったが、ロビーに立っていれば北条さんの方でぼくを見付けてくれるにちがいないと信じていた。それに八十歳近い人なら、ぼくからでも見付けることができるにちがいない。

三十分後、ロビーの椅子の傍で待っていたが、一向に北条さんらしい老人が現われないので、ぼくは内心不安になってきた。

「ムシュウ・シンジョウ?」

その女の子がぼくに話しかけて来た時、ぼくはそわそわとロビーのデジタル時計の文字盤と、ぼくの腕時計を見比べていたので、一瞬、聞きとれなかった。女の子は美しい黒髪を腰のあたりまで長くたらした子で、肌の色はやや浅黒く、一目でアジア系と分る娘だった。

背丈はぼくの肩ほどもなく、灰色のハーフコートを着こんでいた。鉛筆のようにスリムな躰付きの女の子で、十二、三歳の年頃にしか見えなかった。でも、上目づかいにぼくを見上げる大きな黒い瞳は水晶のように輝いていて、ぼくをどきりとさせた。

「ムシュウ・シンジョウ?」

少女はコートの両ポケットに手をつっこんだままの格好で、もう一度いった。ぼくはどぎまぎしながら、慌ててうなずいた。

「イエス。ウィ」

「お迎えに来たわ。車の中でパパが待っているの」

突然、少女は流暢な日本語でいった。ぼくは仰天していった。

「きみ、日本語が喋れるのかい?」

「もちろん。でも、難しい話は駄目」

少女は眉間《みけん》に皺を寄せ、肩をすくめた。黒髪が大きくゆれた。さらさらした輝くような髪だ。

「荷物はそれだけ?」少女は長い睫毛《まつげ》の先でトランクを指した。

「うん、これだけ」

少女はきゃしゃな腕を伸ばし、トランクの把手《とって》をつかんだ。ぼくは少女からトランクを奪い返した。少女はついて来てという仕草をして歩き出した。ぼくはトランクを押しながらきいた。

「きみは中国人かい?」

「ちがう。ベトナム人」

「パパというのは?」

「北条風漢さん」

「北条さんは日本人じゃないか」

「私、養子なの」

「養子?」

「そう。義理の娘」

「名前は?」

「北条マリア」

「そうだったのか。ぼくは……」

「新城未来。フューチャーの未来ね」

　ぼくに少女が白い歯を見せ、ぼくもつられて笑った。

「ベトナム人のきみが、どうしてこんなところにいるの？」

「私のこと？　ボートで逃げて来たの。ボートピープル。途中で船が海賊に襲われ、両親も兄弟も、知り合いたちも皆殺しにされた。私だけが生き残ったの。そして、フランスに引き取られた」

　少女はあっけらかんとした表情でいった。両親や兄弟が殺されているのに、他人事《ひとごと》のようにいえる少女に、ぼくは驚いた。

　ロビーを出て、車寄せに立った。何台ものタクシーが並んでいた。クラクションが鳴った。少女は通りの向い側に停っているシトロエン２ＣＶに手を振った。シトロエン２ＣＶはのろのろと走り出し、タクシーのクラクションを無視しながら、タクシーの列の間に割りこんだ。

「急いで」少女は長い髪をなびかせ、ぼくを見た。ぼくたちはトランクをころがしながら、シトロエン２ＣＶに急いだ。

　シトロエンの車窓から、山羊のような顎髭をはやした老人がにこやかに笑顔を向けた。ぼくは一目見て北条さんだと分った。祖父さんと並んで撮った写真の人物に顔が似ていたからだ。

　少女は車の後部ドアを開け、乗れという仕草をした。ぼくはトランクを抱え、押しこむようにして一緒に乗りこんだ。少女は助手席のドアを開け、躰を入れた。

　タクシーの運転手が車窓から半身を出し、北条さんに早く車をどけろと怒鳴っていた。北条さんはまったく意に介さず、悠然とハンドルを握り、ゆっくりと車を出した。ようやく喧《やかま》しいタクシーのクラクションが鳴りやんだ。

「ようこそ、新城くん」北条さんはバックミラー越しにぼくを見て、軽く会釈《えしゃく》した。ぼくは運転席に身をのり出した。

　北条さんはハンドルから手をはなし、完全にぼくの方を向いて、握手の手を伸ばした。前から対向車がやって来たが、まるで目に入っていない様子だった。

　ぼくは北条さんと素早く握手を交わすと、手をひっこめた。

「わしは風漢だ。これからは、わしを風漢と呼んでくれんか?」

「風漢というのはペンネームだったのでしょう?」

「雅号といってほしいな。わしは絵かきなんだからね」

　北条さんはバックミラーににっと笑った。

　車はその間も、高速道路のランプ・ウェイを突進しはじめていた。

「何か、いわくがあるのですか?」

「風漢がかい？」北条さんはにやにや笑いながら、ぼくの方を振り返った。ぼくはひやひやしながら、前方の車に注意した。

隣に乗った少女は平気な顔でぼくと北条さんのやりとりを見守っていた。

「風漢というのはね。狂人のことだよ」

「どうして、そんな変った名前をつけたのです？」

「それには長い話があるんじゃ。きみの祖父さんもからんだ長い長い物語がな」

ぼくは北条さんに大げさにうなずいて見せた。

「分りました。後でお話は聞きますから、運転の方をしっかりおねがいします」

「きみは、わしの運転が不安だというのか？」

「はい。不安です。ぼくは命が惜しい」

ぼくは正直にいった。北条さんはやや困った顔をしたが、すぐに気を取り直した。

「じつはわしも運転に自信があるとはいえん。だが、こう見えても、これまで一度たりと大きな事故は起さずにやってきたのだからね」

「小さな事故は何度もしているというのですか？」

「まあ、そういうことだ。沢山小さな事故をやっているから、大事故を起さずに過せるんだ」

北条さんは空気の洩れるような声で笑った。そうしている間にも、ぼくたちの車を他の車がどんどんと追い抜いて行った。北条さんはのんびり鼻唄を唄っていた。ぼくは気を鎮《しず》めるために目を閉じ、座席に深く身を沈めた。

「新城くん」

「未来と呼んでくれませんか？」

　ぼくは北条さんにいった。

「うん、そうしよう。未来くん」

「くんもつけないで呼んで下さい」

「その代り、わしのことも風漢と呼んでくれるかな」

「いいですよ、風漢さん」

「他人行儀な気がするな。もっと親しげないい方はないかね？」

「風漢おじさんではどうです？」

「うん、それの方がましではあるな。そう呼んでくれ」

　ぼくは直ちに同意した。マリアはと見ると彼女は助手席の背もたれに頭をつけ、眠っていた。長い睫毛《まつげ》がひくひくと動いた。

「マリアとは話をしたのかね？」

「ええ、少しばかり」

「マリアがわしの娘になったいきさつは、これまた長い話になる。一晩かかっても話し切れないほど長い話になるんだ」

風漠おじさんはしんみりした口調でいった。

ぼくはマリアの端整な顔を覗きこんだ。風漠おじさんは右手を伸ばし、マリアの頭を撫でた。マリアは目を閉じたまま、かすかに微笑んだ。ぼくはこんな妹がいたらいいのになと心に思った。

高速道路の先に、灰色にくすんだパリの街並みが姿を現わしていた。

6

温かい日射しが部屋一杯に差しこんでいた。

ぼくはベッドで寝返りを打ち、眩《まばゆ》い日射しが顔にあたって目を覚した。最初、ぼくはどこにいるのか分らずに、がらんとした広い部屋を眺めた。

板張りの床のまん中に風船のような丸い球体があり、その傍に頬杖をついてぼくの方を見ている女の子がいた。夢を見ているのではないかと目をこすったが、女の子と風船のような球体はぼくの視野から消えることがなかった。そのうち、女の子が昨日出迎えに来てくれたマリアだと気がついた。

ぼくはベッドの上に身を起した。マリアは不思議な動物でも見ているような目付きで、ぼくの一挙手一投足を眺めていた。部屋は十五畳ほどの広い部屋で、三方の壁に得体の知れぬ抽象画が掛けられていた。いずれも風漢おじさんの描いた油絵である。彼の説明をぼくは思い出した。向って正面になるドアのある壁の絵は「風の中を歩く少女」という題の絵で、畳二畳分ほどの大きさもある。でも、絵のどこに少女が歩いているのか分らない絵だった。ただ、見ていると風に吹かれている森の気配を感じさせる絵で、ぼくは壁にかかっている絵の中では二番目に気に入った作品だった。

右手の壁には四枚の大小さまざまな絵がかかっていた。タイトルは分らないが、四枚とも少女を主題にした風景の抽象画だった。どの絵も光の乱舞を感じさせる絵で、ぼくはこれまで具象的な絵しか好きになれなかったのに、風漢おじさんの絵だけは何の違和感も持たずに見ることができ、好きになれそうだった。

ベッドの寄せてある壁には少女の肖像画が一枚かけられていた。マリアをモデルにしたパステル画で、驚くほど大人びた表情のマリアがベッドを見下ろしていた。伏し目がちの目には深い哀しみと嘆きの色が宿っていた。ぼくはその部屋にある絵の中で、その肖像画が最も気に入った。

ベッドから見て、部屋の左手はガラス戸になっていて、その外にパリの街を見下ろせるバルコニーが付いていた。

　部屋の隅には風漢おじさんの作品らしい油絵が何十枚と立てかけてあった。ほかにアンテナの付いた古い白黒テレビが一台に、ロッキングチェアがあるだけで、家具らしい家具が全くない部屋だった。

「目が覚めた？」

「うん」ぼくはマリアの声に我に返った。

「お話ししてもいい？」

「いいよ」

「目のないお魚さんの話を知っている？」

　マリアは頬杖をついたままいった。ぼくは頭を左右に振った。開け放った窓からはひんやりした風がそよいでくる。ぼくはパジャマを脱ぎ、シャツに着替えはじめた。

「昔むかし、ある所におじいさんと二人の兄妹が住んでいたの。おじいさんはパパのような長い髭《ひげ》をはやしていて、とっても優しい人だった。二人の兄妹は仲良しで、いつも一緒に遊んでいたわ」

「名前は？」

　ぼくはマリアがじっと見ているので、決まりが悪かったが平気を装ってパンツ一丁になり、ジーンズをはいた。

「名前？　誰の？」

「おじいさんや兄妹たちの名さ」

「おじいさんはおじいさんよ。お月様はお月様のように」

「兄妹たちにも名前はないのかい？　名無しなんて、可哀想じゃないか」

「――いいわ。兄さんの方がユウ。妹の名はピアにするわ」

「ユウとピアかい？」

「いい名でしょ？」マリアは小首を傾《かし》げ、にっこりと笑った。「ある日、おじいさんに連れられて山にピクニックに行ったの」

「お父さんやお母さんはいないのかい？」

「死んじゃったの。だから、おじいさんは兄妹を励まそうとしていたのね。世の中にはとってもいいことがあるっていうことを教えるつもりだった」

ぼくはトランクを開け、歯ブラシや洗面道具を取り出した。

「おじいさんは二人をとっておきの秘密の場所に連れて行く約束をしていたの。おじいさん以外は誰も知らない秘密の場所よ」

ぼくは歯ブラシにたっぷりと練り歯ミガキ粉を載せてくわえた。

「どんな所なんだ」

マリアはぼくの問いには答えず、斜めに射しこむ陽光の帯に浮ぶ細かなチリに目をやり、息を吹きかけた。

「おじいさんはユウとピアの二人を家の裏を流れる川に連れて行ったの。その川をどんどんと遡《さかのぼ》って上流へ上流へと歩いて行った。すると川はだんだん細くなり、水の量も少なくなっていって小川になってしまった。なおも三人は小川をたどって川上に行くと、沢を流れる渓流になり、やがて山奥深くの水源《みなもと》に辿りついたの」

マリアはぼくが歯ブラシを使う様を興味深げに眺めながら話を続けた。

「そこはどうなっていたと思う？」

「さあ」ぼくは何も考えずにいった。

「洞窟があったの。水はその洞窟の奥から流れ出て来た。おじいさんは持って来たカンテラに火をつけて、二人を誘ったの。洞窟の奥に、おじいさんが子供の頃に見つけた秘密が隠してあるんだって」

「何を隠していたって？」

「おじいさんは先に立って洞窟にもぐりこんだ。入口のあたりは誰でも立って歩けるほど大きな洞窟だったけど、中に入るにつれ狭く細くなっていった。真暗闇の中を三人は奥へ奥へと辿って行ったの」

ぼくは洞窟のような閉所が嫌いだった。地中のトンネルやら地下鉄でも、長い間、その中にいると周りの壁が押し寄せてくるような気分になり、落着かなかった。すぐに出入口が崩れて生き埋めになるのではないか、という恐怖感に襲われるのだ。だから、マリアの話を聞いているうちに、真暗闇の中を手探りでさまよっている自分を考えてしまい、息が詰る思いがした。

「水の流れる音だけが聞こえるの。そうしているうちに、洞窟はますます狭くなって、這って歩かなければ進めなくなった。ユウとピアの二人の兄妹は手をとり合っておじいさんの後からついて行った。本当は二人とも心細くなって引き返したかったのだけれど、おじいさんがもう少しもう少しというのでついて行ったのね」

「それで？」ぼくは話を少しでも前に進めようと促《うなが》した。それでなくても、ぼくの口は歯ミガキ粉の泡で一杯になっていた。

「洞窟の奥の奥に行ったら、そこには小さな池があったの。清水がこんこんと湧いている泉の池だわ。おじいさんはカンテラでその池の中を照らしてくれた。そうしたら、池の底に何匹ものメダカのようなお魚さんが泳いでいたの。どうして、そんな洞窟の奥の奥にまでお魚さんはまぎれこんだのかしら？」

　ぼくは肩をすくめた。部屋の隅にある洗面台で、水道の蛇口をひねり、ぼくは泡だらけの口をすすいだ。

「お魚さんたちは川を遡《さかのぼ》っているうちに、きっと迷子になったんだわ。それで可哀相に思ったユウとピアは、おじいさんにお魚さんを助けてあげてとお願いした。おじいさんはよしよしとうなずいて、両手でお魚さんたちをすくい、持っていた水筒の中に入れたの」

ぼくは洗面台で思いきり水を出し、顔を洗った。睡けがようやく遠ざかっていくのを覚えた。タオルで水のしずくを拭っていると、マリアはぼくにきいた。

「聞いてる？」

「うん、聞いてるよ。それでどうしたの？」

「その時、どこかで小さな声がしたの。ユウもピアもたしかに聞いた。助けてくれ、ぼくたちをいったいどこに連れて行こうというんだって」

「お魚さんが喋ったのかい？」

「そう。それはお魚さんの声だった。ユウとピアは驚いて、おじいさんにきいたの。はじめは信じられなくて。あなたはお魚さんが話すのを聞いたことあって？」

「ないね」ぼくは素《そ》っ気なくいった。「イルカやシャチが話をするという話は聞いたことがあるけど」

「クジラさんも話せるわ」

「でも、クジラもイルカも正確には魚ではない」

「私は聞いたことがある。パパに水族館に連れて行ってもらった時、水槽の中にいたお魚さんたちと話をしたわ」

ぼくはそんな馬鹿などいおうとしたが、マリアの真剣なまなざしを見たら、本当にマリアなら話ができたのかもしれないと思い直した。ぼくは床に立ち、朝の体操をはじめた。

「さっきの話の続きは？」

「おじいさんは二人に優しく笑った。お喋りするお魚さんが、おじいさんの子供の頃からの秘密だったの。おじいさんは可愛い二人の兄妹に、その秘密を教えたんだわ。おじいさんたち三人は水筒を大事に抱えて、山を下りて来たの。途中で、水筒はちゃぽんちゃぽんと水音をたてて揺れたわ。そうしたら水筒の中から、またお魚さんの声がするの。いったい、ぼくたちをどうしようというんだって」

「ふん、ふん」

ぼくは床に坐りこみ、脚を伸ばしてストレッチをはじめた。マリアは傍のゴム鞠のような球体を引き寄せ、その上に躰を乗せて寝そべった。その時になってはじめて、その球体がどんな形にでも好きなように変えられる空気マットなのに気がついた。

「ピアはお魚さんにいったの。あなたたちを助けたのよって。あんな暗闇の世界でなく、外にはもっと素敵で美しい幸せな世界があるのよってね。ユウもいったわ。きっときみたちはぼくたちに感謝するよ、と。あんな小さな池ではなく外には広くて深い海もあるんだ。きみを一度、海に連れてってやるってね」

「魚は何といった？」

「そんなに素晴らしい所かいと、喜んだわ。ぼくも一度、海を見たかったんだって。でも、とお魚さんはいったきり、黙ってしまったの。それから、ユウやピアが何度、お魚さんに話しかけても答えようとしなかった。心配になったユウとピアはお家に帰ると、すぐに水筒をあけて洗面器にお魚さんを放したの。そうしたら、ユウとピアはお魚さんを見て驚いた。お魚さんには目が無かったの」

「――そうか、真暗闇の中に住んでいたのだものな」

ぼくは何かの本で読んだ深海魚や洞窟の生物の話を思い出した。光の届かない世界に住んでいる生物は目がすっかり退化して無くなってしまっている代りに、聴覚や触覚など他の感覚器官が異常に発達しているということだった。話ができる魚がいても不思議ではない。

「それでどうしたの？」

「ぼくはあの洞窟の池でしか生きていけないんだ、とお魚さんはいうのね。それで可哀想になったユウとピアはおじいさんに頼んでお魚さんを元の池に戻して欲しいといった。おじいさんと二人はまたお魚さんを水筒に入れて、川を遡《さかのぼ》り洞窟の奥に入って、お魚さんを池に放してあげた。お魚さんはユウやピアに何度もありがとうといって、仲間たちのところに帰って行った。これでお終い」

マリアは空気マットに寄りかかったままの姿勢でぼくを見上げた。

「面白かった？」

「ああ、面白かったよ」

ぼくは躰を起し、腕立て伏せをはじめた。マリアがフランス語で数えはじめた。

アン、ドゥ、トゥロワ……。

十二まで数えると間違えたらしく、また最初から数え直す。それを四度くりかえす頃には、ぼくの額にうっすらと汗が湧き出していた。

開け放ったドアをノックする音が聞えたので、ぼくは腕立て伏せを止めて顔をあげた。風漢おじさんが、居間へ来て一緒に朝食兼用の昼食にしないか、といった。ぼくは急に空腹を覚え、行きますと答えた。

7

硬いフランスパンとスクランブル・エッグ、それに赤ワインだけの質素な食事だった。マリアにはタンブラーになみなみと注いだ牛乳が用意してあった。

風漢おじさんは老眼鏡をかけ、パンを千切ってはワインにつけ、口に運んでいた。ぼくも見よう見真似で、ワインにひたしたパンを口に頬張り、エッグをスプーンで口に入れた。ワインの甘味がパンに滲《し》みこみ、柔らかさを増して、口の中に溶けるように拡がっていく。

「お父さんを探そうというのかい？」

「ええ、まあ」

ぼくはワインのアルコールで胃がじんわりと熱くなるのを感じながらうなずいた。

「歴史はくり返す、という訳だな」

「ぼくが父を探すということがですか？」

「そう。きみのお父さんも、お祖父さんの行方を追ってやって来た。そして、今度は息子のきみがお父さんを追う番だ」

風漢おじさんは空気が洩れるような声をたてて笑った。マリアは口の周りについた牛乳のしずくを腕で拭いながら、ぼくと風漢おじさんのやりとりを聞いていた。

「いったい、ぼくの祖父さんや父に何が起ったというのです？」

「何から話したらいいのかな」

風漢おじさんは老眼鏡を押し上げ、当惑した面持ちでぼくを眺めた。

「すべて話して下さい。どうして、父はぼくたち——母さんとぼくを日本に置きざりにしてスペインに行ったのか？　父とバスクとどんな関係があるというのか？　父はなぜ祖父を追いかけたのか？　そして、祖父さんはいったいどうなったのか？　父さんは生きているのかどうか？　父はどこにいるのか？　それらのすべてが知りたいのです」

ぼくはアルコールで口が滑らかになった分だけ喋りまくった。風漢おじさんは思わずあんぐりと口を開けて、ぼくを見つめた。

「そんなに、いっぺんに訊かれても、わしは答えられんよ。それにあせることはない。時間はたっぷりある。毎日、少しずつでも思い出すことを話せば、だんだん分ってくるよ。いいかね、人生は生き急いではいかん。未来くん、どうも、きみも親父さんも、そして、わしの親友だったきみの祖父さんも生き急いでいるように思えてならんな」

風漢おじさんはマリアの頭を撫でつけ、ゆったりした態度で、一人うなずいた。

「未来くん、きみはいったい祖父さんや父さんについて、どこまで母さんから聞いているのかな？」

ぼくはあまり聞いていないと答えた。そしてぼくがこれまで知らされた事柄の概略を風漢おじさんに話して聞かせた。風漢おじさんはパンを千切っては頬張り、ワインを舐めては、ぼくの話に耳を傾けていた。マリアも膝小僧を両腕で抱えるようにして、ぼくの話を聞いていた。

ぼくは話の途中で、席を立ち、部屋に戻ってトランクを開け、日本から持って来た母の遺品や手紙、写真を取り出した。ぼくはそれらをテーブルの上に並べた。

風漢おじさんは祖父の兵馬と若い頃の彼が並んだ写真を手に取って、つくづくと見入った。傍から黄ばんだ写真を覗きこんだマリアが、

「パパは若い頃から髭をはやしていたの？　それも黒々とした髭だったんだ」

とくすくす笑った。

風漢おじさんは目をしばたき、しみじみと写真に見入った。

「こんな写真が残っていたとはな」

「写真の裏に一九三八年九月の日付があるのですが」

ぼくは写真の裏を見るように促した。

「うむ。覚えてる」

風漢おじさんは写真の裏側に目を走らせ、また表側の写真を眺めた。

「わしたち二人が義勇兵として共和国のために戦っていた時の写真だ。負け戦《いくさ》でな。これはフランコ軍の重包囲網から、ようやくのこと脱出してピレネーの麓《ふもと》に辿り着いて休んでいた時、たまたま通りかかった従軍記者のアメリカ人が撮ってくれた写真だった。そのアメリカ人記者も、大戦中に銃弾に倒れたそうだがね」

「風漢おじさんも祖父さんも、義勇兵になってスペイン内戦に参加したのですか？」

「うむ。あの戦争は世界の良心をかけた戦いだった」

風漢おじさんはパンを噛むのをやめ、ふと遠くを見るまなざしをした。

「未来くん、きみはあのスペイン内戦をどう思ったかね？」

「どう思ったかといっても、答えるのにむつかしい質問です」

ぼくは考えあぐねていった。ぼくが一九三六年に起ったスペイン内戦について知ったのは、つい最近のことだった。スペイン語会話の教室に通っている時に、スペインの事情も知っておかねばならないだろうと読み漁《あさ》った本の中で、かつてスペイン国内を二分する戦いがあったことを知ったのだ。

「歴史は嫌いかね？」

「――苦手でした。授業が退屈だったもので」

「歴史をあなどる者は歴史に復讐される、という格言があるわ」

マリアがぼくの顔をまじまじと見ながらいった。風漢おじさんは目を細めた。

「マリアのいうことは正しいな。歴史から深く学ばない人間は何度でも同じ間違いをくり返す。わしら日本人がいい例ではないかね？」

「でも、スペイン内戦となると、日本人には当時もいまもあまり関係がないのではないのですか？」

ぼくは正直な気持をいった。スペイン内戦はスペイン国内の問題に見え、日本人のぼくにはぴんと来なかったのだ。

「いまはそうかもしれん。もう五十年以上も前のことだったのだからね。しかし、当時のわしたちには違って見えた。切実にわしたちの未来がかかった問題だったんだ。考えてみたまえ。一九三〇年代は戦争とファシズムが足音高く迫っていた時代だった。ドイツではナチのヒットラーが独裁者となり、イタリアでもファシストのムッソリーニが支配者となった。日本でも軍部が天皇制権力を握って中国大陸に侵略を開始していた。そうした時代の一九三六年二月にスペインで成立した人民戦線政府は、わしたち同時代の若者にとっては重苦しい暗雲を吹き払う光明だった。希望の灯だった。スペインでの人民の勝利は、世界の人びとに力と希望を与えたのだよ。スペインの次は、日本の侵略を受けている中国を解放しようというのが、わしたちだけでなく、ヨーロッパの民主勢力の人たちの願いだった。日本人は軍部の支配下にあって、ごくごく一部の人たちしか、スペイン人民戦線政府、つまりスペイン共和国については知らされていなかったんだ」

風漢おじさんは何かに憑《つ》かれたように一気に話した。

「ぼくの読んだ本にもありました。スペイン戦争はファシズムとの戦いでもあった、と。スペイン内戦は引き続き開始される第二次世界大戦の前哨戦であったと。その意味で大事な戦争だったとは分るのですが、いまはファシズムなど無いから……」

「それはスペイン内戦についての認識が間違っているんだな」

風漢おじさんは口にワインを含み、舌を滑らかにし、ごくりと呑みこんだ。

「たしかにスペイン内戦はファシズムとの闘いの面もあった。でも、わしたちは単にファシズムに反対するために戦ったわけではないんだ。スペイン共和国を守り、スペインの革命の灯を守るために参戦したんだ。スペイン内戦は大戦の前の小ぜり合いではない。スペインの人びとにとっても、わしたちにとっても、スペイン戦争こそが最後最大の戦いだったのだ。その共和国をフランコに潰《つぶ》された後、開始した第二次世界大戦は、たしかにファシズムや軍国主義に対する戦いではあったけれども、国家と国家の戦争だった。同じ帝国主義国家同士の戦いに、人びとが駆り出された戦争であって、スペインのように人びと自《みずか》らが主人公となって共和国を創り、自由の灯を守ろうとしたわけではなかったのだよ」

ぼくは呆然として風漢おじさんの弁説を聞いていた。話が一段落すると、風漢さんは目をくしゃくしゃになごませ、空気の洩れるような声をたてて笑った。

「……分ってくれたかね？」

「ええ、まあ」ぼくは風漢おじさんに合鎚を打った。

「どうもいかんな。スペイン市民戦争の話になると、ついつい血が騒いでしまうんだ。若い頃のことを思い出してな」

風漢おじさんは照れたように笑った。

「祖父さんと風漢おじさんは、どういう友だちだったのです?」ぼくは写真の二人を眺めながらきいた。

「兵馬とは——きみの祖父さんのことだが——パリに来てからの友人なんだよ。わしはロートレックやピカソに憧《あこ》がれ、わざわざパリまでやって来た画学生だった。兵馬はたしかソルボンヌで医学の勉強をしていた留学生のはずだ。わしがやつに会ったのは、サン・ジェルマン通りのカフェのテーブルでだった」

風漢おじさんは昔を懐かしむように何度もかぶりを振った。

「祖父さんはどんな人なんです?」

「男っ気の強い男だったね。ロバのように強情だった。一度思いこむと、とことんまでやらねば気が済まん男でね。スペイン共和国が幻となって消えた後も、彼はスペインのかつての同志たちと連絡をとっていた。わしは絵を描く生活に戻ったが、兵馬はマキに加わって反ナチ反フランコ闘争を続けていたからね」

ぼくは初めて聞く祖父さんの話に興味を覚えた。

「そのマキって何です?」

「マキはフランスの地下抵抗組織だよ。兵馬はドローレスと一緒に、マキの抵抗運動に参加したんだ」

「ドローレス？」

「知らないのかい？　きみの祖母《おばあ》さんにあたるバスクの娘だ。気が強いが、綺麗な娘でなあ。兵馬は彼女のためもあってマキで戦ったともいえる。そうかドローレスを知らなかったのか」

風漢おじさんは、ぼくにちょっと待つようにという仕草をして立ち上がった。ライティング・デスクの本棚から一冊のアルバムを抜き出してテーブルに戻って来た。風漢おじさんは古びたアルバムの頁をめくった。マリアが目を輝かせて覗きこんだ。

「祖母さんの写真があるのですか？」

「うむ。一枚だけだがある」

風漢おじさんはアルバムをめくるうちに手を止め、「これだ」と呻くようにいって写真をぼくに差し出した。

黄ばんだ古い写真が一枚貼ってあった。髯面の風漢おじさんと祖父さんが一人の小柄な娘をはさんで肩を組みながら立っている写真だった。ぼくの持っている写真より風漢おじさんも祖父さんもまだ若い頃の写真だ。

「その娘がドローレスだ」

風漢おじさんは老眼鏡をかけ直し、感慨深げにいった。ぼくは写真の中の祖母さんの顔をまじまじと見つめた。民族衣装を着ている。たしかに美しい娘だった。顔立ちは小作りで、整った目鼻立ちをしており、どこか父の面影に似ている所があった。黒目がちな大きな目や、笑った口許も、父の写真によく似ている。

「この女の人が前に聞いていたパパの初恋の人だったのね」

マリアがからかうような目付きで風漢おじさんを見た。

「うむ。そういうこともあったなあ」

ぼくは驚いて風漢おじさんを見た。

「そう。わしと兵馬はドローレスをめぐって争った恋敵《こいがたき》だったのさ。だが、結局、ドローレスはわしよりも情熱的だった兵馬を選び、わしは失恋した。もう五十年も前の恋物語だよ」

風漢おじさんは指で目尻の皺ににじんだ泪《なみだ》を拭った。照れたような笑いを浮べた。

「可哀想なパパ」マリアが風漢おじさんの肩に手を置き、頰に軽くキスをした。

「いかんなあ。昔のことを思い出すと、ついつい涙腺がゆるんでしまう。わしもだいぶ歳をとったなあ」

風漢おじさんはグラスのワインを口に含み、自嘲的な笑いを浮べた。ぼくは規夫おじさんから聞いた話を思い出した。

「ドローレスさんは戦争中に亡くなったそうですね？」

祖母さんなのにドローレスさんなんていうのは変な気持がしたが、祖母さんという実感がまるで湧かなかったからだ。風漢おじさんは、そんなぼくの気持を察したのか、そのことには何もいわずに話を続けた。

「ローラは――わしたちはドローレスをそう呼んでいたのだが――不慮《ふりょ》の死をとげた。あれは連合軍がノルマンディに上陸する少し前のことだったから、一九四四年の五月頃だったのではないかな」

「何があったのです？」

「ローラはスペインのパンプローナに戻っていたのだが、当時何か使命を帯びて車で国境地帯に向う途中、車が崖から落ちて炎上し、彼女は死んでしまった。わずか一歳になったかどうかのきみの父さんを遺してな。兵馬は当時、フランスに潜入してバスク軍の一員として活動していたのだが、急遽、その事件ために、ピレネーを越えてスペインに戻っている」

「事故ではなかったのですか？」

「うむ。それがはっきりしないのだ。車は崖から落ちる前に爆発したという目撃者もいるし、銃声を聞いた人もいる。車には彼女以外に護衛役の男が二人と、バスクの重要人物が一人乗っていたのだが、亡骸《なきがら》は三体しか見当らなかった。その三体も車が爆発炎上しているため、ほとんど性別も分らぬほど焼けてしまっていて、彼女は指につけていた指輪でようやく確認できたほどだった。残る一人は川床に落ちる途中で車から放り出されたのかもしれないのだが、ともかく発見されなかった。何者かが山道で待ち伏せして、車を襲撃したのだろう。なにしろフランコ独裁政権下の事件だからね。警察の捜査もおざなりだったし、ローラ側の反政府組織も捜査に協力するはずもなかった。だから、何も真相は分っていないのだよ」

「祖父さんは何といっていたのです？」

「――後で彼はローラは裏切り者に殺されたんだといっていた」

「誰にです？」

「分らん。彼はわしにもいおうとはしなかった。だが、彼には誰かがうすうす分っていたのだろう。証拠を握ったら、その裏切り者をただでは済まさぬといっていたからね」

風漢おじさんは溜息をついた。

「祖父さんはその後、どうしたのです？」

「彼はある日、ひょっこりスペインからフランスへ戻って来たんだ。きみの父さんの誠くんを連れてな。彼は誠くんを日本に連れて帰るといっていた。その時は、もう彼は事件のことは何もいわなかった。わしも事件のことは訊けなかった。なおりかけた傷口をまた掻いて暴くような気がしてな」

ぼくは風漢おじさんの気持がいくぶんか分るような気がした。ぼくだって、亡くなった母さんのことをあれこれと訊かれたら、いやも応もなく母さんを思い出してしまう。できることなら、そっと放っておいてくれた方がいい。

「それはいつのことです？」

「ああ。あれは戦争が終ってから五、六年たっていたころだ。誠くんによれば、たしか六歳の頃だったといっていたからね」

ぼくは頭でざっと計算した。父が祖父に連れられ、帰国したのは一九五〇年頃になる。

「祖父さんはまたフランスに戻って来たのでしょう？」

「うむ。二週間ばかりで戻って来た。ちょうどわしがニースに出かけている時で、彼はわしを訪ねて来たのだが会えなかった。彼は、それで何も言わずに、またスペインに潜入した。その後、彼からは一通、手紙が来たきり、音信不通になってしまった」

「どこからの手紙だったのです？」

「パンプローナだ。バスクのな、中心地ともいうべき町だ」

「――祖父さんの身に何かあったのですか？」

風漢おじさんは悲しそうに顔を歪めかぶりをゆっくりと振った。

「はっきりしたことは分らんのだ。きみの父さんからの手紙には、祖父さんはすでに死んでいるかもしれんとあった」

「父からの手紙ですって？」

「きみの父さんは祖父さんの行方を探しに、スペインに密入国した。そしてバスクに潜りこんだのだ。わしたちの友人のツテを頼ってな。彼からの手紙が何通も届いたのだが、その最後の手紙にこうあったのだ。兵馬祖父さんはある晩、忽然《こつぜん》と家から消えた。ちょうど家人《かじん》が町に買物に行っている最中でな。家人が帰宅したら、家の中は荒され放題に荒されていて、祖父さんの姿が消えていた。町の噂では警察の車が二台、兵馬が匿《かくま》われていた家の方角から飛ぶように走り去ったというのだ。それっきり、祖父さんの姿を見た者がいないというんだ」

風漢おじさんは目をしばたいた。

「いつのことなのです？」

ぼくは平静な気持できいた。祖父さんといっても、まるで赤の他人のようにしか思えなかった。

「――戦争が終って数年後のことだそうだ。誠くんの調べでは一九五一年か二年の夏ではなかったかといっている。なにしろ、フランコ将軍の独裁政治が猛威をふるっていた時代の話だからね。」

風漢おじさんはワインのボトルを明りに透かした。残りのワインをぼくと自分のグラスに注いだ。

「警察がどうしてまた祖父さんを連れて行ったのですかね？」

「当時、反政府運動をしていたり、マキのような秘密組織に入っていた人物は、みな当局からにらまれていたんだよ。やつらは、何の法的根拠もなしに、ある日突然にやって来て、逮捕し、どこかへ連れて行って、その人間を闇から闇に葬《ほうむ》ってしまうようなこともやった」

「祖父さんは警察に殺されたというのですか？」

「その可能性が大きいということなんだ。だが、祖父さんが殺されたというはっきりした証拠は何ひとつない。もしどこかに生きていたら、兵馬は誰かに生きているということを知らせるはずだ。四十年近くたつというのに、誰にも知らせてくれないということは、生きている可能性は少ない、とわしも思う」

「どこかに監禁されているということはないですか？　たとえば、刑務所なんかに入れられているかもしれない」

「――あり得ないね。フランコが生きている時代ならともかく、フランコは一九七五年に死亡し、独裁政治は終ったんだ。いま、スペインはまがりなりにも、民主主義への道を歩み出している。裁判にかけることもなく、秘密警察が人々を監獄に放りこむことはできなくなっている。まして、以前から不法に監禁されている人間がいたら、すぐにでも釈放になっただろう。秘密警察自体が、フランコ体制が崩壊するとともに解体させられたのだからね」

風漢おじさんはカーディガンのポケットをさぐり、ジタンの箱を取り出した。ジタンを一本口にくわえた。マリアは肘で風漢おじさんの脇腹を突っついた。

「禁煙するって約束のはずよ」

風漢おじさんは不承不承《ふしょうぶしょう》うなずいた。

「火をつけなければいいだろう?」

「仕方がないわねえ」マリアは口を尖《とが》らせた。

ぼくは少し考えてからいった。

「父はどうしたのでしょう? 祖父さんがどうなったのかを、まだ追っているのですかね?」

「今度は、きみの父さんか」風漢おじさんはワインを口に含み、舌の上でころがしながらゆっくりと呑んだ。「誠くんはバスクに残り、祖父さんの遺志をついだのではないか、とわしは思うんだ」

「祖父さんの遺志って何ですか?」

「つまり、祖父さんができなかった夢を果そうということさ。バスク人としての誇りに目覚めたのではないか、と思うんだ」

「またバスクですか」

ぼくは少々うんざりしていった。ぼくの躰にバスク人の血が流れているのは分っている。だから、どうだというのだろうか。ぼくはぼくであって、バスク人であるとかないとかいったことは関係がない。祖父さんも父もどうしてバスクにこだわるのかが理解できなかったのだ。

「きみはバスクが嫌いかね」風漢おじさんは優しく微笑みながらいった。

「いえ、好き嫌いの問題ではなくて、バスクって、ぼくにはまだよく分らないのです」

祖父さんや父を虜《とりこ》にしてしまったバスクに恐れと興味が相半《あいなか》ばする形でぼくの心に同居していた。

「いったい、バスクって何なのですか？」

「――バスクについて何も聞いていないのかい？」

ぼくは規夫おじさんから聞いたバスクの話をいった。風漢おじさんは黙って聞いていたが、やがてうなずいた。

「伝説によれば、バスクはノアの方舟《はこぶね》がピレネーに漂着し、その中に乗っていた一人、アイトールが降り立った地なんだ。つまりバスク人はノアの方舟の末裔《まつえい》というわけだ。そのアイトールの七人の息子たちがピレネー山脈西端の七つの地方に散って治めた。それが現在のフランス側の三地方とスペイン側四地方にあたるバスクということになる」

「ノアの方舟はピレネーに流れ着いたの？」

マリアは目を輝かせた。風漢おじさんは微笑んだ。

「そうなんだよ。バスク人は誇り高い民族なんだ。神に特別に選ばれた善良な人びとなんだよ」

「ノアの方舟ねえ」ぼくは思わぬ話の成行きに首を傾げた。聖書の話とか伝説の類《たぐい》に、ぼくはあまり興味がなかったのだ。

「伝説や神話を馬鹿にしてはいかんよ」

「そんなつもりはないのですが……」

「そうよ。伝説や聖書には真理が含まれている場合が多いんだから。あなた、イソップの話を読んだことあるのでしょう？」

マリアが大人びた口調でぼくをたしなめるようにいった。風漢おじさんは笑いながら、

「ともかく、民族学的にいっても、まだバスク人はどこから来たのか、定説がないんだ。彼らの話すバスク語も、他のヨーロッパ言語体系から全く孤立していて、類型がない。バスクはなにからなにまで不明だらけ、謎だらけの民族で、彼らだけで一つの独自の社会を形成している。不思議な民族なんだよ」

「――――」ぼくはふとトランクの中に仕舞いこんでおいた本を思い出した。「ちょ

っと待って下さい」

　ぼくは部屋に飛んで帰り、トランクから母さんが大事に枕許《まくらもと》に置いておいた本を取り出し、居間に戻った。

「これはバスク語ですか？」

　ぼくは「ＥＶＳＫＡＤＩ」というローマ字が並んだ本を風漢おじさんの前に置いた。風漢おじさんは老眼鏡を押し上げ、題字を読んだ。

「エウスカディ。そうだ、これはバスク国家という意味の言葉だ。どうして、この本が……」

　ぼくは母の遺品の中から出て来たいきさつを話した。風漢おじさんはふむふむとうなずきながら、本をぱらぱらとめくって中に目を通した。

「バスク語が読めるのですか？」ぼくは風漢おじさんに驚いた。

「いや、わしは読めん。だが、エウスカディぐらいは知っている。バスク自治政府が打ち立てた国家をそう呼んでいたんだ」

「でも、バスクは国を持っていないといっていたではないですか？」

「正確にいえば、バスク国家エウスカディは一度、この世に登場したことがある。スペイン内戦が始った一九三六年の十月に、バスクは自治を獲得したことがあるんだ。共和国政府はバスクの独立を認めていた。忘れもしない、あの内戦の最中だった」

風漢おじさんは目を細め、遠くを見るような目付きをした。

「首都のビルバオがフランコ軍のために陥落するまで、わずか八ヵ月の運命だったけれども、たしかにエウスカディはあったのだ。そのことは、きみも覚えておいたらいい。バスク人にとって、短い命だったが、そのエウスカディを輝ける歴史事実として記憶の底に深く刻《きざ》みつけているし、いつも心の拠《よ》り所としているんだ。バスク人たちは命がけで、再びそのエウスカディ、バスク国家を独立させようとしているのだからね」

マリアが急に頰杖をやめ、大きく伸びをした。風漢おじさんは我に返った面持ちになった。ぼくは窓から射しこんでくる長い日射しに目をやった。

ぼくにとって、バスクとは何だろうという思いが頭を過《よぎ》った。まだ、ぼくにはバスクが身近なものには思えないでいた。

8

パリに来て、またたく間に一ヵ月がたってしまった。

ぼくは毎日のように風漢おじさんやマリアと一緒にパリの街に出かけ、サンジェルマン通りを散策したり、モンパルナスの路地を徘徊《はいかい》し、のんびりと時を過した。風漢おじさんは歩いていても、ここはと思う所を見つけるとイーゼルを立て、何日も通い、一心不乱に絵を描くのに取り組んだ。そんな時の風漢おじさんはまるで別人のように無口になり、終日、絵の具を混ぜ、絵筆を動かしていた。

マリアは慣れたもので、そんな風漢おじさんには構わず、近くのカフェのテーブルやベンチに坐って、お気に入りの〝犬になりたくなかった犬の話〟とか〝空を飛んだ男爵の話〟といった類の本を開いて読みふけっていた。ぼくも、二人の様子にすぐに慣れ、ひとりパリの街をぶらついては、大道芸人の芸を半日眺めていたり、地下鉄の駅を一つ一つ乗り降りしたり、観光案内書に載っている名所旧蹟を訪ねまわったりしていた。

風漢おじさんは、週に一度、気が向くと溜め描きした絵を愛車のシトロエン２ＣＶの屋根に積み、サンジェルマン・デ・プレに持って行って、通りの舗道に並べて即席の個展即売会を開いた。風漢おじさんは、そうした路上展仲間の絵かきたちの間では、顔らしく、必ず同じ場所が確保されていて、皆から大事にされていた。

風漢おじさんの絵は色調が明るくて柔らかな上に、パリの街の風景をどこかで感じさせる描き方をしているので人気が高く、観光客よりもパリの住民たちに好かれている様子だった。絵を買いに来る人の中には、わざわざ高級車で乗りつけて来る金持ちもいるし、絵の蒐集家らしい常連の客もいた。時々、画商らしい客もいて、何枚も絵を購入していこうとするが、風漢おじさんは、そんな客には売りたがらなかった。

「パパは画商とつき合うのが嫌なの」

ある時、マリアはぼくにそんなことを囁いた。

「どうして?」

「誰でも、自分の作ったイチゴのジャムは好きな人たちに食べてもらいたいと思うでしょう? お金を儲けようと思ってジャムを作りはじめたら、その人は商売人になってしまうし、作ったジャムにも心がこもらなくなってしまうわ」

「お金はいらないのかい?」

「もちろん、暮していく上で、最低限のお金は必要だわ。でも、お金では幸福は買うことができないわ。必要以上にお金が入ってくると、その人はその分だけ心が貧しくなってしまうものよ」

「風漢おじさんの絵が高く評価されれば、高く売れるのが当たり前じゃないのかい」

「でも、誰でも見とれるきれいな夕陽に値段はあって? パパの絵は誰のものでもないし、誰のものでもあるんだわ。画商の人は、そうしたパパの絵を誰のものでもないものにすると同時に、値をつり上げて限られた一人の人のものに独占させようとする。

だから、パパは嫌いなのよ」

　マリアはそういうと、また読みかけの絵入りの童話に読みふけっていた。ぼくは半ばマリアの言い分になるほどと思い、半ば疑問を抱きながらも、通りすがりの人たちが、風漢おじさんの絵の一枚一枚に足をとめ、絵を楽しんでいる姿に心が安らぐのを覚えた。風漢おじさんは並べた絵の傍に坐り、にこにこと笑いながら通行人の様子を眺めていた。

　ぼくはこんな毎日をおくりながら、風漢おじさんとマリアからフランス語の特訓を受け、街で人びとの話し声に耳を傾けているうちにカタコトではあるけれども、フランス語のやりとりが少しずつできるようになってきた。

　十一月も半ばを過ぎた日の午後のことだった。その日は朝から鉛色の雲が空を被《おお》い、すっかり葉を落した雑木林の梢を木枯しが揺すっていて、冷えこみもいつになく厳しかったので、風漢おじさんもぼくもパリの街に出かけるのは止めていた。

　近くのお店に買物に出かけて帰って来たマリアは、ドアを開けて走りこむと、息せき切って、ぼくの名を呼んだ。ぼくは何ごとかと玄関に駆けつけると、彼女は自分の背丈と同じほど一杯に買物をした紙袋を抱えながら、おびえた顔で立っていた。

「この家を誰かが見張っているわ」

　彼女は紙袋をぼくに渡しながら、まるで人がすぐ外に立っているかのように声をひそめていった。

「見張っている？」

ぼくはマリアが何をいっているのか分らずドアを開けようとした。マリアはぼくを抑えた。

「待って。階段の下まで、私を尾行《つけ》て来た男の人がいるんだから」

「どんな男？」

「黒いコートを着た、目付きの悪い男だったわ。そして、私に寄って来て、パパやあなたは部屋にいるのか、ときいたの」

ぼくは構わずドアを開けて外を見た。部屋は、そのアパルトマンの最上階の五階にあり、らせん状の階段は覗きこめば下の踊り場まで見通せる。

「どこにいる？」

ぼくはわざと声を荒げていった。おずおずと後ろから覗きこんだマリアは首を振った。

「下にいるはずよ。下から見上げていたんだから」

「どうしたね？」

ドアが開き、ガウン姿の風漢おじさんが片手に絵筆を持って顔を出した。ぼくは手短にマリアの話をいって聞かせた。

「フランス人かい？　それとも日本人かい？」

風漢おじさんはマリアに優しく尋ねた。

「フランス人だったわ。東洋人ではなかった」

「ほう」

風漢おじさんも絵筆を宙に構えたまま浮かぬ顔をした。

「ちょっと見て来ます」

ぼくは三段跳びで階段を駆け下りて行った。

「気をつけて」マリアの声が天井に響いた。「きっと悪いやつらよ」

ぼくは苦笑しながら、四階、三階、二階と駆け下りた。一階に下りるまでに三階の住人である主婦とすれちがったが、他に怪しい人影はなかった。

一階の踊り場にもロビーにも人影はない。

ぼくはアパルトマンの重いドアを押し、外に出た。セーターを軽くはおっただけだったので、吹きつける寒風に思わず震え上がった。

アパルトマンのある前の通りには枯れ葉が舞い、人気《ひとけ》もなかった。左手に墨絵を描いたような雑木林の木立が見えた。向い側にはレンガ造りの洒落《しゃれ》た造りの二階家が並んでいる。枯れ葉の絨毯《じゅうたん》を敷きつめたような庭先に、車が何台も駐車してあったが、そこにも人影はなかった。

通りの先にハンティング帽を目深に被《かぶ》り、マフラーを首に巻いた男が背を丸め自転車を漕《こ》ぎながら、こちらに向って来るのが目に入った。だが、マリアのいっているような黒いコートを着た男ではない。

ぼくは空を見上げた。雲間からいまにも雪がぱらついて来そうな気配がした。マリアは幻覚でも見たのだろうか？　マリアは時折、突拍子もないことをいい出す癖がある。でも、嘘をつく子ではなかった。本当に誰かを見たのかもしれないし、何かの影に脅えたのかもしれない。普通の人が見えないものでも、あのマリアには見えるのかもしれない。一ヵ月以上、一緒に暮してみて、分ったことだが、マリアはとても変った子だった。妙に子供なところがあるかと思うと、反対にぼくよりもずっと歳上に見えることがある。

ぼくは玄関の中に戻り、風漢おじさんの部屋の呼び出しボタンを押した。「誰？」というマリアの声に「ぼく」と答えると、ドアの錠がカチッと音をたてて開いた。マリアのいっていた怪しい男は、このドアをどうやって開けて入ったのだろうか？　出る時は簡単だが、アパルトマンに入る時には、中に知り合いがいなければドアは開けてもらえない。

仲間がいて不審な男はアパルトマンのどこかに隠れているのかもしれない。

ぼくは階段を一段一段登りながら、踊り場ごとにあるドアに注意を払った。ドアのどれかが急に開き、暴漢が襲いかかって来ても、いつでも応戦ができるように、こぶしを固め、腕の筋肉を緊張させた。

どのドアも固く閉じられたまま開きそうになかった。何ごともなく最上階まで登って来て、ほっと肩の力を抜いた。ドアをノックすると、勢いよくドアが開き、マリアが外を覗《のぞ》いた。マリアの手には鉄製のフライパンが握られていた。

「いなかった？」

「ああ。誰も」

ぼくはマリアが背中にフライパンを隠すのを眺めながら、かぶりを振った。

「逃げたんだわ、きっと」

「ともかく、もう安心だよ」

ぼくは男がアパルトマンのどこかに隠れているかもしれないことは言わずにドアを閉め、念のためチェーンをかけた。

風漢おじさんはアトリエ兼居間で、イーゼルにかけた絵に向い、絵筆を動かしていた。時々、筆を止めては、顎髭をなでまわし、描きあげた油絵を眺めて、口の中でぶつぶつ呟いている。

「あ、雪だ」

マリアが目をベランダの窓に向けて叫んだ。ぼくは振り向いた。窓ガラスの外に灰色の雲が拡がっていた。その雲間から細かな雪が舞い降りていた。マリアは窓辺に駆け寄り、窓を開けた。冷えた風が部屋に吹きこんで来たが、マリアはベランダに出て身を乗りだした。ぼくも窓辺に寄った。

「ほうほう。もう雪が降る季節になったのかい」

風漢おじさんも絵を描くのを止め、空を見上げた。

「ね、ね。雪って何色か知っていて?」

「白だろう? 白色に決っているじゃないか」

「ちがうのよ、それが。見て」

マリアは頭上から降りかかる雪片にあんぐりと口を開いて見上げた。ぼくも空を見上げた。灰白色の雲を背景に、ねずみ色の雪が散っては舞い、舞っては散るのをくりかえしながら、降りかかってくる。

「雪の色って、ね、黒いでしょう? こう見ると灰色よりも黒く見えない」

「本当だ」

「どれどれ」

ぼくの傍に風漢おじさんが立ち、ぼくたちと同じように口を開けて空を見上げた。ひんやりした冷たい感触が目や開けた口に飛びこんで来る。空の奥から際限なく湧き出し降りかかってくる無数の雪片を見つめていると、動いているのは雪の方ではなく、逆に自分が天に昇って行くような感覚に襲われる。

「まるで飛んでいるみたい」マリアが歓声をあげ、ぼくの腕に腕をからめた。「どんどん突き進んでいるみたいね。躰がふらふらしてしまう」

「空を飛ぶって、こんな気持なのかな。わしは子供の頃、カモメになりたくてなあ。あんな風に空を飛びたいと、いつも願っていたものだった」風漢おじさんも感嘆した。

「私、はじめて雪を見た時、世界にこんなに神聖で美しいものがあるなんてと思ったわ。やっぱり、神様はいらっしゃるんだって。これは奇蹟だと思った」

マリアは風漢おじさんの腕をとり、嬉しそうに笑った。幸せそうな笑い声だった。

「ベトナムでは見たことがなかったのかい？」

「ないわ。私は南のサイゴン市の生まれだから。ベトナムの北の方の人たちだったら、雪を知っていると思うけど、南には降らないの」

「――そろそろ、家の中に入ろう」

風漢おじさんが大きなくさめをして、ぼくたちを促した。いつの間にか、ぼくの吐く息も、マリアの息も霧のように白くなっていた。マリアは着ている黒のカーディガンの前を合わせて身震いした。ぼくたちは先を争うようにはしゃぎながら部屋に飛びこみ、窓ガラスを閉じた。スチームの傍に駆けこみ、暖をとりながら、白い雪片がついている髪を手ではたいた。

「積るかしら？」

「無理かもしれない」

ぼくは窓辺に戻り、雪の降り方を見ていった。雪はきまぐれで、つい先刻ほどの勢いもなく、まばらに降りかかっていた。土や道に降った雪もすぐに滲《し》みこむように跡形もなく消え去って行った。

その時、ぼくは雑木林の端に佇《たたず》んでいる男の姿に気がついたのだ。男はマリアの言っていた通り、黒いコートを着、黒いソフト帽を目深《まぶか》に被っていた。男はコートの襟を立てたばこに火をつけようとしていた。男はぼくに気づいたのか、見上げるのを止め踵《きびす》を返して歩きはじめた。

雑木林の陰から黒塗りのセダンが男の傍にゆっくりと停った。男はドアを開き、素早く躰《からだ》を入れた。ドアが閉じると同時に、車は白い煙を排気管から吐きながら走り出した。

「どうしたの？」マリアがぼくの傍に寄って来た。

「何でもない」ぼくはマリアのきゃしゃな肩を抱いていった。マリアはぼくの見ていた下界に目をやった。車は走り去った後だった。

風漢おじさんが乾いた咳《せき》の音をたてながら、ラジオのスウィッチを入れた。ＦＭ放送のクラシック音楽が流れた。母さんも好きだったサティのピアノ曲だった。

ぼくは絨毯の上に寝ころんだ。白い漆喰《しっくい》の天井についたひび割れを眺めた。マリアは童話の本を持って来ると、ぼくの傍に寝ころび、頰杖をついて本を読みはじめた。

ぼくは黒いコートの男を思い出した。顔こそ遠すぎて見えなかったが、たしかにぼくたちを見張っている人間がいるのが分った。いったい、あの男は何者なのだろうか？なぜぼくたちを監視しているのだろうか？

不意に電話のベルが鳴った。風漢おじさんは腕組みをして、絵の前に立って考えごとをしていたが、大きな溜息をつき、部屋の隅の台に置いてあった電話の受話器を取り上げた。

「ウィ。アロー」

風漢おじさんは受話器を耳にあてたまま、しばらくの間、黙って聞いていた。相手が何ごとかを喋っている様子だった。

やがて、風漢おじさんはフランス語で何かいいかけたが、相手が一方的に電話を切ったらしく、「アロー、アロー」と何度かくりかえした。風漢おじさんは受話器をフックに戻した。

「——誰から？」

マリアが興味津々《しんしん》といった表情できいた。

「分らん。名も名乗らぬ無礼なやつだった」

「何だといったのです?」

ぼくは風漢おじさんの顔がいつになく厳しい表情になっているのに気がついた。

「訳の分らんことをいっていた。悪戯《いたずら》電話だろう。気にせんことだ」

風漢おじさんはポケットからジタンの箱を取り出し、一本をくわえた。マリアがじっと見ているのに気づくと慌てて揉みくしゃにしてクズ籠に放りこんだ。

「隠さなくてもいいでしょ、パパ。いってしまいなさいな。気が楽になるわよ」

「悪戯なら言ってもいいではないですか」

ぼくも風漢おじさんに促した。

「それはそうだが」風漢おじさんは肩をすくめた。「本当に訳が分らんことだよ」

「何といっていたのです?」

「――サムに伝えろってね。計画を中止しろ。さもなくば、おまえたちに報復の手が伸びるぞ、と。おまえたち、つまり、わしたちのことだろうが、わしたちに禍《わざわい》がふりかかるのを覚悟しろ、というんだ。これは第一の警告だとね」

「サムって誰のこと?」

マリアがきょとんとした顔でいった。ぼくもききたかった質問だったので、風漢おじさんの答を待った。

「知らん。それでわしも面くらっているんだ」

風漢おじさんはしかめっ面で首を傾げた。

「本当に友だちや知り合いの中に、サムという人はいないのですか？」

ぼくは念を押した。風漢おじさんは考えこんだが、やはり少々間を置いた後、きっぱりした口調で「ない」といった。

「電話の声は、男の人？」

「うむ。男だった。あの喋り方はフランス人の喋り方ではなかった」

「まさか日本人ではないでしょうね？」

「ちがう。あれはスペイン人かイタリア人の訛りだろうな」

「計画って何のことかしら？」

マリアはきくともなしにきいた。ぼくは知るよしもなかったので黙っていた。風漢おじさんは力のない声で笑った。

「人違いに決っている。わしたちを誰かと勘違いしているんだよ」

「だったらいいんだけど」マリアは黒いコートの男を思い浮べたらしく、脅えた顔をして肩をすくめていた。

「未来兄さんは心当りない？」

「ないね。日本にも、サムなんて呼び名の友人はいなかった」

ぼくは、その時、マリアがぼくのことを初めて〝兄さん〟と呼んだのに気がついた。

以前からぼくを兄さんと呼んでいいかといっていたのだ。ぼくは兄さんと呼ばれるのに慣れていなかったので、背中がこそばゆい思いがしたが、まんざら悪い気持でもなかった。ぼくには兄妹姉妹がいなかったから、一生兄さんなどと呼ばれることはないと思っていたからだ。

ぼくが照れ笑いをして、風漢おじさんを見ると、彼が眉根に皺《しわ》を寄せ、窓の外をぼんやりと見つめているのに気づいた。外の雪はすっかり降り止んでいた。わずかばかり見える雑木林の梢が風に揺れていた。風漢おじさんは遥か彼方の雲間を眺めていた。彼はひとつ大きな溜息をついた。

ぼくは風漢おじさんがサムについて何か隠していることがあるような気がしてならなかった。根拠はないが、なぜか、そんな気がして仕方がないのだ。

9

不審な電話があった夜、ぼくはなかなか寝つかれずに床の中で何度も寝返りをうっていた。マリアのいっていた黒いコートの男はぼくもこの目ではっきりと見たわけだが、あの男と不審な警告電話が無関係だとは思えなかった。

いったい、あの男は何者で、なぜ風漢おじさんやぼくのことをマリアに尋ねたのだろうか？　そのこと自体が不思議でならなかった。ぼくが風漢おじさんの家に来ているのを知っているのは、規夫おじさんと立川さん夫婦、それにあの黒田隆司とかいっていた刑事たちだけだった。考えられるのは、黒田刑事たちがインターポールか何かを通じて、フランス警察にぼくの所在確認を頼んだことだ。ぼくはそうにちがいないと思った。そうでなければ、ぼくがここにいることを誰も知るわけがないからだ。

では、あの警告電話は誰がかけて来たのであろうか？　そこでぼくは、はたと行き詰まってしまった。あの男が電話をかけて来たというのだろうか？　警察があんな怪しげな電話をしてくるものなのか？

ぼくは寝床から起き出した。夜が更けるにつれ、空気が冷えこんできた。屋根裏部屋にはスチーム暖房がついていないので、寒さがどこからか忍びこんで来る。ぼくは足音を忍ばせ、小便に立った。裸足の足にひんやりした床の冷たさが伝ってくる。

ドアを開け、階段を降りかけて、まだ居間兼アトリエのドアの隙間から明りが洩れているのに気がついた。風漢おじさんが電灯を消し忘れたのではないのかと思った。

ぼくは階段を降り、居間のドアを開けた。ソファに坐りこんでいた風漢おじさんが驚いたように振り返った。

「なんだ、まだ仕事をしていたのですか？」

ぼくは安心してドアを閉じようとした。

「未来、ちょっと待ちなさい」

風漢おじさんが低い声でぼくを呼び留めた。

「何です？」

「――話しておきたいことがあってな」

「待って下さい。ちょっとトイレに行って来ますので」

ぼくは浴室のドアを開け、トイレの便座の蓋を上げた。放尿を終え、手を洗ってから、ぼくは急いで居間に戻った。風漢おじさんは両手を背中で組み、居間の床を熊のように行ったり来たりしていた。彼はぼくにソファへ坐るように促した。

ソファの前のテーブルには、いつの間にか帆立貝の殻が灰皿代りに置かれ、何本ものたばこの吸い殻が載っていた。さらにテーブルの上には、新聞の切り抜きや手紙の類、古い雑誌や本が乱雑に積み重ねてあった。飲みかけのワインの瓶と空のグラスも置いてあった。どうりで居間に入った際に、たばこの臭いがすると思った。

「どうしたのです？　こんな夜更けに」

柱時計の針は午前二時を指していた。風漢おじさんは早起きで、滅多に夜更かしをする人ではなかった。

「——わしは、昼間かかって来た警告電話のことを考えていたところなんだ」

「おじさんもですか。ぼくもでした。それで眠れなくなってしまって」

「じつはな、わしは一つだけ嘘をついていたんだ。きみやマリアに無用な心配をさせまいと思ってな」

風漢おじさんは歩きながら、ぽつりぽつりと話しだした。

「サムのことですか?」

「——知っていたのかね?」風漢おじさんは足を止めた。

「そうではないか、と感じたのです。サムについて心当りがあったのでしょう?」

「うむ。そうなんだ。しかし、あり得ないことなんだ。いや、もし、サムが彼だったらあり得ることとなのだが……」

「いったい、誰のことなのです?」

「昔、兵馬は仲間たちからサムと呼ばれていたんだ」

ぼくは意外な話に飛び上がるほど仰天した。

「では、ぼくの祖父さんは生きているというのですか?」

「だから、わしも信じられんのだよ。兵馬が生きていたのなら、なぜ三十年以上も、わしに知らせて来なかったのか。兵馬はそんな友情の薄い男ではないんだ」

ぼくは混乱した頭を整理するためにきいた。

「どうして、祖父さんはサムなどと呼ばれたのです?」

「兵馬もわしも、スペイン市民戦争に参加するには身許を隠す必要があったのだ。なぜかは分るだろう? 当時の日本はファシスト側のフランコ軍を応援していた。そのフランコ軍に敵対し、共和国政府軍に参加したわしたちは、昔流にいえば、日本の国賊になる。わしたちはどう見られようと一向に構わなかったが、日本に居る家族がひどい目に遭うのは忍び難かったからな。わしたちは偽名で義勇兵になったのだよ」

「それで祖父さんはサムと名乗ったのですか?」

「いや、サムは愛称だった。兵馬は勇猛果敢で、みんなからサムライと呼ばれていた。サムはサムライのサムなのさ」

「風漢おじさんは何と呼ばれたのです?」

「わしかい?」風漢おじさんは照れたような笑みを浮べた。「わしはタケルだ」

「タケル? 何です、その名は?」

「ヤマト・タケルのタケルだよ。わしは偽名にそれを使ったので、みんなはタケルと呼んだのだ」

「祖父さんは何という偽名を使ったのです?」

「ああ、彼は難波大助と称していた。だが、こちらの人たちはナンバ・ダイスケという名前を覚えにくかったのか、みんな彼をサムと呼んで、いつの間にか、それが通り名になってしまったのだ」

　風漢おじさんは立ち上がり、水滴で曇った窓ガラス越しに、街灯の淡い明りに目をやった。

「そうだとすると、祖父さんは生きていて、何か計画を実行しようとしている、それを阻止したいという人から警告電話が入ったことになるのですか？」

「もし、サムが兵馬と仮定したら、そうなるな。だが、わしと同《おな》い歳《どし》の兵馬が、まだ何かを仕出かすというのは、わしには考えられないのだよ。いくら元気で、見かけは若くても、やはり、七十七歳であることには変りはないからな」

　風漢おじさんは悲しげにかぶりをゆっくりと振った。

「電話は誰がかけて来たのです？」

「相手は名乗らなかった。これは本当だ。嘘ではない」

「――聞き覚えは？」

「なかった。あればわしにも事情が呑みこめたのだが、まるで分らなかったのだ」

「心当りもないのですか？」

「ない」

「ぼくも、じつは心配をかけまいと思って黙っていたのですが……」

　ぼくは黒いコートを着こんだ男を目撃した話をした。男はフランスの警察ではないかというぼくの推理を話した。風漢おじさんは向いのソファに身を沈め、ぼくの話にゆっくりとうなずいた。

「未来、きみの考えでは、電話をかけて来たのは、そのコートの男であり、警察ではないか、というのだね」

「ええ」

「――そうだとすれば、警告の中身はおだやかなものではなかったね」

「なぜです？」

「マリアがいるので、言わなかったのだが、電話の男はわしたちに禍がおよぶだろうなどといった言い方ではなく、わしたちの命をもらうといったのだ」

「ぼくたち三人の命をですか？」

「うむ。サムが計画を中止しなければ、わしたちを殺すとはっきりいった。ただし、きみを含んだ話なのかどうかは分らなかった。少なくとも、わしとマリアの命はない、と思えという意味だったのだ」

ぼくは頭を抱えた。

「計画に心当りは？」

「ないね。それでわしは困っているんだ。計画も知らずに、わしたちはみすみす命を失うわけにはいかんのだよ。ましてナムがわしの知っている兵馬でなければ、とんだとばっちりになる」

「単なる脅しとはちがいますか？」

「――少なくとも、わしはそう思えなかったな。あれは本気だと思ったよ。ただの脅しではない」

「これから、どうするのです？」ぼくは戸惑っていた。

「みすみす座して、何者かの脅しに怯《おび》えるわけにはいかん。老いたりといえども、わしはまだ敵と戦う力はあるつもりだ」

風漢おじさんはソファの陰から、二連銃のショットガンを取り出した。ぼくはショットガンを受け取り手に取った。ずっしりとした重さを感じる心強い銃だった。

「そこで、考えた。きみと一緒に、わしもバスクに行ってみようと思うんだ。どうかね」

「え、本当ですか」

ぼくは思わぬ成り行きに身を乗り出した。

「きみの父さんを探し出せば、兵馬の消息をさらによく聞き出せる。わしも、兵馬がどうなったのかを、調べようと思うのだ」

「嬉しいな」ぼくは素直に喜んだ。「風漢おじさんが一緒に行ってくれるとすれば、心強い。じつは、一人でバスクに行っても、どうやって父を探せるか、不安だったのです。でも、あの警告電話が単なる脅しではなかったら、かなり危険な旅になるかもしれないでしょう?」

「うむ。たしかに何があるか分らん旅ではあるな」

「マリアはどうするのです?」

「それで、わしも悩んでいたのだ。連れて行っていいものかどうかね」

「ついて行くわよ」

マリアの鋭い声が飛んだ。ぼくは慌てて寝室のドアの方を見た。細目に開いたドアの隙間から、大きなパンダのぬいぐるみに頬杖をついているマリアが目に入った。

「マリア、なんだ、聞いとったのかい」

風漠おじさんは呆気《あっけ》にとられた表情でいった。

「聞いていたわ。一部始終を。私は一緒に行きますからね。何といっても、私はみんなと一緒よ。連れて行かないなんていうのなら私はアパルトマンのベランダから飛び降りるわ。一人ぼっちなんか、絶対になりたくないわ。パパは嫌いよ。大嫌い」

マリアは怒ったような顔をしていたが、急に目に一杯、泪《なみだ》を浮べだした。

「分った。連れて行く。なあ、未来、マリアは家族だものな。連れて行くよな」

「ええ」

ぼくはうなずいた。風漠おじさんはマリアを抱き起すと、寝室のドアを開けて、内に連れて行った。マリアがしきりに泣きじゃくる声が聞こえた。しばらくすると、風漢おじさんが現われ、ぼくに肩をすくめた。

「そうと決ったら、いつ出発します？」

ぼくはカレンダーに目をやりながらいった。

「──明日、相談しよう。わしにもう少し考えがあるんだ。こちらで調べることもある」

風漢おじさんは顎髭を撫でながら、思案気にうなずいた。

「今夜は休んでおこう。また明日に、三人でいろいろ相談しよう。きみも休みなさい」

ぼくはその声に促され、ソファから立ち上がった。少しも眠気はなかったが、ぼくも一人で考えたいことがあった。ぼくはおじさんに「お休み」をいい、屋根裏部屋に上がって行った。ひんやりと冷たい寝床にもぐりこみ、闇の中に目を光らせた。

この一ヵ月間に、風漢おじさんから聞いた父に対するさまざまな知識の断片をつなぎ合わせて、父の像を思い浮べようと努めた。そのうちにぼくは睡魔が襲ってくるのを感じていた。

10

その翌朝、ぼくたちはいつものように、シトロエン２ＣＶに絵を積んでサンジェルマン・デ・プレに出かけた。風漢おじさんの舗道の場所は絵かき仲間が確保していてくれた。

すっかり顔なじみになったぼくは、日本人の留学生や各国からパリに来て住みついている絵かきたちと挨拶を交わしながら、教会の鉄柵に風漢おじさんのデッサン画や油絵を並べた。

その日のパリは昨日のようにどんよりと雲が低くたれこめてはいたが、風がほとんど吹いていなかったので、寒さはそれほど厳しくなかった。思い出したように厚い雲の切れ間から暖かい太陽の日射しが差しこむことがあり、そんな時には、日だまりに集って躰を温めることができた。

冬のパリを訪れる、もの好きな観光客も多く——その大半は日本人の団体客だったが——彼らはサンジェルマン・デ・プレの路上芸術家たちにとって格好のお得意さんになってくれた。風漠おじさんは乞われれば断わらず、画板を持ち、即座に客の似顔絵を描き上げ、愛想よく何フランかの料金を受け取り、頭を下げた。

ぼくはマリアと一緒に風漠おじさんに代って並べた絵を覗いて歩く客相手に店番をしていた。マリアは昨夜のことでまだ腹を立てているのか、一言も喋ろうとはせず、むっつりと黙りこくっていた。

ぼくがその男に気づいたのは、男が何気ない様子を装いながらも、しきりに風漠おじさんに視線を走らせていたからだった。男の年齢は四十代前半に見えた。男は黒い工員帽を被り、ところどころが傷んで破れかけた革のハーフコートを着ていた。ズボンの膝は抜け、靴はかかとがすり減って潰れている。顔の頬一面に不精髭《ぶしょうひげ》がはえ、濃い眉毛は、一文字につながって見えた。

一見して労働者と分る風体《ふうてい》の男である。男は絵を見る振りをしながら、三度も舗道に並べた絵の前を行ったり来たりした。ぼくは男の挙動を警戒し、いつでも飛び出して押さえつけることができるように気を配っていた。

子供連れの婦人が料金を払い、丸椅子から立ち上がると、その男は急ぎ足で風漠おじさんに近づいて行こうとした。ぼくは咄嗟《とっさ》に男に走り寄り、男の腕をつかんだ。男はぼくに血走った赤い眼を向け、腕を払おうとした。意外に強い力だったので、ぼくは危うく振り回されかかったが、踏みとどまり、男の腕をかかえこんだ。男はスペイン語で何ごとかを喋った。あまり語気が鋭く早口だったので、ぼくには聞きとれなかった。

「この男はいい、大丈夫だ」

風漢おじさんは立ち上がり、ぼくの腕を押さえた。眉毛が一文字になった男は、ぼくを激しい口調でののしり、腕を払いのけた。ぼくは黙って男の傍に立った。

「大丈夫なのですか？」

「うむ。わしに何か用事があるらしい」

男は丸椅子に坐りこんだ。似顔絵を描いてほしい、という格好だった。ぼくは用心のため、いつでも男に飛びかかれる位置に離れて立った。

男はぼくの方に時々、ちらりと目を向けては風漢おじさんに何ごとかを囁《ささや》いていた。風漢おじさんは画帳に鉛筆で素早く顔を描き上げた。やがて、絵が出来上がると、風漢おじさんは画帳から無造作に一枚を破り取って男に渡した。男は素早く、風漢おじさんに何かを手渡した。

それから男はポケットに両手を突っこみ、絵を受け取ろうともせず、席を立ち歩き去って行った。

「――何者だったのです？」

「使いの人間だった」

「誰のです？」

「――――」風漢おじさんは小さな紙片をひろげた。そこには3＋4＝1という数式が並んでいた。ぼくは不思議な足し算に目を疑った。

「バスク独立運動の組織だよ。フランス領バスク三県とスペイン領バスク四県を合わせて一つの国、バスク国を創ろうという合言葉なんだ。これを掲げている組織はＥＴＡしかいない」

風漢おじさんは小声で囁いた。ぼくは驚いて、立ち去った男の後ろ姿を探した。男はいつの間にか雑踏に紛《まぎ》れて、姿を消していた。

「ＥＴＡって何ですか？」

ぼくは日本で刑事たちがＥＴＡを超過激派組織といっていたのを思い出した。

「〝バスク祖国と自由〟という名の非合法組織のことだよ。バスクの完全独立を目指すグループで、バスク民族解放の武力闘争を行なっている連中だ。ＥＴＡには元マキの仲間もかなり合流しているんだ」

風漢おじさんは画板を片付けながら、小声で答えた。

「何だというのです？」ぼくもあたりに気を配った。まわりにいる見物客の誰もが怪しく見えて来た。

「昔の友人が会いたいといって来たんだ」

風漢おじさんは懐かしむ口調でいった。

「――ETAの人なのですか？」

「多分、そうなのだろう。もう三十年以上、いや四十年も会っていない友人だよ」

「そんなに長い間会ってなくても、友人といえるのですか？」

「きみには分らんかもしれんな。昔、一緒にフランコ軍と戦った友なんだ。一度結ばれた絆は、そう簡単に切れはしない」

風漢おじさんはたばこをくわえた。いつの間にか傍に立ったマリアが風漢おじさんの肩をちょんちょんと突っついて、手を差し出した。風漢おじさんは溜息をつき、ポケットの中からジタンの箱を取り出し、マリアの掌に載せた。それでもマリアが手を引っこめなかったので、くわえたたばこも乗せた。マリアはにっこり笑うと、たばこを外套のポケットに捻《ね》じこんだ。

「未来、わしがどうして女房をもらわなかったのか、その理由が分るかい？」

ぼくは頭を振った。風漢おじさんは苦笑いをして、マリアの頭を撫でた。

いきなり通りで呼び子が鳴り響いた。ぼくたちは話を中断して、通りの先を見た。制服警官たちが警棒を持って走って来るのが見えた。先頭を先刻の革のハーフコートを着た男が走っていた。

男は通行人を突きとばし、舗道の出店のワゴンを引っくり返しては、必死になって走って来る。ぼくは風漢おじさんを見た。

「手を出してはいかん。知らん顔をしているんだ」

風漢おじさんは語気鋭く叫んだ。マリアはぼくの腕をつかみ、ぼくの背後に回った。

突如、逃げる男の前にトレンチコートを着た大男が二人、行く手をはばむように手を拡げて立ちはだかった。

「止まれッ。止まらんと撃つぞ」

大男たちの手には黒光りのした拳銃が見えた。革コートの男はたたらを踏むようにして停ると、方向を転じ、車道に走り出した。走りながら、男はコートの内側から拳銃を抜いた。

「止まれッ」

車がブレーキの金切り音をたてて男に突っこんで来た。男は身を翻して避けた。後続のタクシーが斜めに滑りこんだ。今度は男も避けきれず、もんどりうってボンネットにはね上げられた。男の躰はフロントガラスを粉々に砕いた。

後ろから来たトラックがタクシーに追突した。男の躰はボンネットからころがって路面に落ちた。勢いあまったトラックがタクシーの脇に横倒しになり、男の上にのしかかった。

ぼくは骨の砕ける鈍い音を聞いたような気がして、顔をそむけた。警官たちが大手を振りながら、他の車を停めた。私服の刑事らしい男たちは、無表情で銃を構えたまま、トラックに回りこみ、下敷になった男を覗きこんだ。

マリアがぼくの腕をしっかり握りながら、目を皿のようにして一部始終を凝視《ぎょうし》していた。マリアは突然、ぼくの腕を離すと横転したトラックに向って駆け出した。

「マリアッ」ぼくは叫んで、マリアの後を追いかけた。

呼び子が鳴った。マリアは警官たちの間をすり抜け、停ったタクシーに走り寄った。ぼくはマリアを追い、止める警官の手を払いのけて、タクシーに駆け寄った。

横倒しになったトラックの車体から、男の下半身がはみ出していた。車体に押し潰され、路面に夥《おびただ》しい血が流れ出て、血溜りを作っていた。

ぼくはマリアを後ろから抱き止めた。死体を調べていた私服刑事が、ぼくたちを振り向いた。マリアは目を瞠《みは》って死体を見つめていた。

私服は膝の埃《ほこり》を払い立ち上がった。足許に男の黒い工員帽が落ちていた。ぼくは屈《かが》みこみ帽子を拾い上げた。マリアは小さな声で祈りの言葉を呟き、急いで胸に十字を切った。

「知り合いか?」

私服が陰険なまなざしをぼくに向けた。

「いや、ちがう」ぼくはマリアを抱きしめた。

「ならば行け。そのガキを連れて行くんだ」

男は声を荒げて手を振った。ぼくはマリアの腕を引きながら後退《あとずさ》った。風漢おじさんがあたふたと駆けつけ、マリアの腕をとった。二人の私服は胡散《うさん》臭そうにぼくたちを眺めていた。警官たちが道をあけた。

通りの先から青色の緊急灯を点滅させたパトロールカーが殺到して来た。舗道に集まりはじめていた野次馬たちを警官が追い払いだした。

ぼくたちは絵を並べた場所にようやく戻った。マリアは呆然としてまだ横倒しになったトラックの方を見つめていた。

「どうして、彼はあんな風に死なねばならないのです？」

ぼくは思わず、風漢おじさんに詰問するようにいった。

「——やつらにとってはテロリストだからさ」

風漢おじさんは顔を警官たちにしゃくった。

「テロリスト……」

「体制側の人間には、少しでも力で反抗する者はテロリストなんだ。やつらにとって、テロリストは人ではない。だから無慈悲に遠慮なく警官たちは、銃をぶっ放してテロリスト狩りをするんだ」

風漢おじさんは吐き捨てた。

ぼくは口の中で何度もテロリストという言葉を反芻《はんすう》した。父もまたあの男のようなテロリストの運命を辿るというのだろうか。そう思うとたまらない気分になった。

救急車がサイレンを鳴らし現場に走りこんだ。救急隊員たちが慌ただしく担架を手に車から飛び出した。パトロールカーに先導されたレッカー車が滑りこんだ。野次馬がどよめいた。

ぼくはその時、ふと首筋に強い視線を感じて振り返った。舗道の野次馬の中から誰かが見ているのだ。ぼくは立ち止って通りの現場を眺めている群集に目をやった。

「どうしたのかね?」

風漢おじさんがぼくの肩を叩いた。強い視線はいつの間にか消えていた。

「いえ、何でもありません」

ぼくはレッカー車がトラックを吊り上げようとしているのを見ながら、かぶりを振った。もう一度、野次馬の人波に目をやり、ぼくたちを見ている人間はいないか、と探したが、不審な人物は身当らなかった。ぼくは首筋を撫でた。人が死ぬのを目のあたりにしたのは初めてだった。それもあんな風にトラックに押し潰された死体を見るなんて、なんとぼくは運が悪いのだろうか。そのため、神経が過敏になってしまったのかもしれない、とぼくは自分自身に言い聞かせた。

その日は、いつもより早く切り上げ、暗くなる前に引き揚げた。風漢おじさんもぼくたちも、男が酷《ひど》い死に方をしたのを目撃して、現場で絵を売る気にならなくなってしまったのだ。それでも、その日は出足良く、すでに油絵が一枚にデッサン画が七枚ほど売れていたので、十分、懐《ふところ》は温まっていた。

ぼくたちは絵や画材の類をシトロエンに積み、顔見知りの画家に場所を譲ってあげた。あたりは薄暗くはなっていたが、家に帰って夕食をするまでにはまだ間があった。そんな時、いつもするように風漢おじさんはぼくたちをカフェ・ドゥ・マゴに連れて行った。〝知的エリートの集《つど》う店〟を売り物にしたカフェであった。昔はサルトルやボーヴォワールが好んで出入りした店だった。

ぼくたちは店の奥にあるテーブルについた。店の中は人いきれやたばこの煙、エスプレッソの強い芳香が充満していた。まわりのテーブルではお喋り好きなフランス人たちが、大声で談笑していた。マリアは風漢おじさんにこうしたカフェには何度も連れて来られているらしく、場馴れした態度で給仕の大人に紅茶や菓子を注文した。風漢おじさんはビールを頼み、ぼくはエスプレッソを注文した。

「あんなものを見た後ではなあ、食欲もわかんな」

風漢おじさんは疲れた表情でいい、給仕が運んで来たビールを一気にあおるようにして呑んだ。ぼくも本当なら、ビールを呑みたかったところだが、帰りの車はぼくが運転する約束になっており、呑むわけにいかなかったのだ。いま死体を思い出しても胸が悪くなりそうだった。

マリアだけが淡々として、平気な顔をしており、給仕が持って来たケーキにナイフを入れ、フォークの先にのせて、口に運んでいる。

「マリア、よく平気で食べられるな」

ぼくはマリアの赤い唇がケーキのかけらを呑み込む動きを見ながらいった。マリアはぼくにちらりと大人びた視線を向け、口の端についたクリームをナプキンで拭った。

「いけない？」

「いけなくはないけど、ただびっくりしているだけさ」

「私、何人も何人も目の前で死んだり、殺されたりするのを見たわ。もっと酷い死体も見たことがある。でも、だからどうなの？　きもちが悪い？」

「ああ」ぼくは正直にそう思った。

「誰でもいつかは死ぬんだわ。死んでしまえば、あとは魂の抜け殻だけ。痛くも怖くもないし、悲しいことも悔しいこともないのではなくって？　私は、ちっとも気持悪くないわ。魂は天国に召されるのだし」

マリアは紅茶にたっぷりと砂糖を入れ、スプーンで掻き回した。マリアはぼくを醒《さ》めた目で見つめた。マリアがひどく大人びて見えるのはこんな時だった。風漢おじさんはビールのグラスをドンと音をたててテーブルに置いた。

「マリアはえらい娘《こ》だ。この娘《こ》はボートで漂流した時、肉親や兄弟が次々と亡くなり、海に葬《ほうむ》られるのを見送って来た娘なんだ。三週間近くも飲まず食わずにだよ。八十人以上いたボート・ピープルのうち、最後まで生き延びたのは、マリアを含めてたったの六人だった。この娘はわしたちでもまだ見たことのない生き地獄を見てしまったんだ」

風漢おじさんは大きな溜息をついた。マリアは風漢おじさんを逆に慰めるかのように手を伸ばし腕を押さえた。

「パパ」

「それなのに、この娘《こ》は何も悲しみを語らない。人を優しく包んでしまう心を持っている。いい娘なんだ。名前のようにね」

風漢おじさんはマリアの手を握り返した。

ぼくは運ばれたエスプレッソをすすった。ほろ苦さが舌一杯に拡がった。マリアはぼくに涼し気な微笑を向けた。

「話を変えよう」風漢おじさんは通りがかった給仕に新しいビールを注文しながらいった。

「さっきの男の件ですが、昔の友だちはどうして風漢おじさんに会いたいといって来たのですかね？」

「そうだな。わしもそれが気になっていたところなんだ。もしかして、サムのことがからんでいるのかもしれないと思ってな」

「ぼくも、そのことを考えていたのです」

「私も」マリアが目を輝かせた。

「相手はどんな人なのです？」

「ザビエルという男でな。昔、共和国軍側で軍医をしておった男だよ。バスクの由緒ある家系の男でな。先祖代々、バスクの自治や独立を掲げてバスク民族運動を指導して来た貴族の子孫にあたる人物だった。わしはこのザビエルに、世話になったことがある」

「初めて聞く話だわ」

「かもしれんな。わしも人に話すのは初めてだから」

ビールが運ばれた。風漢おじさんはビールのグラスを取り近くのテーブルについていた顔見知りに掲げて呑んだ。

「どんな世話になったのです？」

「わしはビルバオ攻防戦で、右の脚のつけ根に砲弾の破片をくらったことがあるんだ。敵の弾が近くで炸裂しおった。わしは物陰に隠れていたのだが、下半身が隠れていなかったらしいのだ。気がついた時には野戦病院のベッドの上だった。ロウソクの灯がゆらめき、あの藪医者の顔が浮んだんだ」

「藪医者なのですか？」

「うむ。あいつは麻酔なしで、わしの脚に突き刺さった破片を抜こうとしていたんだ」

「麻酔なしで、ですか」

「もうモルヒネもなかったらしいのだ。わしがやめてくれと叫んだら、あいつはこのままにして、手遅れになったら、助かっても右脚を切り落とすことになるがいいか、と脅した。わしはそれで泣く泣く手術を頼んだ。わしは手術中に、あまりの痛さに失神した。その間に手術をやり、わしは一命をとりとめた。右脚も無事だった」

「じゃ、よかったじゃないですか。命の恩人だ」

「それはそうなんだが、やつめ、わしにひとつだけ内緒にしていたことがあるんだ。わしの命よりも大事なあそこを取ってしまったんだ」

「え？」ぼくは風漢おじさんの酔いで上気した顔を見た。「何をですか？」

「分るだろう？　玉だよ、玉。わしの睾丸を二個とも取っちまったんだ。もっとも、やつの説明によると弾丸があそこをかすって袋が破れ、運ばれて来た時には、すでに玉はどこかに落ちて無くなっていたそうだがね。しかし、そのことをわしに一言もいわんかった。いえば生きる希望を失うにちがいないからってな」

風漢おじさんは空気の洩れるような笑い声をたてた。マリアも話の中身が分ったらしく、赤い顔をして下をむき、笑いを嚙み殺していた。ぼくも頰がゆるんでしまった。

「そのザビエルさんとは、いつ会うことになったのです？」

「彼はまだパリに来ていないらしい。それで一週間後に、という話になっていた。だが、会えないかもしれんな」

「どうして？」

「使いの男が殺されてしまってはなあ。やつがザビエルにわしの返事を伝えることになっていた。明日、ここでまたあの男からザビエルの返事をもらうことになっていたんだ」

風漢おじさんはグラスのビールをぐいぐいっと一気に干し上げた。

「じゃあ、連絡がつかないわけですね」

「こちらからはな。むこうからの連絡を待つしかないんだ。ま、そのうち、また誰かが会いにやって来るだろう。こういうことは、あせっては駄目だ。のんびり、敵の目をごまかしながら、連絡をとり合うしかないんだ」

風漢おじさんは「敵」といった時、あたりを目で追った。ぼくはさっきの鋭い視線を思いだした。誰かがどこかでぼくたちを監視しているかもしれないと思うと、戦慄《せんりつ》する。まわりの連中の誰もが怪しく見えて仕方がなかった。

上機嫌な風漢おじさんを車に乗せ、郊外のアパルトマンに戻ったのは、すっかり日が暮れて暗くなった五時過ぎだった。シトロエンをアパルトマンの裏にある駐車場へ入れた。三人で手分けして絵や画材を車から降ろし、五階まで運び上げた。

マリアが鍵を取り出し、ドアの鍵穴に差しこんだ。

「あら？」マリアが驚きの声をあげた。

「どうしたい？」風漢おじさんが荒い息をしながら絵を下ろした。

「鍵があいているわ。かけて出たはずなのに」

マリアはドアを開けた。ぼくはマリアの躰を押さえた。

「待って。ぼくが見る」

ぼくはかついでいた絵やイーゼルを下した。マリアに代って、暗い部屋の中を覗きこんだ。人気なく静まりかえっていた。壁のスイッチを探った。かすかにたばこの臭いがした。ジタンの強い臭いとは違う臭いだった。

スイッチをつけた。ぼくは呆然として部屋の中を見つめた。部屋の床には、机の引き出しの中身や書架の本が乱雑に投げ捨てられていた。

「何だ、これは」

風漢おじさんも素頓狂《すっとんきょう》な声をあげた。

「いったい、誰がこんなにちらかしたのかしら？」マリアはおそるおそる居間を覗きこんだ。壁にかけた絵もすべてはずされ床に放り出してあった。

ぼくは足の踏み場もなくちらかっている床を、たくみに物をよけながら、奥の寝室を覗いた。寝室もベッドや床に、タンスの中身がぶちまけられていた。マリアは悲鳴をあげ、ベッドの下にばら撒かれていた童話本や詩集本を拾いあげた。

隣りの風漢おじさんの寝室も、絵や何も描いてないカンバスが部屋中に散乱していた。ぼくは急いで階段を登り、ぼくの屋根裏部屋に上がった。

トランクの蓋は開けられ、中身が乱雑にひっかき回してあった。ぼくは慌ててトランクから放り出してある衣類や本をかき集めた。

「何か無くなったものはあるかい？」

戸口から覗いた風漢おじさんが声をかけた。

「大丈夫です。大事な物はカバンに入れて持ち歩いていたから」

ぼくは母さんの遺品の本や写真を入れた肩かけカバンをポンと叩いた。

「おじさんの方は？」

「分らん。何が盗まれたかまだ見当がつかんよ。あんなにごった返しておってはな」

風漢おじさんは呻《うめ》くようにいった。すっかり酔いは醒めてしまっている様子だった。

「いったい、誰がこんなことをやったのですかね？」

「——マリアに買ってあげた宝石類やへそくりの金が無くなっておらんから、ただの泥棒ではないことはたしかだ」

ぼくは昨日の黒いコートの男を思い浮べた。警察が強引な違法捜査をしたのだろうか？　それとも、誰か、ぼくたちを監視している何者かがいて、何かを見つけ出すために侵入したということなのか。

ぼくは散乱している下着やシャツを片付けながら考えにふけっていた。

どこかで電話のベルが鳴っていた。風漢おじさんは階段を下りて行った。ぼくも下の部屋を片付ける手伝いのために、階段を下りた。

居間兼アトリエの部屋の隅で、風漢おじさんが受話器をとって耳にあてていた。マリアはべったりと床に坐りこみ、下着やシャツを一枚一枚丁寧に折り畳んでいた。

「アロー、アロー」

風漢おじさんは腹立たし気に怒鳴り、電話機のフックを何回も叩いていた。終いには受話器を叩きつけるようにして電話を切った。

「パパ、電話さんにあたらないで。電話さんは悪くないわ」

「うむ。それはそうだが」

風漢おじさんはうなずき、いらいらとポケットをさぐった。灰皿代りの絵皿に、吸い差しが何本も押しつぶしてあった。ジタンではない。押し入った犯人たちが吸ったたばこだった。

「不健康なやつらだな」風漢おじさんはたばこの吸い殻を調べながら呟いた。フィルター付のたばこだが、少なくとも三種類のたばこが交じっている。

「いまの電話、何だったのです?」

「無言電話だったよ。相手は何もいわずに、こちらの様子に聞き耳をたてている。息の音だけが聞こえた」

ぼくは首をひねった。何のための無言電話なのだろうか?

「きっと、わしたちが戻ったかどうかを調べるためのものさ」

風漢おじさんはいまいまし気にいい、乱雑に放り出された絵を拾い上げはじめた。ぼくも、マリアと一緒に散らかった衣類や本などを片付けだした。

「何を持って行ったのかしらね」マリアが呟いた。「まるで台風が通った後みたいだわ」

風漢おじさんは答えず、口の中で何ごとかをぶつぶつ呟きながら、絵を明りにかかげ、傷みがないかどうか調べていた。

11

ぼくは夢を見ていた。深い山の中で立川さんたちとログハウスを建てている夢だった。ログハウスはまだ半ばまでも出来ていなかった。ぼくはチェーンソーで丸太に切り口をつけようとしているのだが、チェーンが回転せず、エンジンをかけようと汗だくになっていた。

母さんが現われて、ぼくを元気づけるようなことをいい、ぼくはいまやろうとしたところだったのに、と文句をいっている。優しい気持で答えたいと思っているのに、口ではつい反対のことをいってしまうのだ。

そこへシトロエン2CVに乗った風漢おじさんが出て来て、山を見に行こうといい出し、マリアが頬杖をついた姿勢で、海がいいなあ、といった。ぼくたちが手をつないで大きな通りに出た途端、大型トラックが横転し、一人の男が車体に潰されるのが見えた。マリアが悲鳴をあげた。

死んだ男は父さんだよという母さんの声が聞こえた。ぼくは夢から醒めようと必死にあがった。ぼくは息が苦しくなり、手で思わず払った。

目を覚ました。マリアが覗きこんで笑っている。ぼくは夢の続きなのかとあたりを見回した。屋根裏部屋だった。

「もう、朝よ。コーヒーがさめてしまうわ」

「なんだ、夢ではなかったのか」

「すごいいびきかいていたわ」

「いびき？」

「それで鼻つまんでやった」

マリアはくすりと笑い、後退った。ぼくはマットに身を起した。

「どうりで息苦しかった」

「夢を見ていたでしょう？」

「ああ」

「悪い夢？　それともいい夢？」

「どちらでもないな」

「寝言いっていたわ」

「何て？」

「母さんって。母さんに何か文句いっているみたいだった」

　ぼくはマリアに夢を覗かれてしまった思いがして、照れ臭かった。

「未来兄さんのお母さんって綺麗な人ね。優しくて、素敵だったのでしょう？」

「ああ」ぼくはうなずいた。ぼくは枕許の目覚し時計に目をやった。午前十一時を過ぎた時間だった。九時に目覚しのベルが鳴ったはずなのに、いつの間にかベルの音を消して眠ってしまったらしい。昨夜、後片付けが終ったのは深夜の午前二時過ぎだった。結局、盗まれた物は風漢おじさんの所に来た手紙類と住所録であった。これで泥棒たちがただの空き巣狙いではないことが明らかになった。彼らは風漢おじさんの交友関係や知人を調べようとしているのだ。

「さあ、下へ行きましょう。私、ひとりで食事するなんてつまらなくて」

「風漢おじさんは？」

「起きたらすぐ出かけたわ」

「どこへ行ったの？」

「友だちの所にだって。急な用事ができたんだっていっていた」

　ぼくはマットから降り、洗面所に入った。顔を洗い、鏡を覗いた。寝グセのついた髪が逆立《さかだ》っていた。髪に水をつけ、ヘアブラシで撫でつけたが、毛はすぐ逆立ってしまう。ぼくは髪をいじるのをあきらめ、下の階へ下りて行った。

　きちんと以前のように片付けた部屋のテーブルにコーヒーカップが並び、小皿にクロワッサンが載っていた。ぼくは席についた。マリアがコップにミルクをたっぷり注いで、僕の前に置いた。ついでマリアは台所から、フライパンを持ち出し、ぼくの皿とマリアの皿に均等にスクランブル・エッグを分けた。

ぼくとマリアがとりとめのない話をしながら、朝の食事に取りかかった時、玄関のドアが開き、風漢おじさんが鼻の先を赤くして帰って来た。

風漢おじさんはいつになく浮かぬ顔をしていた。外套を脱ぎ、テーブルに着いても、マフラーをはずすのを忘れて首に巻いたままだった。マリアにいわれてはじめて気づき、マフラーをはずす様だった。

「どうしたのです？　何か心配ごとでもあるのですか？」

ぼくは自分のコーヒーカップを風漢おじさんに勧めた。風漢おじさんはコーヒーカップを両手で温めるように持っていった。

「昔、マキにいたことのある友人に会いに行ったのだ。サムのことを訊くためにな」

「知っていましたか？」

「彼のところには、一足先にセデックの人間がサムの話を訊きに来たそうだ。サムはどこにいるか、とね。それにサムの立ち寄る先を探りに来ていた」

風漢おじさんはコーヒーをすすった。

「セデックって何です？」

「ＳＤＥＣＥといってな。この国の秘密情報部のことだよ。〝対外調査対諜組織〟の頭文字をとるとＳＤＥＣＥとなるんだ。アメリカのＣＩＡのように、汚い仕事もする。最近ではニュージーランドで、フランスの核実験に反対する平和団体の船〝虹の戦士〟号を爆破沈没させ二人を殺した事件があったろう？　あの事件もセデックの仕事だった」

「――やはり、サムは祖父《おじい》さんだったのですか？」

「わしの友人も、セデックの取調官から訊かれるまでは、サムが再び活躍しているということを知らなかったそうだ。それで彼もサムと聞いて、すぐに兵馬を思い浮べた。友人は密かにかつてのマキの仲間の伝《つて》を使って調べたらしい。分ったことは、サムという暗号名のテロリストが、バスク独立をかけてどえらいテロ作戦を決行しようとしているということだった。もう一つ、分ったことは、どうもサムは兵馬ではないらしい、というのだ」

「誰だというのです？」ぼくは嫌な予感を抑えきれずにきいた。

「兵馬の血を引く日本人の息子ではないか、というんだ」

風漢おじさんは顎髭を撫で、ぼくの顔を見つめた。ショックではあったが、ぼくは予想していたことでもあったので平静だった。

「父がサムだというのですか？」

「祖父さんでは歳をとりすぎているというのだよ。息子の誠くんがサムの名を継承しているのではないのか、とね。そうだとすると、何者か分らないが、わしらを脅迫してきた意味が分る。敵は——多分、敵といっていいと思うが、きみが父さんを探しに日本からわざわざ来ているのを知っているんだ。そうでなければ、わしとマリアだけなら脅しようもないだろう」

「ぼくがこちらに来たのを知っているのは日本の警察だけのはずです」

「日本の公安は、フランスの公安当局とも仲がいい。当然、きみの情報はフランスの警察当局に流れておるだろう。同じようにセデックのような秘密機関にも情報は入っているはずだ」

部屋の隅に置いたクッション枕からコオロギの鳴くような音が聞こえた。マリアが走り寄り、枕を取った。電話機が顔をのぞかせた。マリアは受話器を耳にあて、応答した。

「もし、サムが父だとして、何をやろうとしているのですかね？」

「わからん。警察やセデックの動きが、やけに大袈裟なのだそうだ。ＤＳＴといった対敵諜報機関も捜査に動いているらしいのだ」

「サムはフランス領内に入っているということなのですか？」

「サムは少し前までフランス領バスクのどこかにいたらしいのだ。治安当局がＥＴＡ

の隠れ家を急襲した際に、サムと覚《おぼ》しき人物がいて、取り逃がしたそうなのだ。押収した証拠品などを調べたところ、サムたちはスペイン国内で何やら大きな計画を実行しようとしているのが分ったそうなのだ」

「パパ、お電話よ」

マリアが電話機をコードごと引きずりながらやって来た。風漢おじさんは受話器を受け取り、フランス語で答えた。

「変な電話」マリアは首を傾げながら、テーブルに戻った。「いくら相手の名前を訊いても名乗ろうとしないの」

「男？」

「いや、女だったわ。若い女の声だった」

ぼくは風漢おじさんに目をやった。風漢おじさんは深刻な顔をして、何も喋らず、「ウィ」とくり返していた。やがて受話器を戻し、頭を振った。

風漢おじさんは窓辺に立ち、曇り空をぼんやりと見上げた。雑木林の梢がかすかに揺れていた。

「何があったの？　パパ」

マリアが席を立つと、風漢おじさんの傍に寄った。風漢おじさんは目尻を指で拭った。ぼくは風漢おじさんの手がぶるぶると震えるのを見て、何か悪いことが起ったのを知った。

「あの藪医者が死んだ。昨夜、ザビエルが死んだというんだ」

「突然に、いったい何があったというのです？」

「殺されたのだ。家を出て車に乗りこんだら車が爆発したというんだ」

「なぜ、殺されたのです？」

「分らん。彼女も電話では話せないといっていた」

「知らせて来た女の人は何者なのです？」

「ザビエルの仲間としか名乗らなかった。ザビエルはわしに非常に会いたがっていたそうだ。それでわしの居所を探して連絡して来たのだ。だが、多分……」

また電話機のベルが鳴った。ぼくは二人よりも近くにあったので手を伸ばし受話器を取った。耳に受話器をあてた。

「――ムシュウ・ホウジョウかね」

耳ざわりな男の声だった。ぼくは答えず相手の名前をきいた。

「きみがミライ・シンジョウかね」相手は名乗らずにいった。「ならば、ホウジョウに伝えておけ。ザビエルの死は聞いたろう？　あれは第二の警告だ、と」

「きさまたちが殺したのか？」

ぼくはたどたどしいフランス語でいった。風漢おじさんが電話機に近寄った。

「サムに計画を中止しろ、といえ。さもなくばおまえたちの運命も同じようになる」

風漢おじさんが受話器をぼくからもぎとった。彼は咳きこむように送話口に話した。

電話は切れていた。

風漢おじさんはこぶしを床に打ちつけた。ぼくは風漢おじさんが、こんな風に怒るのを初めて見た。マリアが風漢おじさんの背中を優しく撫でた。受話器を戻した。

しばらくの間、風漢おじさんは床に坐りこみ、宙の一点をにらみつけていた。ぼくも沈黙の重さに圧迫され、息をつめていた。やがて、風漢おじさんは立ち上がると、壁に掛けてあった散弾銃をはずした。

「行こう。明日、出発しよう。きみの父さんを探し出そう。何が起っているのか、訊き出そうではないか」

風漢おじさんは七十七歳とは思えぬ気迫でいった。ぼくはマリアと思わず顔を見合わせた。

「さあ、二人とも今日中に出発の準備を整えるんだ。ここにいては、危険になるばかりだ。ともかくも、バスクに乗りこんでから考えよう」

風漢おじさんは散弾銃に弾丸を装塡《そうてん》した。

ぼくの耳には、電話が切れる直前に聞えた耳ざわりな笑い声が谺《こだま》していた。

12

あたり一面が白い雪に被われ、水墨画のような世界になっていた。

昨夜遅くからぱらつきだしていた雪が朝までに薄く降り積ったのだ。ぼくたちは朝食もそこそこに、昨日のうちに荷造りしておいたトランクを抱え下ろし、雪を被っていたシトロエンの屋根の荷台に積み上げてロープで固くくくりつけた。

ぼくは正直にいえば、興奮気味だった。昨夜は何度も目が醒め、寝つかれなかった。夜《よ》更《ふ》けにこっそり起き出し、アトリエの酒棚にあったコニャックを少々飲んだほどだった。今日から始まる未知の冒険への旅が、ぼくを眠らせてくれなかったのだ。口では、あまりバスクに興味がないといっていたが、実際に行くとなると話は違った。この一ヵ月の間、風漢おじさんから話の端々にあがるバスクの断片は、ぼくの想像を一層煽りたてた。

父さんがサムという暗号名のテロリストかもしれないという話は、ぼくにはまだ実感できなかったが好奇心をかきたてた。あわせてぼくたちを狙う何者かの気配も、ぼくの興奮の火に油を注いだように思う。

　ぼくは本能的に危険なことが好きなのだろうか。危険が迫っても、これまで一度も恐いとか恐ろしいと感じたことがなかった。どうせ人間は一度は死ぬものだと思っている。死の恐怖に襲われるほどの危地に立ってみたいとさえ望んでいる。その時に、ぼくは全身全霊の力を振りしぼって危険と対決したい。そして、その危機を克服《こくふく》し一人前の男になるつもりでいた。男として生きる。万が一、負けて命を落しても、闘わずして死ぬよりは何百倍も何千倍もいいと思うのだ。

　吐く息が白い炎《ほのお》のように見え、マリアは風漢おじさんやぼくに息を吐きかけては、はしゃぎ回っていた。マリアはロシア風の毛皮の帽子を被り、分厚いコートを着て、丸々と着ぶくれしていた。寒いといって、何枚もシャツやセーターを重ね着しているからだ。

　ぼくはトランクを荷台にしばりつけるのに、かじかむ手に何度も息を吐きかけながら温めねばならなかった。風漢おじさんは見かねて、部屋にとって返し、使い古した毛糸の手袋を持って来てくれた。手袋のあちらこちらに虫喰いの穴があったが、寒さしのぎにはなる。

　時計の針は午前九時を過ぎていたが、まるで夜明け間近のように薄暗く、あたりには青味がかった夜の気配が残っていた。通りには会社へ急ぐサラリーマンたちが車のヘッドライトを煌々《こうこう》と輝かせながら市内に向っている。

ぼくたちがアパルトマンを出発したのは午前十時近くだった。雪道の車の運転には慣れていなかったが、風漢おじさんの運転では危なくて見ていられなかったので、運転はぼくがすることになった。いくら危険が好きだとはいっても、風漢おじさんの運転する車には二度と乗りたくなかった。

助手席にはマリアが道路マップを開き、ナヴィゲーター役を果すことになった。風漢おじさんは荷物と一緒に後部座席で、休むことになった。

ぼくたちはA10高速道路に上がった。高速道路にはほとんど雪は積っておらず、快適に飛ばせそうだった。路面が凍結してアイスバーンになったところでは、車輪が空転したり、スリップしかかって車体が蛇行したが、ぼくは強引に車を駆《はし》らせていた。

A10はパリ・ボルドー間を結ぶ高速道路で、通称ラキテーヌと呼ばれている。冬場こそ空いているが、夏場になったらパリを脱出するバカンス客で大渋滞になる街道である。

途中、オルレアンの町までは、結構走る車が多く、高速道路でぼくは終始気が抜けずに運転していた。オルレアンを過ぎると、A10は南に向うA6と分岐した。その頃からA10を走ってボルドーに向う車はめっきり少なくなって、ようやく気を張らずに車を走らせることができるようになった。

マリアは菓子袋を膝に置き、時々、運転するぼくの口に、飴やビスケットなどの菓子を押しこんでくれる。ラジオからはＦＭ放送の曲が絶え間なしに流れていて退屈しなかった。

パリからボルドーまで、およそ五百キロメートル。雪さえ降らず、途中に凍結箇所がなければ約五時間強で行ける距離だったが、ぼくたちは無理はせず、夕方までに行けるところまで行こうということになっていた。

ぼくたちがボルドーに到着したのは、あたりがとっぷりと暮れた午後の六時過ぎであった。途中、昼食やら小休止のための時間をとったせいもあるが、八時間以上もかかってしまった。

ぼくたちは、その晩、ボルドー市内の古いホテルに泊った。駅の広場が見下ろせる安ホテルで、温かいシャワーを浴び、夕食にボルドー産のワインを呑んだら、ぼくはベッドにぶっ倒れるようにして寝こんでしまった。

翌朝、マリアに揺り起されるまで、夢も見ずにぐっすりと眠っていた。睡眠不足に運転疲れが重なったせいだろう。

食堂で茹で卵とチーズにパンという簡単な食事を摂っていると、風漢おじさんはその間にも、一人電話ボックスに閉じ籠もりどこかに電話をかけていた。やがて、ぼくたちが食事を終えてコーヒーをすすっている時分になって、風漢おじさんはメモをひらひらさせながらテーブルに戻って来た。

「ようやく旧友のひとりに連絡がとれたよ」

「どこに行くのです？」

出発はしたものの、漠然とバスクを行き先としてあるだけで、どこへ行くかはまだ決めてなかったのだ。

「スペインのお友だち？」

マリアは身を乗り出した。風漢おじさんは微笑みながらかぶりを振った。

「その前に、フランスにいるバスクの友人たちの助けが必要なんだ。彼らに訊けば、スペインにいるわしの友人たちの所在がある程度、分るというものだ」

マリアは少々がっかりしたのか、小さな肩をすくめた。ぼくは道路マップをひろげた。

「バイヨンヌに寄っていく。バスクの中心都市でな。美しい街だ。わしも何度か行ったことがある」

風漢おじさんはパンを頬張りながら、懐かしむようにうなずいた。

「何年振りです？」

「多分、三十余年振りぐらいだろう。いや、もっと経つかもしれない」

「パパの青春時代の街というわけね」

「いまだって、わしは青春だと思っているがね」

風漢おじさんは顎髭をいじりながら、目を細めた。マリアはおかしそうに笑った。

「バイヨンヌでは誰に会うのです？」

「ラモンだ。やぶにらみのラモンだ」

風漢おじさんはにやにや笑いを浮べた。

「どんな人なの？」

「会えば分るが、気のいい男でな。昔、わしと一緒の分隊にいた戦友だ。兵馬とも親しかった男だから、今度の件についても興味を持っている」

「どうして、やぶにらみのラモンと呼んでいるの？　目がやぶにらみだから？」

「それもあるけど、言うことが時々やぶにらみでね。それが結構、物の真実を言いあてているから、不思議なんだ。それでみんなから一種の尊敬をもって見られていた男なんだ」

風漢おじさんはナプキンで、髭についた汚れを拭い、さめたコーヒーをすすった。

ボルドーの街を出たのは、昨日と同じ十時頃だった。緯度がだいぶ下がったせいか、いくぶんか朝の明けるのが早くなったような気がした。

ボルドー市内からすぐに高速道路Ａ63に乗った。昨日降った雪はすっかり凍りつき、路面は滑りやすく、高速走行はできそうになかった。それでも、ぼくたちの車を時速一五〇キロ以上で追い抜いて行く車が何台もあった。

三〇キロメートル程走るとA63はいったん終り、国道10号線に合流する。その時分からまた細かな粉雪がひっきりなしに降りはじめ路面にたまりはじめた。視界もだいぶ悪くなり、車はノロノロ運転になった。ブレーキの効きも悪くなり、スノウタイヤをつけてはいても、しばしばスリップするようになった。

再び高速道路A63に上がった時には、夕暮れになっていた。その頃には雪は降り止んでいたが、今度は寒い北風が吹きはじめ、降り積もった粉雪を巻き上げて吹雪のように路上に吹きつけた。車はいくら暖房をかけていても、窓のほんの少しの隙間から冷えた風が舞いこみ、躰を震えさせた。

目的地のバイヨンヌに着いたのは、すっかり暗くなった六時過ぎだった。ボルドーとバイヨンヌ間はわずか一七〇キロほどしかないのに、昨日同様八時間もかかってしまった。

翌朝は風も吹き止んだ天気だった。曇り空ではあったが、時折、薄日さえ射して来る。南に下ったせいか、パリよりもいくぶん寒さがやわらいだ気分がする。

ぼくたちは小窓から古い城郭の一角が見える木賃宿に泊っていた。ベッドが硬い上に狭かったので、寝心地は悪かったが、疲れが溜っていたせいもあって、その夜もぐっすり眠ることができた。

ドアのノックでぼくは目を覚した。マリアの声が聞えたので、ぼくは急いでドアを開けた。マリアが入って来た。

「まだ寝ていたの？」

「何時になった？」

「もう九時半になるのよ。早く起きて、私たちのお部屋に来て。お客さんが来ているのよ」

「誰？」ぼくは大きく背伸びをした。

「やぶにらみのラモンさん。本当に愉快なおじいさんだわ」

ぼくは洗面台で冷たい水を顔に浴びせかけた。歯ブラシに歯みがき粉をたっぷりつけて歯を磨いた。

「どんな話をしたんだい？」

「古代インド人の宇宙の話だわ」

「何だって？」

「古代インド人は宇宙がとてつもない早さで動いていると考えていたんだって」

マリアは目を宙に止めた。

「で？」ぼくは口に水を含み、がらがらと音をたててうがいをし、吐き出した。

「一瞬の永遠というのよ。神さまが一度まばたきをする間に、宇宙はあざらしの姿で、二、〇五七、一五二ヨージャナも飛ぶことができるんだって」

「――――」ぼくはマリアをまばたきもせずに眺めた。

「すごいでしょう。二、〇五七、一五二ヨージャナも飛ぶのよ」

「ヨージャナって何？」

「知らないの？　古代インド人が考えたキロメートルだわ。あざらしが飛ぶなんて、素晴しいわ。そんな宇宙に私たちはいるのね」

「宇宙があざらしの姿になれるのかな」

「何にだってなれるわよ。私たちは宇宙から見ればごみみたいに小さい、ううん、もっともっと小さくて、きっと原子核よりも小さい存在かもしれない。だから宇宙が何に変身しているかなんて、わからないじゃない？」

「それはそうだが」ぼくは口ごもった。

ぼくはタオルで顔のしずくを拭い、身仕度を整えた。マリアは待ちかねたようにドアを開き、早く早くとぼくを促した。

マリアたちの部屋は同じフロアの奥にあった。ぼくたちが入って行くと、テーブルを挟んで向い合ってひそひそ話していた風漢おじさんと、一人の老人がぼくたちに顔を向けた。風漢おじさんはぼくを老人に紹介した。

「こちらがラモンだ」

　ぼくはラモンに日本式に頭を下げて挨拶した。ラモンは立ち上がると両手を拡げ、ぼくを優しくハグした。ラモンは痩せた体付きをしていた。古い色褪《あ》せた背広にハイネックの黒いセーターを着こんでいる。いくぶん腰が曲がっているようだったし、顔も雄鳥のように皺《しわ》が深く、やぶにらみの目だけが大きかった。

　ぼくはラモン老人の手を握り返した。老人にしては握力の強い手をしている。ラモンは風漢おじさんよりも三歳ほど年下と聞いていたが、ぼくにはラモン老人の方が十歳以上も年上に見えた。ラモンは早口のフランス語でいうのでまったく何をいっているのか分らなかった。風漢おじさんがぼくがスペイン語を少々喋れるというと、ラモンは即座にスペイン語に切り替えて話しかけた。

「そうかね。きみがサムの孫にあたる青年かね。道理で、どこかにサムの面影がある男だと思うたよ。目のあたりなんぞ、若い時のサムにそっくりじゃないか」

　ラモンはぼくの目尻あたりに目をやり、風漢おじさんに同意を求めた。その時、ラモン老人の右目が正常で、左目があらぬ方向を見ているのが分った。どんぐり眼《まなこ》なので、一見ユーモラスな印象を与えるが、意外に神経質な人かもしれない、とぼくは思った。

ラモン老人を囲んで、ひとしきり話がはずんだ。ラモン老人はかつては郵便配達員をしていたが、いまでは引退し、バイヨンヌの旧市街の自宅で、一人暮しをしているとのことだった。すでに息子夫婦と娘夫婦は何人もの孫たちを作り、近郊の町で別々に生活をしている。ラモンの奥さんは二年前にガンで先立っていた。

風漢おじさんはラモン夫人とは知り合いだったらしく、その話を聞いたとたん目を潤《うる》ませた。

「それで、さっきの話だがな」ラモン老人は声をひそめた。「ザビエルが誰に殺されたか分っているのかい?」

「分らないんだ。しかし……」

風漢おじさんはラモン老人にスペイン語でこれまでのいきさつを話した。ぼくは風漢おじさんが巧みなスペイン語を話すのに驚いていた。彼はスペイン語をしばらく話していないから、サビついていて、フランス語のようには喋ることができないといっていたが、ぼくよりも何十倍も堪能だった。

話が終るとラモン老人は口をもぐもぐさせながら、やぶにらみの目で天井をにらんだ。

「わしもザビエルには借りがあった」

ラモンは溜息をつきながらいった。

「おまえさんもだったな。あれはたしかパンプローナでの戦闘ではなかったか？」

「うむ。わしともう一人が、斥候《せっこう》として出た時だった。まだ敵がいるはずはないと思っていた山中で、ばったり敵の斥候隊と出遇ってしまった。わしたちは集中砲火を受けて動けなくなってしまった。わしは肩を射ち抜かれて、戦友は即死だった。一昼夜、わしは岩陰で横たわっていたよ。あの時、救援隊が見つけて、わしを後方に連れて行ってくれなかったら、天国でザビエルを迎える立場になっていた。たまたま、あの救援隊にいたのが野戦病院に戻る途中のザビエルだった。知っているかい。やつはわしを山から運び下ろす途中で、肩から弾を取り出す手術をしてくれた。敵の弾が飛び交う中で、メスを握ってくれたんだ」

「麻酔を使わずにだろう？」

「ああ。そうだった。もっとも痛み止めにスコッチを飲ませてくれたがね」

「わしなんぞ、酒もなしだったぞ」

「あんたもかい。ザビエルの腕はたしかなんだが、どうも、あいつはサディスト臭いな。わしが知っている患者たちも、ほとんどが麻酔なしで外科手術を受けていた。もっとも、そのほとんどが手足を失わずに済んだ連中だがね。やつが麻酔を使う時は、余程の時で、たいがいは命を失うか、手の一本か足の一本を失っているケースだ」

ラモンは肩をすくめた。

ぼくとマリアは、風漢おじさんが適宜日本語に通訳してくれたので、二人のやりとりを興味深く聞いていた。

「――サン・パレの事件と関係があるかもしれんな」

ラモンは急に思いついたようにいった。

「いったい何かね、それは？」風漢おじさんは目をぱちくりさせた。

「サン・パレで爆破事件があったんだ。それも一昨日の朝のことだ。知らなかったのかい？」

ラモンはぼくたち全員を見回した。

「いや、知らない」

「新聞やテレビでも報じられたんだがな」

「私、聞いたわ。ラジオのニュースで報じていた。車の中で聞いたじゃない？」

マリアが思い出したようにいった。いわれてみれば、ぼくも聞いたような気がしてきた。運転中、退屈なのでかけていたFM放送が定時になると短いニュースを流す。聞き流してしまっていたが、それらのニュースのなかに爆破事件のことがあったように思ったのだ。

「でも、私の記憶に間違いなければ、ニュースでは爆発事故だといっていたわ。原因不明の事故だって。ガスか何かが洩れていて、それに何かの火がついたのではないかって」

「事故なもんかね、お嬢さん。それは政府がまずいことをひた隠しにしているんだ。マスコミも、そう。警察や政府に協力して真相を隠しているんだ」

「サン・パレの何が爆破されたんだって？」風漢おじさんが話を促した。

「原子力発電所だよ。原発の建設現場に爆弾が仕かけられ、建物ごと炉心部分が吹き飛んだんだ」

「何ですって！」

ぼくはソ連のチェルノブイリ事故を思い浮べて、息を呑んだ。そんな大事件がなぜあまり報道されていないのだろうか？

「大丈夫。放射能の心配はないんだ。なにしろ、まだ半分も完成していなかった原子炉だったからね。核燃料は運びこまれていないし、もちろん火もついていなかった」

ラモンは頭を振った。ぼくたちは顔を見合わせて、ほっとし合った。ぼくはきいた。

「サン・パレってどこにあるのです？」

「むろんバスクだよ。フランス領のバスクにある町なんだ。このバイヨンヌから南西に四十五キロほど入った山の中で、アドゥール川の支流ビドゥーズ川の上流に原発を建てようとしていた。わしらは反対していたんだ。われらの美しい郷土バスクがあんな原発のようなもので汚されては困るとな。フランスのためにバスクが犠牲にされるのは嫌だ。それで建設に反対していた矢先に、誰かが吹き飛ばしてくれたんだ。政府はガス爆発か何かでごまかしてはいるがね。あれは、間違いなく爆弾テロだよ。そうでなければ、警察があんなに顔色を変えて、わしたちを調べて歩くはずがないんだ」

「そのサン・パレの事件とザビエルの死とどんな関係があるというんだね」

風漢おじさんは興味を持った様子だった。

「何となくそんな気がするんだよ。わしの第六感といってもいいな」

「なんだ、勘の話なんですか」

ぼくは身を乗り出して聞いていたので拍子抜けをしてしまった。

「ミライくん、勘を馬鹿にしてはいかんよ。人間には五感だけでない感覚が備わっているんだからね。目には見えないからといっておろそかにしてはいかんものがあるんだ」

ラモンは上衣のポケットを探り、皺くちゃになった紙巻たばこを取り出した。マリアが眉根に皺を寄せて、ラモンをにらんだ。ラモンは一向に気にする風でもなく、口にくわえ、マッチを探した。

「じつは、バスク独立運動の内部で分裂があったらしいのだ。従来のETAの路線に不満な過激分子が組織を飛び出し、独自の武装闘争を開始したそうなんだ」

「いつのことだ？」

「そうさな。去年の夏になるかな。その過激分子のグループは自分たちのことを〝風の旅団〟と呼んでいるそうだ」

「風の旅団？　素敵な名前ね」マリアが興味深げにいった。

「風のように神出鬼没に活躍する旅団ということらしい」

「誰がリーダーなんだ？」

「詳しいことはわしも知らない。わしはとうの昔に引退してしまったので、いまのETAのことはよく分からないんだ」

「ザビエルはETAに残っていたのだろう？」

「たしか、そのはずだ」

「ザビエルは分裂した際、どちら側についたのかな？」

「わしの仲間の噂では、ザビエルは飛び出した人間の側についたらしいのだ。〝風の旅団〟の側にね」

ラモンはマッチの火をつけ、たばこの煙を深々と吸った。彼は話を続けた。

「〝風の旅団〟は、最近、フランス政府やスペイン政府に、新たな要求書を突きつけたという噂なんだ」

「どういう中身の要求だって？」

風漠おじさんは目を細めた。

「バスクの独立を認めろ。さもないとフランス、スペインのみならずヨーロッパ全体に深刻な打撃を与える重大な結果を生じるだろうというものだったそうだ」

「――たしかな情報かい？」

「昔のマキの仲間から聞いた情報だから、信用してもいいのではないかと思っている」

風漢おじさんはぼくと顔を見合せ舌なめずりをするように上唇を舐めた。

「それでサン・パレの爆弾テロは、彼らの仕業だというのかい？」

「うむ。根拠はないが、やつらならやりそうではないか」

「大胆な推理だなあ」

さすがの風漢おじさんも少し面くらったような面持ちをしていた。

「サムはどういうことになる？」

「サムは誰かということを別にしていえば、あんたたちへの脅迫電話の内容からすると、サムは〝風の旅団〟の中心メンバーである可能性が高いな」

ラモンはやぶにらみの目をぼくたちに向けた。

「もっとも、そのサムがわしたちの戦友とは思えないがね。サムの息子が、再びサムを名乗っていることはありうるね」

ラモンはいがらっぽい煙を吹き上げた。

ぼくたちの間に、沈黙が割りこんで来た。マリアは煙を吹かしているラモンのことをじっと睨んでいた。ラモンが思いついたようにいった。

「それで、これからどうするつもりだい？」

「ザビエルの家を探す。彼の居場所は知っているかい？」

「アンダイに家があるはずだ」

　アンダイはバイヨンヌから海岸線に沿って三十キロほど西に行ったところにある町だった。アンダイを過ぎれば、スペイン領内に入ることになる。

「その後、どうするつもりかな？」

「サムを探す」風漢おじさんが乾いた声でいった。「未来くんの父さんを探して、真相を聞く」

「なるほど」ラモンはうなずいた。

「頼みがあるんだ」風漢おじさんはいった。

「何？」

「スペイン領内にいるきみの仲間にわしたちを紹介してもらいたいんだ」

「お安い御用だ」ラモンは何度もうなずいた。「わしにできることなら何でもいってほしい」

　ラモンは風漢おじさんに、知っている仲間たちの名前や住所を一つ一つ告げはじめた。風漢おじさんは手帳に書きこみだした。

13

　昼前にぼくたちはラモンじいさんに連れられ、バイヨンヌの中心街に出かけて行った。

　バイヨンヌはラモンの話によれば、人口四万三千人ほどしかいない。それでもフランス側バスクの中心都市になっていた。日本でいえば四、五万人程度の市はいくらでもあり、それも決して大きい都市とはいえないが、人口の少ないバスクでは大きい方に類する街になるのだ。

　バイヨンヌは中世の街並みがそのまま現代に生きている美しい街だった。街路には葉の落ちたポプラの樹が立ち並び、いたるところに石畳の古い路地がはりめぐらしてあった。街の中心をアドゥール川と、それに合流するニーヴ川が流れている。街は合流点を中心にして三つの地域に分かれていた。

　そのうち旧市街の大バイヨンヌの二つの地域はニーヴ川を挟んで向い合い、それぞれ巨大な城壁に囲まれていた。バイヨンヌは、街の大半がその城壁の中にある城砦都市なのだ。

　向いのアドゥールの河畔には昔からの波止場があり、この地が他の地と交易するバスクの主要港であったことを示している。

　大バイヨンヌと小バイヨンヌにはそれぞれ中心部に十六、七世紀のものと思われる古い城郭がそびえ立っていた。その古城と張り合うように古色蒼然としたカテドラルが建っている。庶民の住宅街や商店街がそれらを取り囲むようにひしめき合っていた。

　ホテルから中心街の商店街までは四、五分も歩かない距離だった。石畳の路地を右に左に折れて進むとなだらかな坂の通りになり、そこが商店街だった。ちょうど昼時ということもあって、散歩がてらの老人や買物客が通りのショーウィンドウを覗きこんだり、立ち話をしたりしていた。

　ラモンはマリアが気に入ったのだろう。しきりに話しかけては冗談をいい、マリアを笑わせていた。風漢おじさんはぼくと一緒に歩きながら、懐かしそうな顔で古い街並みに目をやっては、時に立ち止って物思いにふける。ぼくは往き交う通行人を観察した。

　ぼくにはバスク人と普通のフランス人のどこが違うのか、まだ区別がどうしてもつきそうになかった。ラモンの話ではこの街の八〇パーセント以上はバスク人だというのだが、ぼくには誰もがフランス人に見えてしまうのだ。

「この街に、わしは兵馬としばらく滞在したことがあるんだ」

「いつ頃です？」

「もちろん、スペインで内戦が始まる前でな。そう一九三六年の二月だった。スペインで総選挙があって人民戦線派が勝利した時だった。人民戦線にバスク人が加わっていたこともあって、街中で大喜びをしていたものだ」

「こんなところでおじさんや祖父さんは何をしていたのです？」

「わしたちかい？」風漢おじさんは何かを思い出したのか、一人笑いをしながらいった。

「スペイン旅行から帰って来た途中でね。金を遣いすぎて、パリに戻る金もなく、止むを得ずに、この街で鉄道を降りたんだ。バイトをして、パリまでの旅費を稼ごうとしてね」

「どんな仕事を？」

「わしは広場で即席の似顔絵描きをした。あいつはカフェで皿洗いや給仕をやることにしたんだ。しかし、稼ぎはわしの方が、倍にも三倍にもなったので、あいつはわしに頭が上がらなかったよ。その上、絵かきは娘たちにもてたねえ。同じ娘が何度か、わしの絵を見たくてやって来て、そのうち、わしは娘の家に招かれるまでになった。あいつはぼやいとったよ」

風漠おじさんはふあふあと空気の洩れるような笑い声をたてた。

「その娘さんはどうしたのです？」

「どうしているかなあ。仲良くはなったが、娘にはフィアンセがおって、わしはさんざんな目に遇った」

「なぜです？」

「バスクの娘を好きになるには、それなりの覚悟がいる。力自慢の若衆が沢山おって、娘をとるには、そいつらと一戦交えねばならなかったのだ。わしはフィアンセに喧嘩を売られてなあ」

「やったのですか」

「うむ。売られた喧嘩は買うのが、しきたりだったからな。日本男子の名折れにもなるというわけで、相手に立ち向ったのだが、こいつが雄牛のような男でな。わしも少々柔道を習っていたので、喧嘩には自信があったのだが、そいつにはかなわんかった」

「負けたんですか」

「負けたね。見かねた兵馬が加勢してくれたのはよかったが、相手にも加勢が出て来て、わしら二人は足腰が立たぬまでに、さんざん叩きのめされた」

風漠おじさんは目を白黒させて頭をかいた。

「娘さんは？」

「バスクの娘は強い者の味方だよ。彼女が止めに入ってはくれたが、わしらが袋叩きにされた後でな。それで、わしは失恋してしまった」

先を行くラモンとマリアが、骨董品店のショーウィンドウの前に立ち止った。ぼくたちも二人に追いつき、ウィンドウを覗きこむと、ラモンは飾ってある剣や木彫の馬や楯の説明をしていた。

ぼくは古い青銅の飾りがついた鏡を見つけ何気なしに自分の顔を映した。その時、背後の路地にこちらを窺う人影があるのに気がついた。一人はいつか見た黒コートの大男で、もう一人は黒い革ジャンパーを着た若い男だった。若い男の方は口髭をはやしていた。二人はぼくたちを監視しているかのように鋭い目付きでにらんでいた。ぼくは傍の風漢おじさんの脇腹を肘で軽くつついた。おじさんはぼくを見た。

「後ろの男たち、見えますか？」

「何？」風漢おじさんは鏡を覗いた。

二人の姿はかき消すように消えていた。慌てて振り返ったが、通りには車や何人かの通行人が往き交っているだけで、二人の姿はどこにもなかった。

路地も奥にも、すでに二人の人影はなかった。ぼくはあたりをきょろきょろと見回した。気のせいだったのだろうか。

「どうしたというんだね？」

「ぼくらを尾行している男たちがいたのです」

「ほう」風漢おじさんは顔をしかめ、あたりの様子を窺った。「どの人だね?」

「いいえ、もうどこかに紛れてしまって、見あたらないんです」

「どうした?」

ラモンが風漢おじさんにきいた。

「尾行者がいるというんだ」

「知っている。知らん顔をしておくんだ」

「知っているって?」

「うむ。いまのところ、二人がついて来ている」

「やっぱり」ぼくもラモンを見、後ろを振り返ろうとした。ラモンが腕を伸ばし、ぼくを制した。

「振り向くな」

「でも、いませんよ」

「隠れているだけだ」

「どこからつけられた?」風漢おじさんがきいた。

「ホテルを出た時からだ。やつらは表に張っていた。見覚えはあるかね?」

「ええ。一度、見たことがある男が一人」

「どちらだ？　黒いコートの大男の方かい、それとも口髭をはやした若い男かね？」

「大男の方です」ぼくは恐る恐る鏡を見た。

「コルシカ人だな」ラモンはうなずいた。

「どうして、コルシカ人と分るのです？」

「やつらが、わしをバスク人と分るようなものさ」

　ラモンはにやにやと笑い、ぼくたちに歩くように促した。マリアがきょとんとした顔でラモンやぼくたちを見上げた。

「なにがどうしたのよ、こそこそ話し合って」

「何でもないよ」ぼくはいった。

「嘘。鼻がピクピク動いているわ」マリアはぼくの向う脛を思いきり蹴飛ばした。ぼくは避けきれず、顔をしかめた。

「みんなで、私を子供扱いするんだから」

　ラモンと風漢おじさんは腹をかかえて笑った。ぼくはスキを見て後ろを窺ったが二人の姿は見当らなかった。ぼくは緊張していたのに拍子抜けしてしまった。

「ここだ」

　ラモンじいさんはカテドラルの広場の前に来ると、一軒のカフェの前で足を停めた。ラモンはガラス戸を押し開けて、ぼくたちに入るように促した。

「昔、このカフェに入ったことがある」

風漢おじさんは懐かしげに薄暗い店内を見回した。店内はたばこの煙が充満していた。昼の最中だというのに、その店の中だけは別天地のように人で賑わっていた。そのほとんどがベレー帽を被った老人たちで、彼らはテーブルを囲み、コーヒーやワインをすすり、ドミノやカードに興じていた。

ラモンじいさんはテーブルの間を縫うように歩きながら、顔見知りの老人たちと挨拶を交わした。店の客たちは見なれぬ東洋人のぼくたちが入って来たのに驚き、しばらくゲームを中断して、ぼくたちに注目した。

ラモンは声高に仲間たちと話し、ぼくたちが何者かをみんなに紹介した。老人たちの何人かは、ぼくと目が合うと、軽く会釈をした。好意のこもったまなざしだった。

店の主人が出て来て、ラモンと話し、ついで風漢おじさんと握手をし合った。それから主人はマリアにキスをし、ぼくとも握手をした。主人はビア樽のような腹をした陽気な男だった。

「この男はアンジェロといってね、やはり、仲間の一人だった」

ラモンは店の主人の肩を叩いた。アンジェロは店の中のストーブに最も近いテーブルをあけ、ぼくたちを坐らせた。

「私の店は常連しか来ない店だ。気が置けない連中ばかりだから、ゆっくりしていってくれ」

アンジェロは両手をこすりながらいった。

ぼくたちは席についてそれぞれ飲み物を注文した。アンジェロが嬉々とした声で、カウンターの中の店員たちに、注文の品を叫び、引き揚げて行った。ぼくはラモンに身をのりだした。

「どうして、ぼくたちがつけられているのが分ったのです？」

「わしは元プロだよ。わしたちは昔、ナチのゲシュタポを敵に回して、命を削りながら地下活動をしていたんだ。少しの油断が死に直結する世界に生きていた。尾行を見破るのはそれほど困難ではない」

「さすが、マキの活動をしていただけあるなあ」風漢おじさんも、感嘆した。

「それほどでもない。ここにいる連中の大半が、あのナチ占領下で身を挺して抵抗運動をやって来た仲間なんだ」

ラモンは自慢気にまわりを見回した。何人かの老人がラモンの話を聞きつけたのか、満足気な笑みを浮べて、うなずいていた。

「健康には悪い所ね」マリアが小さくこほんと咳をしながらいった。「いやでもたばこを喫ってしまうわ」

「お嬢さん、男っていう種族は悪いことと知りながら悪いことをするものなんだ。だから健康に悪いと知りつつ、たばこは喫う、酒は呑む。仕様のない種族なんだ。他に楽しみがないのだから、許してやってほしいな」

ラモンが立ちこめた煙を手で払いながらいった。マリアは「がまんするわ」と不満気にいった。

ぼくは窓の外が気になった。通りの往き交う人の姿が見えるが、先刻の二人の姿はなかった。あきらめて帰ったのだろうか？

「やつらはプロだね。わしの見るところ、それも相当のプロだ。昔のわしたちのようにな」

ラモンはぼくの心を読んだのか、右目でぼくにウィンクをしながらいった。あらぬ方向を向いた左目が赤く充血し、ひどく淋しげに見えた。

「さっきの話ですが、どうして彼がコルシカ人だといったのです？」

「また、その話かい」ラモンは風漢おじさんと顔を見合わせた。

「いまに分るが、あんな体付きの大男は、だいたいがコルシカ人なんだ。やつらは鈍重で頭は悪いが、ロバのようにタフでな、敵には回したくない連中だよ。マキにも沢山のコルシカ人がいて、わしはコルシカ人の友人を知っている。気のいい連中で、決して裏切らん点で、信用ができるのだが、それだけに警官や刑事になると厄介な存在になる。汚い仕事でも、自分の信じる正義のためなら、どんなことでもやる連中だからね」

「やつらは何者だと思います？」

ラモンは首を傾げた。

「さあてな。少なくとも味方ではないとおもっておけばいい。警察かもしれんし、DSTか、それともセデックかもしれないし、あるいは誰かに雇われた殺し屋ということもある」

アンジェロが注文した飲み物を運んで来た。ラモンはアンジェロに何やら話しかけた。奇妙な響きを持った言葉だった。フランス語でもないし、スペイン語でもない。ぼくが風漢おじさんに目できくと、「バスク語だよ」といった。ぼくは初めて聞くバスク語に耳を澄した。

アンジェロは表の方に目をやり、うなずくと、隅のテーブルでドミノをしている年寄りたちのグループに歩みよった。アンジェロが彼らに小声で何ごとかを話していた。年寄りたちはぼくたちの方を見ると、アンジェロに何ごとかを囁《ささや》いた。

老人たちはドミノゲームを中断した。彼らは一人ずつ席を立ち、通りすがりにラモンにウィンクをしたり、肩を軽く叩いて店から出て行った。四人が表から、三人が店の奥に消えた。アンジェロは何ごともなかったようにカウンターに戻って行った。

「どうしたのかしら？」マリアがぼくの脇腹を肘《ひじ》で突っつきながら囁いた。

「さあ」ぼくも見当がつかずに肩をすくめた。

　ぼくは熱いエスプレッソをすすった。風漢おじさんとラモンはワインを呑みながら、フランス語でひそひそ話をしている。ぼくは少々退屈になり、店の壁にはりつけられたポスターやら絵を眺めた。ポスターはいずれもバスク語で書かれたもので、意味は分らなかったが、こぶしを天に突き出した労働者風のランニング姿の男たちの絵柄や、赤旗がひらめいている図柄からして、バスク自治運動の宣伝ポスターらしいと想像できた。

　額に入った絵は、いずれも緑の山や谷などの風景画でバスクの農村を描いたものらしい。いずれも素人が描いた絵だと一目で分る作品ばかりであった。

「ラモンッ」

　カウンターからアンジェロが叫び、手で来いと招いた。片手に黒い電話機の受話器が握られていた。ラモンは席を立ち、腰をとんとんと叩いて伸ばしながら、カウンターに急いだ。

「ね、ね。パパ、いま何の話をしていたの？」

「――サムのことを知っている人間はいないか、ときいたんだ。サムはどこにいるか、知る手がかりはないかと思ってね」

「何といってました？」

ぼくは身をのり出した。

「このバイヨンヌにも、ＥＴＡのメンバーはいるらしいのだが、何しろ、ＥＴＡはフランス警察からもにらまれているから、公然とは表に出られない。ラモンも直接メンバーは知らない、というんだ。だが、危険だが接触する手づるはあるらしい。わしたちがいる間に、連絡がとれるかどうか、やってみようといってくれた」

風漢おじさんは声をひそめた。まるで周りの誰かが日本語を聞き取ることができると思っているかのようだった。

ラモンがしばらくしてから戻ってきた。ラモンは椅子に坐ると、ワインのグラスを干し上げた。

「フランシスコを覚えているかい？」

「——仕立て屋のフランシスコ？」

「そう。仕立て屋だ。やつもザビエルの死を悲しんでいた。すぐにここへ飛んで来るといっている」

「懐かしいな。フランシスコも元気だったとはな。いま、何をしている？」

「ああ。息子夫婦に店の仕事は譲り、本人は引退して悠々自適の生活をおくっている。やつもザビエルに恩がある男だ」

ラモンは空のグラスをアンジェロに揚げ、「もう一杯」と怒鳴った。エスプレッソを作る蒸気の音に交じり、アンジェロの「あいよ」と答える声が聞えた。

十分もしないうち、ベレー帽を被り、分厚い外套を着こんだ小男があたふたと駆けつけた。小男はドアを開け、風漢おじさんを見ると、素頓狂な声をあげて駆け寄った。風漢おじさんは椅子を倒して立ち上がり、小男に両腕を拡げて迎えた。

「フランシスコ！」

「何てこった。こんなところで会えるとはなあ」

小男は甲高い調子で早口に喋りまくった。風漢おじさんは笑いながら、小男をぼくたちに紹介してくれた。フランシスコは赤ら顔をさらに赤くして、ぼくとマリアを交互に抱擁した。彼は、ラモンともにこやかに肩を抱き合った。

「それで、ラモン、教えてくれ。誰がザビエルを殺したんだ？」

フランシスコはラモンと風漢おじさんの間に坐ると、興奮した口調でいった。

「まだ分らんのだ」ラモンが首を振った。

「わしも一口乗せてくれ」

「何の話だ？」風漢おじさんがせっかちなフランシスコを宥《なだ》めるようにいった。

「――つれないな。復讐をするんだろう？　わしもやつらには世話になった。借りを返さずには気が収まらんのだ」

ぼくは突然の話に呆然としてフランシスコの顔を眺めた。

「歳はとっても、まだわしは若いもんには負けるつもりはない。なあ、ラモン、おまえさんが造れといえば、どんな類の時限爆弾だって、造ってみせるぜ。まだ、腕は少しも落ちていない」

ラモンは慌ててフランシスコの口に手をやった。ラモンは小声でいった。

「わしたちは、そんな話をしているんじゃない。この子の父親を探しているだけだ」

「この子の？」

フランシスコはぼくとマリアの顔を交互に見た。風漢おじさんが笑いながら、これまでの経緯を手短に話してきかせた。フランシスコの顔から、次第に興奮の色が薄れはじめ、ようやくおちついた口調になっていた。

「そうだったのか」

フランシスコは頭を振り、あらためてぼくに同情のこもった目を向けた。

「わしも、そういえばサムの噂を聞いたことがある。それも最近のことだったが」

「どんな話だ？」

「ＥＴＡにすご腕の日本人闘士がいる、という話だった。サムという名前で呼ばれていて、そいつの躰には半分バスクの血が流れているらしい、というんだ」

ぼくはカッと躰の血が熱くなるのを覚えた。

「それで？」

「わしは訊かれたんだ。昔、マキにいた日本人じゃないかってな。わしは笑ったよ。わしの知っているサムは純粋の日本人のサムライだったとな。それにサムはとっくに殺されたってな。やつが生きているはずはないと」

「待ってくれ」風漢おじさんがフランシスコの話をさえぎった。

「兵馬が——サムが殺されたというのは本当か？」

「わしはそう聞いた。後で分ったことだが、誰かが裏切って警察にたれこんだらしいのだ。フランコ政権が倒れてから、パンプローナの警察の調書が一部漏れて外に出たんだ。その中にサムの死について記してあったそうだ。サムは獄中死している、と」

「————」風漢おじさんは唇を噛んだ。「フランシスコ、その話は誰から聞いた？」

「ザビエルだよ。——うむ、去年になるかな。ザビエルが密かに訪ねて来たことがあるんだ。その時、ザビエルから聞いたんだ」

ぼくは風漢おじさんが溜息をつくのを聞いた。もう一日早く、ザビエルと連絡がついていたなら、本人から直接、真相が聞けるところだった。ぼくも運のなさに心の中で悪態をついた。

「それから？」ラモンが話を促した。

「サムについてかい？　うむ。だからサムは新しい別のサムだろうと、わしは思っただけさ。今度のサムはアラブで特殊な訓練を受けて来たやつらしい。若くて、わしらのような年寄りではなさそうだった」

「本名は？」

「聞いていない」フランシスコはかぶりを振った。「それだけしか聞いていないんだ」

ラモンは風漢おじさんと顔を見合わせた。

先刻、出て行った老人たちが、一人、二人と戻ってくるのが見えた。彼らの一人が通りすがりにラモンの耳に小声で何ごとか囁いた。

ラモンはうなずいた。

「尾行していた連中は、警察ではないことだけは分った。いま、別の路地でわしらを張りこんでいるそうだ」

ぼくは背筋にひんやりとしたものが流れるのを感じた。

14

その夜、遅くまでぼくたちはラモンじいさんたちと一緒だった。老人たちは入れ替り立ち替り、ぼくたちの所に来て、尾行者たちの様子を報告してくれた。

結局、尾行者たちは少なくとも四人以上おり、彼らは電話でしきりに街の外にいる仲間と連絡をとっていることが分った。四人のうち二人はぼくが見た大男と口髭の男だった。老人たちはどこでどうしたのか分らないが、いつの間にか、黒コートの大男が仲間たちからマルコと呼ばれていることや口髭の男はデュグランという名前であるのを聞きつけて来た。

マルコはラモンのいう通り、コルシカ訛《なま》りのフランス語を話しているとのことだった。マルコはバスク語にも通じているらしく、店での買い物をバスク語でしていたという情報も入手して来た。そればかりか、昼飯に何を食べ、カフェに入って何杯コーヒーを呑んだか、とか、夕食代りのファーストフードにはチーズ入りハンバーガーにコカ・コーラだったとか、どんな種類のたばこを何箱買ったかとか、微に入り細にわたった情報も入って来た。

マルコたち以外の二人は、ぼくたちのいるカフェからさほど遠くない路地に駐車して待機していた。一人は後部座席で雑誌を顔に乗せて休んでおり、運転席の男はマンガ本を見たり、通りすがりの若い女の尻をにたにた笑いながら眺めているとのことだった。

老人たちはまるでゲームか何かを楽しんでいるみたいだった。ラモンやアンジェロは元マキの仲間にあれこれと指示し、手足のごとく動かしていた。フランシスコも嬉々とした表情で、相手の男たちの動向にあれこれと批評を加えていた。

　マルコたちも、さすがに夕方になる頃までには様子がおかしいと気がついたようであった。二人は路地から引き揚げ、車の二人に合流して街から出て行った。ラモンの仲間たちは、マルコの乗った車を追尾したものの、今度は見事に振り切られてしまった。

　ラモンたちはいつの間にかホテルからぼくたちの荷物を車ごと運び出してくれていた。ぼくたちはその夜、ラモンに紹介された古い商人宿に泊ることになった。愛車シトロエン2CVはフランシスコが乗りこみ、どこかへ走り去った。

　ぼくたちが案内された部屋は、宿の最上階にある、カビ臭い、あまり人に使われたことのなさそうな部屋だった。幅の狭いベッドが二つ並んでいるだけで、あとは家具らしい家具も見当らない。ベッドは風漢おじさんとマリアに譲ったので、ぼくは板の床に毛布にくるまって寝る次第となった。小さな窓が一つだけあったが、二重窓になっている上に、日除けのブラインドが下りたままになっている。ブラインドを押し開き、外を見ると、目の前にサーチライトの青白い光を浴びたカテドラルの鐘楼が建っている。

　その夜、ぼくたちは早めに床についた。だが、昼間の興奮もあってぼくはなかなか寝つかれないでいた。

フランシスコは祖父さんが仲間の裏切りによって警察に捕まり獄死したといっていた。ぼくはその話を聞いた時、躰が急に熱くなったが、なぜだったのだろうか？　まだ一度も見たことがない祖父さんなのに、怒りとも悲しみともとれる思いが胸のうちに湧いたのはどうしてなのだろうか？

同じ話を父はザビエルから聞いたにちがいない。ぼくよりも血が濃く結びついている父にとって祖父の死は、さらに強烈な衝撃を父に与えたに相違ない。父はいったい、どこで何をしているのだろうか？　父がサムの名前を継承して、祖父の跡を継いだとしても不思議ではない、と思った。

ぼくは目がさえ眠れず、暗い天井を眺めながら父や母さんのことをあれこれ思い浮べていた。

ドアにノックの音がしたのは、時計が一時の時報を打って間もなくのことだった。ぼくは寝床を脱け出し、ドアを細目に開けた。

「起きているかい？」

ラモンが踊り場から顔を覗かせ、部屋の奥に顎をしゃくった。ぼくはベッドを振り返った。規則正しい寝息が聞えた。

「眠っているみたいです」

「起してくれないかね？　例の連中と連絡がとれてね。ある所に来ているんだ」

ぼくは〝例の連中〟がETAを意味しているということを即座に察知した。ベッドにとって返し、風漢おじさんを揺すった。風漢おじさんは口をもぐもぐ動かしながら、目を醒した。ぼくはラモンじいさんが来たことを告げた。

「ラモン？　おお、連絡がついたのかい」

風漢おじさんはベッドから身を起し、頭をぼりぼりと掻いた。マリアが目を開けたが、寝返りをうち毛布を肩まで引き上げて寝入ってしまった。

「ちょっと出かけてくる」

風漢おじさんはモモヒキの上にズボンをはきながらいった。

「ぼくも行ってはいけないですか？」

ぼくは小声でいった。風漢おじさんは、シャツをはおりながら、マリアの様子を窺った。

「マリアを一人放っておいてはな」

「でも、どうしても、ぼくも彼らに会ってみたいのです。バスク人の血が流れる者として、知りたいことがあるので」

「行って来て。私は平気よ。もう子供じゃないんだから」

マリアは向うを向いたままいった。風漢おじさんはにやっと笑い頭を左右に振った。

ぼくもマリアに感謝し、早速、身仕度を整えはじめた。

「静かに出て行ってよ。私、眠いんだから」

マリアはあくび交じりにいい、毛布の中で躰をもぞもぞと動かした。

「お休み」

ぼくと風漠おじさんはコートをはおり、足音を忍ばせてドアの外に出た。ラモンじいさんはエリ巻きを二重三重に首に巻いて、ぼくたちの出て来るのを待ち受けていた。

ぼくたちは旧式のエレベーターに乗り、下に降りた。表通りの石畳は月明りに映えていた。昼間、空を被《おお》っていた雲はなくなり、星空が拡がっていた。

吐く息が暗がりの中でも白く見えた。凍《い》てつくような風が通りの枯葉やゴミを吹き上げて走り抜ける。寒さが足許から這い上がってくる。ぼくたち三人は肩を丸めながら、人気のない通りを歩いた。車は思い出したように現われては走り去る。

「遠いのかい？」風漠おじさんが白い息を吐きながらいった。

「ほんの少し先だ」ラモンじいさんはマフラーの中でこもった声をたてた。暗い路地に入った。細い路地を右に左に折れた。城壁が黒々と迫って来ると、一軒の家の前で不意にラモンじいさんが足を止めた。

戸口の暗がりから黒い人影が現われた。ラモンが何ごとかをいった。バスク語の合言葉だった。黒い人影の手許が光り、懐中電灯の明りがぼくや風漠おじさんの顔にあてられた。明りが消え、黒い人影は木製の扉を開けた。ラモンじいさんが先頭になり、ぼくと風漢おじさんが後に続いた。

薄明りが天井にともった。裸電球に照らされた廊下の奥に階段が見えた。その階段には銃を小脇にかかえた若い男が坐っていた。ラモンが親しげに男に話をすると、男はぼくと風漢おじさんに一瞥《べつ》を投げた。

「念のためチェックさせてほしいとさ」ラモンじいさんが肩をすくめた。

「うむ。分っている」

風漢おじさんは男の前で両手を挙げた。男は両手で風漢おじさんの両側を上から触れ、銃を所持していないのを確かめた。ぼくも風漢おじさんの真似をして手を挙げた。男はぼくの躰の方も、簡単にチェックして、うなずいた。

ラモンじいさんの案内で狭くて急な石の階段を登った。廊下に出ると、もう一人見張りの男が立っていた。彼は階段の下の男に声をかけながら、ぼくたちを迎えた。ぼくは厳重な警戒態勢を見て、緊張した。廊下には手前と奥にドアがあった。手前のドアが開かれ、ぼくたちは中に入った。ふるぼけた革製のソファやテーブルが置かれた部屋だった。

「しばらく待っていてくれ、ということだ。会議が終っていないらしい」

ラモンはオーバーを脱いでソファに坐りこんだ。風漢おじさんもやれやれと腰を叩きながらソファに坐った。ぼくは部屋の壁に掛けてある旧式な猟銃に見とれた。銃身には薄く白い埃が積っていた。木製の銃把の部分は使いこまれたらしく、手垢や脂にまみれて鈍い光沢を放っている。ぼくは銃に手を触れた。

「おまえさんは銃が好きなのかい？」ラモンじいさんが手持ち無沙汰な様子でいった。

「ええ。興味はあります」

「撃ったことは？」

「風漢おじさんの銃を二、三度撃ったことがある程度です」

「未来の筋はいいね。さすがサムの血を引いている」

風漢おじさんはぼくの腕を誉めてくれたので、ぼくは満更悪い気分ではなかった。

「祖父さんはどんな腕前だったのです？」

「兵馬は――うむ、きみの祖父さんは中隊一の狙撃手《スナイパー》だったなあ。目が良くて、昼間でも目をこらせば空に星が見えるといっていたものなあ」

風漢おじさんはラモンに同意を求めるようにいった。ラモンはうなずいた。

「わしは覚えておるよ。ビルバオ攻防戦のことだった。わしらの分隊が敵と味方の間に取り残されてしまった時だった。サムが一人で敵の隊長を狙い撃った。隊長が倒れた敵の隊はわしらを追撃できなくなってなあ。わしらは難なく戦場を離脱して、味方の陣地に逃げこむことができた。サムがしんがりについて後退する時は、安心だった」

「そんなに銃がうまかったのですか？」

「うむうむ。そうさな、サムなら五百メートル先のリンゴを撃ち貫くことなど、朝メシ前だったろう」

風漢おじさんが思い出すようにいった。

「いやいや、リンゴなら千メートルでも撃ち貫いたね。なにしろ敵兵が塹壕《ざんごう》でたばこを吸っていたら、そのたばこの吸差《すいさ》しを一発で吹き飛ばして、肝を冷やさせたくらいだものな。あの時、敵陣まで二キロは離れていたはずだ。ライフルの有効射程内ぎりぎりのところだったよ」

「本当ですか」ぼくは半信半疑できいた。

「サムなら、そのくらいの伝説ができる腕前だよ。いまなら、さしずめ、オリンピックの射撃競技にスカウトされていたろう」

風漢おじさんは大真面目な顔でいった。

「だから、もし、いまのサムと名乗る男が、兵馬の息子、つまり、きみの父さんだったら兵馬譲りのすご腕ではないか、と思うのだがね」

ラモンじいさんが身を起した。ドアが開き、若い男が顔を覗かせた。

「やあ、お待たせしました。ラモンじいさん」

若い男は革製の黒いジャンパーを着こんだ好男子だった。年齢も三十代にはなっていない。ラモンじいさんはにこにこ顔で立ち上がり、ぼくたちに彼を紹介した。

「この男はじつはわしの甥にあたる男でな。ピエールだ。ピエール、しばらくだな」

ピエールはラモンじいさんと握手を交し、肩を抱き合った。

「ラモンじいさんこそ、元気そうで、なによりです」

ピエールはぼくたちとも挨拶を交した。ピエールは顔に穏やかな笑みを浮べていたが、目は笑っていなかった。腰のベルトに拳銃の銃把がちらついていた。ピエールはうっすらと生えた不精髭を撫でながら、ぼくたちにソファをすすめた。

ラモンじいさんとピエールはバスク語で何やら言葉を交した。ぼくたちのことを話しているのは、二人の様子で分った。ピエールはぼくに目を向け、さかんにラモンじいさんと言い合っていたが、最後に肩をすくめ、仕方がないという顔をした。

「――それで、私から何を訊きたいのですか？」

「サムについてだが」風漢おじさんはスペイン語でいった。

「ああ、あの分裂主義者で、裏切り者のサムか」

ピエールはひややかなまなざしをぼくたちに向けた。風漢おじさんは沈んだ声できいた。

「サムが日本人とバスク人のハーフだというのは本当かね？」

「そういう噂は聞いている」

「会ったことはあるかい？」

風漢おじさんはぼくに写真を出すようにいった。ぼくはポケットを探り写真を取り出した。ピエールは母さんと並んだ父の写真にちらりと目をやった。

「私は会ったことがないので、写真を見せられても何ともいえないな」

「どうしてサムが裏切者なのです？」

ぼくはピエールに質問した。ピエールは不快な面持ちをした。

「サムはいつも過激な方針を出して、組織を危険な状態に追いこんできたんだ。それが最近になって、やつが権力側と裏で結託していることが分ったのだよ。やつと組んだ仲間は決って殺されたり、捕まったりしている。そんな時でも、彼だけはいつも助かっている。やつは敵に泳がされている危険な男だとね」

「スパイだというのですか？」

「ああ、権力の手先になっている男だ。あなた方には悪いが、彼について私はあまり役に立つ情報を持っていないし、いい感情も抱いていないんだ」

ピエールは迷惑気な顔で肩をすくませた。

「きみはサムに会っていないのに、よくそんな風にいえるな」

風漢おじさんは皮肉をこめていった。

「たしかに、彼に会っていないが、査問委員会がそういう判定を下して、サムの除名を決めたのです。私は上級機関の判断を信じているだけだ」

「査問委員会だって？　サムは何かしでかしたのかね？」

「サムは組織の中に分派闘争を持ちこんだ。そして、あろうことか、ある大幹部の暗殺を計画して組織の乗っ取りを企てた。それが発覚して、やつは仲間と一緒に組織を分裂させて、ＥＴＡを弱体化させた。やつの裏切り行為のため、スペイン側のバスクでは壊滅的な打撃を受けた支部もある。警察に踏みこまれて、アジトがしらみつぶしに叩かれた地区もあるそうだ。それで査問委が彼の罪状を検討した結果、裏切者として組織から除名し、死刑を宣告したのです」

「死刑だって？」

　ぼくは息を呑んだ。ラモンじいさんは腕組みをして天井をにらんでいた。風漢おじさんも驚いた様子だった。

「サムと行動を共にした人間もサムと同罪かね？」

「はっきりいって、そうですね」

「ザビエルを爆殺したのは、きみたちだったのか」風漢おじさんの目が赤くなるのに気がついた。ラモンじいさんもピエールをにらんだ。ピエールはかぶりを振った。

「――ザビエルさんが亡くなったことについては、私たちも驚いている。少なくとも、私たちはやっていない。ＥＴＡはフランス国内での作戦行動は極力行なわない方針を決めているのです」

「無用な挑発は避けたい。それでなくても、われわれの組織はフランス当局からも睨まれているのです。バスクの穏健な自治権拡大運動なら許すが、独立はさせないというのが、フランス政府の態度ですからね。だから、無用な事件を引き起して、弾圧を誘いたくない。当面の間は大人しくしている」

ピエールは鼻をこすった。それがピエールの癖らしい。ラモンじいさんが補足するようにいった。

「昔から、フランス当局とは暗黙の了解があるんだ。フランス政府には、いまのところあまり自治や独立を要求しない。まずスペイン領のバスクを独立させることに全力をあげようとね。なにしろ、バスクの人口の大多数はスペイン側にいるのでね。フランス側のバスクは、これまで根拠地、あるいは後方の基地という役割を果していた。スペインでフランコに弾圧されても、フランス側バスクに亡命できるように。それにはフランス側であまり過激なテロはやらない約束なんだ」

ラモンがピエールに同意を求めた。ピエールもうなずいた。

「なぜかね？」

「そうなんです。ザビエルさんの件もＥＴＡがやるはずがない。だから、ザビエルさんが殺されたのを聞いて、私はサムたちが仲間殺しをはじめたのだろうと思った。サムはＥＴＡにいた時も、幹部殺しを考えた男でしたからね。意見や方針が違えばそんなことを平気でしかねない過激分子だから」

「サムは、そんなことをする男ではないッ」

風漢おじさんは激しい見幕でいった。ピエールはムッとした顔でいい返した。

「そういうあなたも、サムに直接会っていないはずだ。あなたの知り合いかどうかも分らないのに、よくそんなことがいえますね」

「二人とも、待ってくれ。わしらは喧嘩や口論をするために来たんじゃないんだから」

ラモンじいさんが二人をなだめるようにいった。ぼくも、風漢おじさんの腕を押さえた。サムがぼくの父かもしれないので、ぼくも心穏やかではなかったが、ピエールの言うことにも一理あった。

ピエールはラモンじいさんに早口のバスク語で何やらまくしたてた。ラモンはしきりにかぶりを振り、ピエールを宥《なだ》めた。

風漢おじさんは疲れた面持ちでソファに身を沈めた。

「信じられん。誠くんがザビエルを殺すなんてことはありえないんだ」

風漢おじさんは日本語で呟《つぶや》いていた。ぼくはピエールにパリの家にかかってきた不審な電話について話した。ピエールは半信半疑の面持ちで聞いていた。ぼくが話し終えると、ピエールは鼻の脇を指で掻いた。

「興味深い話ではあるけれども、私はザビエルさんのテロ事件について何もいうことがないね」

「サン・パレの爆破事件は、やはり彼らがやったのですかね？」

「多分、そうだと思う。われわれではない。迷惑な話なんだ。フランス当局は、あの事件をわれわれの組織も関係しているのではないかと見ている。風の旅団はＥＴＡの別働隊として活動しはじめたと考えているのだろう。それであの事件を機にわれわれに対する弾圧も一層厳しくなった」

ピエールは顔をしかめた。風漢おじさんが何か思いついたのか、重々しい口調でいった。

「さっきの話だがね。サムはＥＴＡの幹部の誰を暗殺しようと企てたというのかね？」

「困ったな」ピエールはラモンに助けを求めた。ラモンじいさんがさとすように何ごとかをいった。

「われわれの組織内部のことですのでね」

「しかし、この少年にとってはひょっとすると父親のことなのでね。真相を知りたいのだよ」

風漢おじさんは、ぼくの肩を叩いた。ぼくは少年といわれたことに少々腹が立ったが、ピエールが何かいいそうだったのでがまんをした。

「幹部の名前はいえないのです。分るでしょう？　われわれの保安上の問題なのですから。われわれだって、互いにコードネームで呼び合っているのですよ」

「その幹部のコードネームでいい。頼むから教えてくれんか？」

ラモンもバスク語でピエールにいった。ピエールは鼻を掻き、大きくうなずいた。

「ブホだ。エル・ブホと呼んでいる」

ぼくは風漢おじさんの顔を見た。

「ブホはスペイン語でみみずくの意味だよ」

風漢おじさんはぼくに告げた。ラモンじいさんが宙を見て唸った。

「どこかで聞いた覚えのある暗号名《コードネーム》だな」

「どこで聞いた？」風漢おじさんがいった。

「マキだよ。マキの同志の中に、エル・ブホの暗号名という男がいたと思うんだ。それも、かなり上の男、つまり指導部の中にな」

ピエールは頭をゆっくりと左右に振った。

「これ以上は、いくらラモンじいさんであっても、話せないのです。でないと、私は掟《おきて》を破ることになる」

「ああ、分っている。これ以上はおまえにはきかんよ。ただ、これだけは教えてくれてもいいだろう？　エル・ブホはＥＴＡのボスなのかい？」

「ボスではないのですが、エル・ブホはいわば長老です。エウスカディ――バスク独立国ができたら名誉大統領になってもおかしくない実力者なんです。ＥＴＡの陰の指導者ですよ。歳はくっているが、いまも若いわれわれ以上に熱弁を振るう愛国者、バスク・ナショナリスタです。サムたちは、そのエル・ブホを暗殺してＥＴＡを内部から破壊し、乗っ取りを図ったというのです」

ピエールはいかにも憤慨に堪えないという口ぶりでいった。ラモンじいさんが宥《なだ》めるようにいった。

「な、ピエール、もう一つ教えてくれ。エル・ブホはどこにいる?」

「それは私にも分らない。エル・ブホはスペイン側にいるのだし、われわれでも、なかなか会えないのです」

「会ったことはないのか?」

「演説は何度も聞いている。会議に出て来て発言するのも聞いたことがある。個人的に話す機会がなかっただけです」

「どんな人物だね」風漢おじさんがきいた。

ピエールが何かいいかけた時、ドアが急に開いた。仲間らしい男がピエールに何ごとかを告げた。

ピエールは椅子を鳴らして立った。ラモンじいさんも慌《あわ》ただしく立ち上がった。

「警察が踏みこんでくるという知らせだ」

ぼくは思わず腰を浮かした。ピエールは敏速に戸口に駆け寄り、仲間の男たちから話を聞きはじめた。ぼくたちはラモンじいさんに促《うなが》され、戸口に向った。

「ラモンじいさん、下はもう危険だ。屋根伝いに逃げて下さい」

ピエールが部下たちに指示をとばしながらいった。

「ピエール、きみは？」

「われわれもすぐ後から逃げます」

ピエールは腰の拳銃を抜いた。ぼくたちはラモンの後について屋上への階段を登りはじめた。

「あなたたちに、最後に一言だけ忠告しておく。サムには触れないことです。サムを追わない方がいい。悪いことはいわない。サムを追うとろくな目にあわない」

「分った。忠告は忠告として、聞いておく」風漢おじさんはうなずいた。

ぼくはラモンにせかされて、屋上に出た。ラモンは身をかがめ、下の通りの様子を窺った。たしかに路地に、青い緊急灯を回したワゴンが停車していた。警察の車輛だった。

風漢おじさんはラモンに逃げようと合図した。ラモンは隣の家の屋根に乗り移った。ぼくも見よう見真似で屋根の上に足を踏み出した。急勾配の屋根はトタン板張りで、滑りやすく、滑り出したら下まで停まりそうもなかった。

ぼくは屋根の頂上をバランスをとりながら歩きはじめた。ついで風漢おじさんも両手をかかしのように拡げて屋根の上を渡った。

月が青白い光で屋根を照らしている。風があまり吹いていないのが幸運だった。ぼくたちはラモンを先頭に、屋根から屋根に移って行った。夢中で移動しているうちに三、四百メートルほど離れた家の屋根に辿り着いた。

ラモンは木製の扉を押し開け、ぼくたちに入れという仕草をした。戸口の中は薄暗い階段が下に伸びていた。

どこかで呼び子の鳴る音が響いた。振り向くと、ぼくたちが逃げ出した戸口から、一つまた一つと黒い影が走り出て、屋根に飛び移りはじめた。ピエールたちが脱出している。

「さあ、急いで」

ラモンが低い声でぼくにいった。ぼくは風漢おじさんの肩を叩き、行きましょうといった。ぼくたちは戸口に入りこんだ。ラモンが背後で扉を閉じる音がした。外からこもったようなサイレンの音が聞えはじめていた。

ぼくたちはゆっくりと階段を下りた。古いアパルトマンの建物だった。玄関から外を窺った。警察の車輛らしいバンが通りを走って行った。

「行こう」

ラモンじいさんはジャンパーの襟を立て、先に立って歩き出した。ぼくたちもラモンの後を急いでついて行った。

ぼくは、いまごろになって、ピエールの話が気になって仕方がなかった。いったい父さんは何をやりはじめたのだろうか？　父さんは本当に裏切り者なのか？　裏切り者で権力の手先なのか？

ぼくはピエールの言葉が頭の中で渦を巻いているのを覚えた。

15

翌朝、ぼくは目を覚ますと、早速白黒テレビを点け、ニュース番組を見たが、昨夜の捕物劇についてはまったく報じていなかった。代りにサン・パレの原子力発電所の爆発事故は破壊工作による可能性が出て来たことを報じていた。フランス原子力庁のスポークスマンは、必死になって、過激派による破壊工作説を否定し、溶接に使用するガスボンベが何らかの理由で爆発したものだとくりかえし説明していた。

「何故、事故だといいはるのですかね？」

ぼくはテレビ画面に見入りながら風漢おじさんにきいた。

「権力というものは、いつも人に真相を隠したがるものだからさ。事故でないと不都合なことがあるのだろう」

画面には瓦礫と化した爆発現場に立っているレポーターが映っていた。原子炉が設置される予定の場所には、まるで爆発の跡のようなすり鉢型の巨大な穴が開いていた。

マリアはしきりに昨夜、何があったのかを聞きたがった。ぼくは別に隠すことでもないので、マリアに一部始終を話して聞かせた。マリアは最後の脱出の話になると、目を輝かせ、やはり一緒に行くべきだったと嘆いた。

風漢おじさんは、朝からあまり喋らず、ふさぎこんでいた。絵を描いている時と同じように不機嫌な面持ちをしているので、ぼくたちは風漢おじさんをそっとして放っておいた。風漢おじさんは部屋の床を往ったり来たりして、さかんにたばこを吹かしていた。

正午近くになり、ラモンじいさんとフランシスコの二人が部屋にやって来た。風漢おじさんは二人と挨拶を交わすと、昨夜のその後の様子をきいた。

「間一髪で、ピエールたちも脱出したそうだよ。捕まった者は一人もなしだった」

「それはよかった。わしらが訪ねて行ったために警察に踏みこまれたというのでは、責任を感じるからな」

風漢おじさんはようやく愁眉《しゅうび》を開いた。

「それで、ラモン、エル・ブホについて思い出したかい？」

「そのことなんだよ」ラモンはフランシスコを振り返った。「フランシスコもエル・ブホについては聞き覚えがあるというんだ」

「ある、ある」フランシスコは少し出た腹を撫でながらうなずいた。「あるにはあるのだが、どうにも、よく思い出せないのだ。喉元まで出かかっているのだが、出て来ない、ということがよくあるだろう？　あれだよ、あれ。何かのきっかけさえ、あれば思い出せる」

「――あんたも年をとったものだな。忘れっぽくなってなあ」

ラモンは目をあらぬ方向に向けていった。

「お互いさまだろうが。おまえさんだって、昔、ほんの少しだけしかつき合ったことのない仲間を、全員思い出せんだろうが」

「わしなら別だ。とくに女はみな覚えている」

「それはわしだってそうさね。女だったら、一度でもおつき合いがあれば、そりゃ、絶対に忘れるもんかね」

マリアがテーブルに頬杖をついてラモンじいさんとフランシスコのやりとりを観察していた。風漢おじさんは空咳《からせき》を二つ三つしながら、顎《あご》でマリアを指した。

ラモンとフランシスコは目配せをし合い、口をつぐんだ。マリアは面白くなさそうに頬をふくらませた。

「私なんかに遠慮しなくてもいいのに」

風漢おじさんはラモンにきいた。

「おまえさんはエル・ブホについて何か思い出したかい？」

「うむ。わしの記憶に間違いがなければ、マキのバスク委員会にエル・ブホという名の幹部がいたはずだ」

「そのバスク委員会というのは何なのかね？」

「ほら、マキは反ナチ地下闘争をしていただろう？　そこに参加しているバスク人たちは反ナチ闘争をどう反フランコ闘争に結びつけて戦い、バスク独立を達成するかを考えた。そこでマキの中に、独自のバスク指導部を作ったのさ」

「ほう。知らなかったな。どんな連中が委員会に集まったのだい？」

「大部分は亡命バスク人だった。スペイン内戦で敗け国外に逃れた共和国軍側のバスク人指導者たちの集まりだ。玉石混淆《こんこう》の指導部でな。バスク共産党だけは入れなかったが、あとはアナーキストをはじめ、リベラリスト、軍人、元役人、知識人、反フランコ派の資本家や神父なんかがいたね。彼らは大部分が名前を秘匿して、暗号名で呼び合っていた」

「その中にエル・ブホがいたというのだな？」

「わしはサムたちと一緒に委員の護衛をやらされたことがあったから覚えていたんだ。あの委員会にエル・ブホはいた」

「兵馬も一緒に護衛をしていたのかい？」

「うむ。わしとは同じ隊にいたからな」

「フランシスコ、おまえさんは、そのバスク委員会のエル・ブホを知っていたのではないのかね？」

「ちがうな。大戦中にはちがいないのだが、何か別のことで、エル・ブホの名を聞いたことがあるんだ。どうも、思い出せん」

　フランシスコは頭を両手で叩いた。

「どうして、エル・ブホのことをそんなに気にしている？」

　ラモンはたばこを風漢おじさんに差し出した。風漢おじさんは浮かぬ顔をしながら、たばこを受け取り、くちにくわえた。マリアが咳をして、風漢おじさんを見上げた。

「喫わんよ、くわえるだけだ」風漢おじさんは苦笑した。

「な、どうしてなんだ？」

「――たいしたことではない。ただ、ＥＴＡをどんなやつが牛耳っているのか気になっただけだ」

風漢おじさんは頭を振った。

「さて、そろそろ、出かけるとするか」

風漢おじさんはぼくとマリアに用意はできているか、ときいた。ぼくは後は荷物を車に積むだけだったので、いつでも出発できると答えた。

「じゃ、わしらが案内しよう」ラモンじいさんはフランシスコに行こうと促した。フランシスコは重い腰を上げた。


ぼくたちはシトロエン2CVとフォルクスワーゲンに分乗して宿を出立し、アンダイに向った。

雪は昨日のうちに止み、道路の雪は消えていた。畑や家の陰の日当りが悪い場所に、ちらほら雪が残っているのが目につくぐらいだ。それでも、空はあいかわらず鉛色の鈍重な雲が低くたれこめていた。

高速道路A63を下り、海岸沿いの国道10号線に出た。マリアは海原が見えると歓声をあげた。曇り空が映って、灰色の寒々とした海だった。海一面に白い三角波が立っていた。カモメの黒い影が、強い風にあおられては、空に舞っていた。

浜辺に打ち寄せる波は猛々しく、まるで日本海の荒磯の光景を見ているみたいだった。沖からのうねりは次々と押し寄せ、途中で波が崩れて白い泡を食《は》み、磯に殺到して来る。西に進むにつれ、浜辺は少なくなり、ピレネー山系に連なる山の斜面が、迫《せ》りだした。道路は海岸に沿って、その山の斜面を縫うようにくねくねと走っている。先を行くワーゲンが時折、銃声のような不燃焼音をあげた。ぼくはそのたびにタイヤがパンクしたのではないかとひんやりとするが、風漢おじさんは居眠り運転防止にいいといって笑いとばしていた。たしかにワーゲンは必要以上の速度を出さず、のんびりと走っていた。背後に十数台もの車が数珠《じゅず》つなぎになったが、ワーゲンはそれでも意に介さず、制限速度ぎりぎりの速度で走り続けた。

マリアは窓ガラスに額を押しつけ、黙りこくって海を眺めていた。マリアにとって海は、あまりいい思い出ではないのを知っていた。恐らく、マリアは死んだ肉親たちのことを考えているに違いない。

道路はやがて海岸から離れて、山の中に入って行き、山間《やまあい》に続いていた。しばらく進むと、川沿いの急な斜面に築かれたアンダイの町が見えて来た。曇り空の下に町はくすんだ灰色を帯びている。

ワーゲンは甲高い不燃焼音をたて、国道からはずれて町の中を走る坂道に入った。ぼくもハンドルを切ってワーゲンの後に続いた。

「懐かしいな」風漢おじさんが後部座席から身を乗り出して外を眺めた。「まるで昔に戻ったみたいだ。まったく町並みが変っておらんな」

「ここでも暮したことがあるの?」

マリアが小綺麗な石造りの家屋に目を瞠《みは》った。小さいが十分に手入れされた庭が石垣の低い塀越しに見えた。

「ここでも足止めをくったことがあるんだ」

「祖父さんもですか?」

「うむ。わしたちが、まだ二十代の若者だった時分だ。あのビダソア川を越えれば、向うの山間はスペイン領になる」

風漢おじさんは山の斜面が落ちこんだ先をゆったりと流れる川を指差した。樹々の間から、川をまたぐ国境の橋が望めた。橋のたもとにフランスの三色旗が、対岸の山の斜面にスペイン国旗が風にはためいていた。

ワーゲンは家と家の間を走る曲りくねった道路を登って行った。やがて町のはずれの針葉樹林の中に見え隠れしている家の前に滑りこんで停った。ぼくもワーゲンのすぐ後に車をつけて停った。

「あれ、見て」

マリアが躰を起し、窓の外を指差した。瀟洒な建物の脇にあったガレージが無残にも半壊し、崩れ落ちていた。家の前に黒こげになった車の残骸があった。

ワーゲンから降りたラモンとフランシスコが焼けただれた車の傍に立った。ぼくたちも車を降り、かつては車だった鉄塊を取り囲んだ。

マリアは胸の前で素早く十字を切った。風漠おじさんも車の残骸に手を合わせ、口の中でぶつぶつと念仏を唱えた。ぼくも風漠おじさんの傍で合掌し、ザビエルさんの冥福を祈った。ラモンたちは慌ててベレー帽を脱ぎ、胸にあてながら、ぼくたちの様子に目をぱちくりさせていた。

祈り終ると、風漠おじさんは一つ大きな吐息を洩らした。

「この家にザビエルは居たのかい？」

「うむ。この家の主はアンリといって、やはり昔からの仲間だった男だ。もっとも、アンリはフランス人で、バスク人ではないがね」

ラモンじいさんは帽子を被り直し、砂利の小道を先に立って歩いた。突然、建物の裏手からけたたましい吠え声が起り、黒地に白い毛の交じった中型犬がぼくたちの前にころがり出て来た。

犬は激しく、ラモンやフランシスコに吠えかかり、ぼくたちに牙を剝《む》いた。ぼくは犬を睨みつけた。飛びかかって来たら蹴りつけてやろうと身構えた。

「待って」マリアが犬の前に屈《かが》みこみ犬に話しかけた。犬は躍りかかろうとした。ぼくは慌ててマリアを助けようとした。

「退《さが》っていて。私なら大丈夫」

マリアはしゃがみこんだ。犬は躍《おど》りかかろうとしたが途中で止めた。風漢おじさんがにこにこと笑いながら動こうとしないので、ぼくもじっとしていた。

「――――」マリアは優しい声で犬に話しかけた。

犬は次第に吠えるのをためらいはじめた。横を向いたりしながら、マリアを見ている。やがて、マリアは犬に手を差し伸べて、じりじりとにじり寄った。

犬はいったんは飛びすさったが、吠え声も穏やかになり、マリアを嗅《か》ぐ仕草をしながらだんだん近付いて来た。

「マリアはどんな犬でも手なずける力を持っているんだ」

風漢おじさんはぼくたちにいった。

犬はとうとう吠えるのをやめ、いつの間にか、マリアの前でごろりと横になり腹を見せて、鼻声をたてた。マリアは優しく犬の首筋を撫でながらいった。

「もう大丈夫だわ」

マリアは犬の頭を軽く叩いた。犬は目を白黒させるだけで、何もしなかった。長い舌でマリアの手を舐めた。

「こいつは驚いた」ラモンじいさんは目をくりくりさせた。

「やはり、マリア様は奇蹟を呼ぶんだ」

フランシスコも感嘆の声をあげた。

「何だ。ラモンじゃないか」

いつの間にか、玄関のドアが開き、散弾銃を手にした老人が顔を覗かせていた。ラモンじいさんは両手を拡げ、玄関に歩み寄った。

「フランシスコも」

「アンリ、元気そうで何よりだな」

フランシスコも、ラモンも老人に抱きつき、笑い合いながら、背中を叩き合った。ラモンはぼくたちを手招きした。風漢おじさん、ついでぼくとマリアがアンリ老人に紹介された。

アンリ老人は痩せて背の丸くなった体付きをしていた。分厚くて大きな老眼鏡を掛けているため、目が普通の人よりも大きく見える。

ぼくたちは家の中に招かれて入った。大柄で小太りの老婆が出て来た。アンリ老人の奥さんのベラと名乗った。ロシア系の女性だとのことだった。マリアはたちまち、ベラ夫人と仲良しになり、菓子だの果物だののふるまいを受けていた。

ぼくは大人の仲間入りをして、アンリ老人が持って来た自家製のワインを飲みながら、話に耳を傾けた。

風漢おじさんは、これまでの経緯をかいつまんでアンリ老人に話した。アンリ老人は話を聞き終ると、口をもぐもぐさせながら、かぶりを何度も振った。アンリ老人は補聴器のイヤホーンをいじりながらいった。

「ザビエルがあなたに会いたいといっていたのかね？」

「どうしてか、知ってますか？」

「いや、わしは知らんのだよ。警察からもさかんにザビエルのことをきかれたが、わしは何も聞いとらんのだ。ザビエルがバスク過激派のメンバーだったというのも、警察から聞いて初めて知った。わしにはまだザビエルが死んだことさえ信じられないでいるくらいだからな」

アンリ老人は実直そうな口ぶりで何度も信じられんとくりかえしていた。風漢おじさんはしばらく考えこんでいたが、やがてアンリ老人に顔を向けた。

「ザビエルはいつ頃からここに来ていたのです？」

「二ヵ月前、いや三ヵ月前だったと思う。なあ、そうだったな？」

アンリ老人は夫人のベラに同意を求めた。

「ええ、たしか十月下旬でしたわ」

「うん、うん。そうだった。あれは雨が降っていた日のことだ」

「ちがいますよ。ひさしぶりにからりと晴れた青空がひろがっていた日じゃありませんか」

ベラ夫人は指を振り、まるで学校の先生が生徒をたしなめるように訂正した。

「そうだったかな。いわれてみれば、そんな気もするが、はて……」

「一人でやって来たのかね？　それとも誰かと一緒に来たのかね？」ラモンは先を急がせるように問いかけた。

「お二人でしたわ」ベラ夫人が代りに答えた。

「若い娘さんが御一緒でした。美しい娘さんで、たしか名前は——えーと」

　ベラ夫人は目を細め、宙に視線を泳がせた。

「アデーラ。たしかアデーラと呼んでらしたわ」

「そうそう。アデーラだ。ザビエルはわしに孫娘だといっていた」

「あら、お孫さんだったの？　そうならそうって私にも紹介して下さればよかったのに。家にも寄らずに、アデーラは一緒に来たもう一台の車に乗り換えて走り去った」

「そうそう。そんなこともあったなあ」

「もう一台、車が来たって？」風漢おじさんがきいた。

「ええ。ザビエルさんの車でしょ。その後から、もう一台、黒塗りの車がすぐやって来たの。ザビエルさんの様子を遠くから見守っていたわ」

「その車には誰が乗っていたのかな？」ラモンが身を乗りだした。

「遠すぎて分らんかったが、何人か乗っていたね。運転手以外に、一人外に出て、わしらを見ていたからな。少なくとも二人はいた」

「男ですか？」ぼくは父のことを考えていた。

「多分、男の人だったと思うわ。背丈や身なりからいってそう。トレンチコートを着た人よ」

「顔は分りますか？」ぼくは父の写真を取り出してテーブルの上に置いた。

「ちょっと離れすぎていて分らんな」

アンリ老人は写真を手に取り、ベラ夫人に見せながら首を振った。

「この人ではなかったわ」ベラ夫人は確信を持った口調でいった。「髪の毛が黒くなかったもの。東洋人ではないことだけはいえてよ」

「そうですか」

ぼくは幾分、がっかりして写真を戻そうとした。

「だが、この男にはどこかで逢ったような気がするな」

アンリ老人は老眼鏡を何度もいじり、父の顔写真を皺だらけの指で押さえた。ベラ夫人もかすかに首肯《しゅこう》した。ぼくは驚いて風漢おじさんと顔を見合わせた。

「私もよ。たしかに見覚えがあるわ」

「ベラさん、どこで逢ったのですか？」

ぼくは幾分勢いこんできいた。

「一度、この男はザビエルを訪ねて来んかったかい？」

「いえ、ちがうわ。町で見かけたのよ。たしか、その時、ザビエルさんと一緒にいた男の人が、この写真の男よ。間違いないわ」

「どこでですか」

「銀行の通りのカフェの隅で。私たちが車で通ったのだけど、ザビエルとこの人はすっかり話しこんでいて私たちに気づかなかった」

「いつのことです？」

「十一月の中旬でしたわ。覚えている。私が用品店で冬物のセーターを買った日だったから」

「ふんふん。そんなことがあった」アンリ老人はうなずいた。

「それから二人はどうしたのです？」

「さあ。それだけのことだわ」ベラ夫人は肩をすくめた。「あとは知らない」

風漢おじさんが口を開いた。

「さっきのアデーラの話に戻るが、彼女はどこにいるのか知っているかい？」

「アデーラはスペインに戻ったのではないのかな。サン・セバスチャンに住んでいるそうだったから」

「サン・セバスチャン」風漢おじさんはラモンたちとうなずき合った。

サン・セバスチャンはバスクの主要都市の一つだった。海沿いにある港町でもある。

「わしのところに電話をかけて来た女は、そのアデーラかもしれない。アデーラの住所か連絡先は聞いていないかい？」

「ザビエルの持ち物の中に住所録か何かがあったかもしれないのだが」

「遺品があるのかい？　あるならあるといってくれなきゃ。どこにある？」

　フランシスコがラモンと喜び合った。

「それが警察が来て、全部持って行ってしまったんだよ。強引にな」

「何てこった」ラモンは天井を見上げ、悪態の言葉を並べた。「どうして、遺品をうまく隠しておいてくれなかったのだ。元のマキの仲間じゃないか。そのくらいは頭をめぐらしてくれよ」

「強引だったんだ。あれは警察ではなかったかもしれない。捜査令状もなしだった。屈強な私服の男たちがわしら二人を取り囲んで尋問《じんもん》している最中に、他の刑事が家探しをして、ザビエルの持ち物を洗いざらい持って行ってしまったんだ」

　アンリ老人はしかめっ面をした。

「どうして警察ではないと分った？」

「――彼らが帰ってから三十分もしないうちに、また別の刑事たちが乗りこんで来て、もう一度、事情聴取をするといった。変だろう？　二度も警察が来るなんていうのは？今度は正式の令状があった」

「おかしいな。そのことを警察に告げたのかい？」

「ああ。そうしたら、刑事たちははじめどんな連中かをわしらから盛んにきき出していたが、どこかに電話をしているうちに、彼らは彼らでいいんだ、といい出した。不満気ではあったけどな」

「――なるほど、それは警察ではないな」ラモンがしたり顔でいった。「セデックかDSTの連中だな。やつらだったら、地元の警察は手も足も出せないものな」

「わしもそんな類の連中だろうと、およそ感づいてはいたがね」

「どんな連中だ？」ラモンがきいた。

「いい体格の男たちばかりでね。リーダー格の男はコルシカ訛《なま》りの言葉を喋っておった」

「あのマルコという大男ね」ベラ夫人がいった。「部下たちが大男をそう呼んでいたわ」

「やっぱり」ラモンはぼくたちに目配せをした。「同じ連中だよ。あんたたちをつけて来た連中だ」

「そういうことか」風漢おじさんは溜息まじりに呟いた。「警察の他に誰かザビエルを訪ねて来た人はいないか？」

「警察の他にかい？」アンリ老人は首を傾げ口をもぐもぐさせながら、ベラ夫人を見た。

「アデーラさんから電話が入ったわね」

「うんうん」アンリ老人はうなずいた。

「何だって？」

「ニュースを聞いて確かめたかったのでしょう。アデーラはショックを受けていたみたいだったわ。様子を話したら、電話の向うですすりあげていたから」

「アデーラはザビエルの死について何かいっていなかったかい？」ラモンがきいた。

「わしには何もいわんかったな。婆さん、おまえにはどうだ？」

「――裏切り者の仕業だわと呟いていた。この仇は討つって。やつらに必ず思いしらせてやる、といってた」

「やつらとは誰のことかね？」

風漢おじさんはベラ夫人にきいた。ベラ夫人は両肩をすくめた。

「誰のことかは分らないわ」

重苦しい沈黙が居間に満ちた。マリアがテーブルの下でじゃれる犬を小声で叱った。

「ザビエルの持ち物は、一つも残っていないのかい？」

ラモンがもう一度確かめるようにいった。

「残っていないわ。全部、無断で持っていかれてしまったから」

「ザビエルからの手紙も没収されたのかい？」風漢おじさんは半ばあきらめ顔できい

た。

「――ザビエルからの手紙？　ああ、婆さんや、何通かザビエルからもらった手紙があったなあ。あれはどこかにあるかな？」

「あるはずですわ。ちょっと調べてみましょうかね」

ベラ夫人は椅子から重い腰を上げて、居間の隅にあった古いライティング・デスクの引き出しをあけた。

「しかし、いったい、ザビエルはここに来て何をしていたというのかな？」フランシスコは首をひねった。

「スペイン側に居ては危なくて、フランス側に逃げこんで来たのだろうよ」ラモンが確信あり気にいった。「おまえはどう思う？」

「ザビエルはそう簡単に逃げるような男ではないよ。もし、逃げるだけなら、昔の仲間のわしらのところに来る方が余程安全だったはずさ」

フランシスコがかぶりを振った。

「わしの所だって、普通なら安全さ」アンリ老人は顔をしかめながらいった。「隠れ家として使うなら、予《あらかじ》めそういってもらえば何とかできたんだ」

「あったわ」ベラ夫人が引き出しから何通かの封筒を取り出した。

「どれどれ」アンリ老人が手を差し伸べた。

ベラ夫人は明りに差出人の名前をかかげて確かめながら、手紙を持って来た。六通の手紙だった。差出人の箇所には住所が記してなかった。

「住所が書いてないぞ」ラモンががっかりした声でいった。

「いや、古い手紙には、彼への連絡先が書いてあったはずだ」

アンリ老人は手紙の日付を見ながら、最も古そうな手紙を手にした。

「皆も、読んでくれ。読んでも構わんから」

アンリ老人は手紙をラモンや風漢おじさんに配った。ぼくは風漢おじさんの手紙を覗きこんだ。細々《こまごま》とした文字が並んでいた。

「――やっぱり、そうだ。ザビエルの住所が記してある。わしは一度か二度、ここへ手紙を書いた覚えがあるんだ」

アンリ老人はそういいながら、便箋の末尾に書かれた住所を指差した。ラモンをはじめ、みんなの顔が、その手紙を覗きこんだ。ぼくも慌てて覗いた。サン・セバスチャンの文字が記されてあった。

16

アンダイを発ったのは時折霙《みぞれ》まじりの雨が降る嫌な天気の日だった。スペインの山並みは厚い雲と霧に隠れていた。

ラモンたちはフランス国境の監視所まで見送りについて来た。ぼくたちはラモンとフランシスコの手を握り、別れを告げた。

「わしたちの手助けが必要だったら、いつでも知らせてくれ。すぐに駆けつける」

ラモンはやぶにらみの目を潤ませて、風漢おじさんの肩を叩いた。風漢おじさんも感謝の言葉をラモンたちにいった。

「マリア、帰って来たら、今度は孫娘の子ワニを食ってしまった年寄りワニの話をしてあげるな」

「約束よ」マリアはラモンと指切りをした。ラモンは大真面目にマリアと指切りの約束を交わした。フランシスコはぼくにウィンクをした。

「きみには、釣りを教えてやろう。カジキのでかいやつを釣る秘伝をな」

ぼくがフランシスコに川釣りしかしたことがない、という話をしていたのを覚えていたらしい。彼はその時、海釣り、それも船で沖に出てするトローリングでなければ、男の釣りではないとうそぶいていたのだ。

ぼくたちは三通のパスポートを出入国管理局の係官に手渡した。係官はぼくたち三人をじろりとひとわたり見回すと、「ちょっと待て」といい奥に引っ込んでしまった。その間にも観光客たちはパスポートを見せても、ほとんど引っかかることなく、どんどん通過して行った。

ラモンたちは道端に立って、ぼくたちの方を眺めていた。風漢おじさんは大丈夫という仕草で、ぼくやマリアをなだめるように笑った。

しばらく待つと、先刻の係官が奥のドアから現われ、机の上に拡げたパスポートに、大きな音をたてて出国スタンプを押した。

「いい旅を」

「ありがと」マリアが明るい笑顔を係官に見せた。係官は三通のパスポートを風漢おじさんに手渡した。

ぼくたちはラモンたちに手を振り、シトロエン２ＣＶに戻った。ラモンたちもほっとした表情でフォルクスワーゲンに乗りこんだ。ぼくは窓から手を挙げ、車を出した。検問所のバーが上がり、ぼくたちはフランスを出てビダソア川を渡った。シトロエンは快調なエンジン音をたてながら、スペインの国境監視所に向った。

　スペイン側の入国手続きはあっけない程に簡単だった。バーは上げっぱなしだし、パスポートもろくに見ずに、入国スタンプを打った。荷物の検査も全くなく係官は満面に笑みを浮べて、通れという合図をした。

　ぼくたちは上機嫌で検問所を通り抜けた。

「信じられないわ」

　マリアはうれしそうに叫んだ。マリアにはベトナムを出国した後も、さまざまな国から入国を拒否された苦い経験があったからだ。ぼくは前の車の後を追って国道を走り、高速道路A9に乗った。

　霙《みぞれ》まじりの雨はしばらく行くと雪に変ったが、路面には降り積っておらず、車を順調に飛ばすことができた。フランス国境を少し越えただけなのに、あたりの景色が一変したのには驚きだった。フランスではどこまで走っても地平線までなだらかな起伏の丘陵やブドウ畑が続き、単調で変りばえのしない風景だった。それがスペイン領に入ると急に険しい岩肌の露出した殺伐とした風景になってしまうのだ。岩と岩の間や針葉樹林の木陰にはまばらに雪が吹き溜ったりしている。ピレネー山系は深く谷が切れこみ、かなり急な斜面がそのまま海に落ちこんでいる。

　高速道路はそうした山中を縫って西に向っていた。右手には灰色にくすんだ海が見え、左手には山頂が雲や霧に隠れたピレネーの山系が続いていた。

「しかし、どうも気になるな」風漢おじさんは火のついていないたばこをくわえて首をひねった。

「どうしたの？」マリアが助手席から後部の座席に身を乗り出すようにしてきいた。

「フランスを出る時のことだ。係官がわしたちのパスポートを奥へ持って行ったろう？」

「ええ。私、あの時、出国できないのじゃないかと思ったわ」

「ぼくもだな」

「多分、わしらのことは出入国管理局に通告されていると思うんだ。だから、わしもひょっとすると、どこからかの差し金で、出国の妨害があるのではないかな、と思ったのさ。しかし、何のチェックもなかったということは、裏に何かあるのではないかと思ったのだよ」

「たとえば、裏にどういうことがあるというのです？」

ぼくはワイパーで雪を払いながらきいた。

「それはわしにも分らん。相手の腹の内のことだからね。しかし、何かあるという気がしてならないのだ」

風漢おじさんは顎髭を撫でながら、雪に煙る墨絵を思わせる灰色の風景に目をやった。ぼくは前方を走る車のテイルランプに目をこらしながら、車をころがした。

サン・セバスチャンの町並みは灰色の海と山を背景に、薄く雪化粧をして静まりかえっていた。ぼくは車を高速道路から降ろし、町の通りに乗り入れて行った。雪はあいかわらず、降ったり止んだりをくりかえしていた。

本当はスペインに入ったら、真っ先にパンプローナの町に行くつもりだったのだが、サン・セバスチャンに寄ってから行こうとなったのだ。一つにはザビエルがなぜ殺されたのかをアデーラから聞きたかったこともあるが、もう一つにはいま降っている雪の具合からして、ビダソア川沿いにピレネー山中に入り、山越えする道路が凍結し、閉鎖される可能性もでてきたからだった。それならば、やや迂回して遠回りにはなるが、いったんサン・セバスチャンに出て、トロサ回りのいい道を選んだ方が、パンプローナに入るには結局早道になるのではないか、と考えたためだ。

風漢おじさんは車が旧市街地に入ると、がぜん元気になった。通りの様子や建物が昔とあまり変らないので、すっかり古い記憶を取り戻したらしい。ぼくは風漢おじさんの指示に従って、しばらくの間、町のあちらこちらに車を走らせては説明を聞いた。

サン・セバスチャンの町にも、ほぼ町の中央を大きく蛇行してウルメア川が流れていた。海にせり出した岬には小高い丘がそびえ、頂に古い城砦《じょうさい》のような灰色の建物が建っていた。その岬の陰に外海から守られるようにサン・セバスチャンの港があった。小さな湾を取りかこむように砂浜が伸び、そこには荒々しい波が打ち寄せていた。風漠おじさんは雪まじりの冷たい潮風に吹かれながら、その浜辺に立ち、五十年近くも前に過ぎ去った日々を偲んでいる様子だった。

ぼくたちも車を降り浜辺に立った。風がマリアの黒い髪を吹き上げて乱した。マリアはしきりに髪を手でかき上げながら、屈みこんだ。

マリアはこぶしほどの大きさの巻き貝を拾い上げた。巻き貝の内は美しい肌色だった。マリアは巻き貝を耳にあてた。その巻き貝を黙って風漠おじさんに差し出した。風漠おじさんは我に返り、貝を受け取ってうなずいた。

町をひとわたり見て回った後、ぼくたちは港に近い古ぼけたホテルに泊った。風漠おじさんが町の様子を思い出してくれたお陰と、ホテルのフロント係の青年の説明で、探していたアデーラの家がホテルから歩いて十分しかかからないような近くにあるのが分った。

ぼくたちは青年の描いてくれた地図を手に、ホテルを出ると、ウルメア川にかかった橋を渡り対岸の旧市街に入って行った。アデーラの家は通りを一本はずれた裏路地にあった。五階建ての古い頑丈そうなアパートで、見上げるといずれの窓もブラインドが下りていて、ひっそりと人気なく静まり返っている。

玄関の扉も閉じられ、内側から鍵がかかっていた。呼び鈴を何度も押してみたが、何の返事もない。ぼくたちが半ばあきらめ引き揚げかけた時、突然、扉が音をたてて開き、細目に開いた隙間から老婆が顔を覗かせた。

　マリアは飛びすさり、ぼくの背後に隠れて恐る恐る老婆を見つめていた。ぼくも一瞬凍りついたように足がすくんだ。老婆は黒い頭巾《ずきん》を被っていた。頭巾の下から皺だらけの顔が覗いていた。鼻は鷲のように鋭く折れ曲り、目だけが異様な光を帯びていた。まるで魔法使いの老婆そっくりだったのだ。

　マリアはぼくの背中にしっかりつかまって震えていた。風漢おじさんは扉に歩み寄り、スペイン語で話しかけた。

「アデーラさんに会いたいのだが」

　老婆はぼくたちを一人ひとりなめまわすように上から下まで見回しながら、首を横に振った。

「そんな名前の娘はここにはいないね」

「怪しい者ではない。わしはザビエルの友人なんだ」

「――ザビエル？　ここにはそんな人は住んじゃいないさ。さあ、帰った帰った」

　老婆は鋭い口調で吐き捨てるようにいうと扉を閉じようとした。風漢おじさんは素早く足を扉の隙間に差し入れた。

「何をなさるのかえ。この人は」

老婆は怒りをこめた目でぼくたちを見た。風漢おじさんはポケットから何かをつかみ出し、老婆の手に押しつけた。老婆は押しつけられた物に目をやり、すぐに衣服の下に隠した。ぼくはそれが何枚かのペセタ紙幣だと分った。

「もし、アデーラさんが来たら、ここにわしたちはいると伝えてほしいんだ」

風漢おじさんはホテルの名の印刷してあるカードを取り出し、ボールペンで何ごとかを書きつけた。

「そんな娘はおらんといったろう?」

「だから、ひょっとして来たらでいい。渡してくれ。もし、アデーラさんからわしたちのところに連絡があったら、お礼としてさっきの倍はあげてもいい」

「――――」老婆は目をしばたいた。「あいよ。アデーラが来たら、渡せばいいんだね。約束は守っておくれよ」

「もちろんだ」

風漢おじさんは足を隙間から抜いた。老婆はぶつぶつ口の中で呟きながら、音をたてて扉を閉じた。内から鍵のかかる音がした。

「恐いお婆さんね」

マリアが目を白黒させながらいった。

「人を見かけだけで判断してはいけないよ」

ぼくはマリアに半ば同調しながらも、自分自身にいいきかせるようにいった。

「いえ、私の目にくるいはないわ。あの人が背中に隠し持っていた物を見た？」

「何を隠していたって？」ぼくは驚いてきいた。

「私、扉が開いた瞬間、ちらりと見たのよ。あれは手斧か何かだったわ」

「まさか」

「マリアのいう通りだよ。わしも気づいていた。たしかにあの婆さんは背中に何かを隠していたね。もし、わしが強引に扉を力で開けようとしたら、あの婆さんは人斬り庖丁か手斧を取り出しかねなかったな」

風漢おじさんは例の空気が洩れるような声をたてて笑った。マリアはぼくの腕に手を回し、躰を硬くした。ぼくは風漢おじさんの話が信じられなかった。

「どうして、そんなことが分るのです？」

「どうしてもさ。殺気だよ、殺気。あの家にはアデーラがいるのさ。何かの理由で、警戒している最中に、わしらが乗りこんでしまったのだよ。アデーラに会えば、そのわけも分るさ」

風漢おじさんがぼくの肩を叩き、路地を振り返った。ぼくも一緒に老婆のいた建物に目をやった。その時、かすかに二階の窓のブラインドが閉じられるのに気がついた。

「さあ、ホテルに戻って、休むことにしようか」

風漢おじさんはぼくにウィンクをして、通りに向い歩き出した。誰かがどこからかぼくたちを監視しているのが分った。

夕暮れになり、雪は本格的に降りはじめた。それとともに海からの風も強くなった。ぼくたちはホテルの部屋に閉じこもり、夕食もホテルのレストランでとった。窓から見ると街の通りには、時たま車が走り抜けるだけで、ほとんど人気がなかった。

夜も遅くなり、マリアがテレビを観ながら大きなあくびをしはじめた頃になって、部屋の電話機が鳴った。風漢おじさんはベッドに横になり、本を読んでいたが、ゆっくりと躰を起した。ぼくが椅子から立って受話器を取ろうとしたら、風漢おじさんは手でぼくを制した。

「――――」風漢おじさんは受話器をおもむろに取り上げ、耳にあてた。

「わしだが」

風漢おじさんは二言三言相手と話をしていたが、やがて受話器をフックに戻した。

「近くのバルに彼女が来ている」

風漢おじさんは外套掛けから外套をはずした。ぼくはダウンジャケットに駆け寄った。

「ぼくも行きます」

「私も」マリアが床から立ち上がった。

「マリアは留守番をしていてほしいな」風漢おじさんは済まなそうな顔をした。

「そうはいかないわ」

「外は寒いんだぜ」ぼくはジャケットをはおった。「子供は誰も歩いていない」

「もう子供扱いしないって約束でしょ。それに、うら若い娘をこんな部屋に一人置き去りにするというの？」

マリアは外套掛けに伸び上がり、赤いダウンジャケットをはずした。

「留守中に、暴漢が押し入って来たら、どうするというの？」

「――――」風漢おじさんは肩をすくめて、ぼくを見た。

「だいいち、この前もそうだったけど、二人ばかり面白い目に遇っているのは不公平だわ。私、行くといったら、どんなことをしても行きますからね」

「分ったよ。マリア、ついておいで」

風漢おじさんはうなずいた。マリアは当然のことのように先に立ってドアに向って歩いた。ぼくはやれやれと思いながら、彼女の後に続いた。マリアは一度いい出したら聞かない娘だった。

ホテルの外は銀世界に変りつつあった。通りという通りは白いさらさらした粉雪に被われていた。車のヘッドライトもほとんどなく、あってものろのろと走っている。

粉雪はまるで吹雪のように通りから通りへ吹きぬけていた。街灯の淡い光が雪にかすんでは現われ白い路面をきらきらと輝かせては、また渦を巻いて走る風を照らし上げる。

ぼくたちはホテルから一ブロックと離れていない飲み屋街に行った。ジャケットの襟を立て、マフラーで口や耳を被っていてもわずかな隙間から雪が入りこんできて、肌を冷え冷えとさせる。

飲み屋街だけは、色とりどりのネオンが光を路地や通りに投げて、さまざまに染め上げていた。

風漢おじさんはマフラーで包んだ顔をあちらこちらに向け、軒を接して並んだバルを眺《なが》めていたが、やがて一軒のバルのドアを開けた。ぼくたちは明るい店の中にどっと雪崩《なだ》れこんだ。

カウンターには五、六人の男たちが寄りかかって赤いワインを呑んでいた。店の中央に置かれた旧式のジュークボックスからは、ガンガンとシンディ・ローパーの曲が流れていた。スピーカーがひび割れた、ひどい音だった。カウンターにも、テーブルにも、女の姿はなかった。

「ここなの？」マリアはマフラーをはずしながら風漢おじさんにきいた。

「ああ。たしかにここだ」

風漢おじさんはちらりとネオンの看板を確かめながらいった。ネオンの看板には、〝チコのバル〟とある。

ぼくたちはカウンターに歩み寄った。ワインをすすっていた男たちは、ぼくたちを濁った目で見つめている。風漢おじさんは自家製のグラスワインを二つとホットミルクを一つ注文した。マリアはカウンターの上に並んだつまみに目を輝かせ、イワシの酢漬けやタコの煮つけなど、たちまち十種類ほどの品をバーテンに頼んだ。

「やっぱり、大人って、こんな楽しみがあるから、バルへ来るのね」

マリアはぼくや風漢おじさんを軽く睨んだ。太っちょのバーテンダーが注文の品を小皿に載せ、次々と並べていくと、マリアは待ってましたとばかりにフォークを振り、片っ端から食べはじめた。

ぼくはワインをすすり、マリアの様子をあきれながら見つめていた。

「遅いな」風漢おじさんは呟いた。壁の時計は夜の十一時を回りかけていた。

「何時の約束なのです?」

「もう来ていてもいいはずなんだ」

カウンターに寄りかかって呑んでいた船員らしい男が、ジュークボックスの傍にあったスロットマシーンに歩み寄った。男は二十五ペセタ硬貨を放りこみ、レバーを引いた。ジュークボックスの曲は、ホイットニー・ヒューストンに変っていた。その間にも、男は十数回レバーを引き、一度も当てることなしに終った。男は腹立たし気にマシーンを蹴り、仲間のところに戻って行った。

ぼくはポケットをさぐった。二十五ペセタ硬貨が五枚に、五十ペセタ硬貨が二枚あった。昼間、買物をした釣銭だった。

「やるの?」マリアがぼくを見上げた。

「ああ。こう見えても、おれ、賭け事には強いんだ」

「私もよ」マリアはタコの切り身を頬張りながら、鼻の孔《あな》をふくらませた。

ぼくは先刻の男がすったスロットマシーンの前に立った。コインを放りこみ、レバーを引き、スロットのボタンを押して、回転する図柄を止めた。たちまちのうちに五枚の二十五ペセタはスリットの中に消えてしまった。五十ペセタも、あわや二十倍になりかけたが結局、望みの図柄は並ばずに終った。

「私にもやらせて?」マリアがぼくの手から最後の五十ペセタを奪い取った。

カウンターの男たちはにやにや笑いながらぼくたちを見つめていた。マリアはスロットマシーンを手で撫で、ベトナム語で何ごとかを呟きはじめた。

「何をしている?」

「おまじないよ。賭け事の神様に祈っているの」

「マリアは、クリスチャンだろう?」

「――いいから、黙っていて」

　マリアは撫で終るとコインをスリットに放りこみ、レバーを勢いよく引いた。三つの図柄が並び、当りのベルが鳴った。受け皿に五十ペセタや二十五ペセタの硬貨がざらざらと吐き出された。

「何てこった」ぼくは仰天した。

「ね」マリアは得意気に鼻をうごめかした。

カウンターに寄りかかっていた男たちが一斉にどよめいた。マリアは男たちに手を振って笑った。マリアは硬貨を集め、ポケットに捻じこんだ。

「もうやめるのかい？」

「ええ。一度だけってお願いしたの。あとは駄目だって」

　マリアはかき集めた硬貨の中から、一枚の五十ペセタを取り出し、ぼくの手に乗せた。

「はい、お借りした分」

　ぼくが呆気にとられていると、風漢おじさんがぼくを呼んだ。いつの間にか、傍に若い娘が胸の前に腕組みをしてぼくを見ているのに気がついた。娘は黒い毛糸のスキー帽を頭からすっぽりと被り、黒い革ジャンパーに革のスラックスをはいている。靴も黒革の長いブーツだった。頭のてっぺんから足の先まで黒ずくめの格好だった。

それとは対照的に娘の顔は抜けるように白い肌をしており、つやつやしていた。化粧はあまりしていない素顔だったが、それでも十二分に美しさを保っていた。意志の強さを示す濃い半月状の眉毛。少々上を向いた小さな鼻。そこだけが濡れたように紅い、形のいい肉感的な唇。細い顎。なによりも魅力的なのは、二重瞼の、大きく見開かれた切れ長の目だった。黒目がちの瞳には人の心を惹く魅惑的な光が宿っていた。

ぼくは一目見た瞬間から、その娘に運命的な出逢いを感じた。いままで一度も抱いたことのない感情が胸の内に湧き起るのを抑えることができなかった。

ぼくは何もいわずに、まじまじと娘を見つめていた。娘もぼくを張りついたように見つめている。娘の口許にかすかに微笑が浮んだ。

「こちらがアデーラさんだ」

風漢おじさんの声が遠くから聞えた。ぼくは腕を激しく引かれて、我に返った。マリアが怒ったような目でぼくをにらんでいた。ぼくは顔が熱くなるのを覚えた。アデーラは何かをいい、手を差し伸べた。ぼくは両手で握り返した。ひんやりと冷たい感触だった。アデーラの頰がほんのりと桜色になった。ぼくはしどろもどろになりながら、スペイン語で自己紹介をした。

アデーラはまた何かをいったが、ぼくは呆然としていてよく聞き取れなかった。風漢おじさんはにやにや笑いながら、次にマリアを紹介した。マリアはそっけない挨拶を返した。マリアはぼくを横目で睨んでいた。

17

アデーラはぼくたちに「ついて来て」というと、店の奥に先に立って歩いた。カウンターにいた男たちが、口々にアデーラに野卑な言葉を投げた。アデーラはにこりともせず、彼らを無視して廊下に出た。トイレのドアの先に裏口のドアがあった。そこにジーンズ姿の若い男が立っていた。男はアデーラと同じような黒革のジャンパーをはおっていた。彼は両手をジャンパーのポケットに入れたまま、油断のない目でぼくたちをじろじろと見つめた。

アデーラは男にバスク語で何ごとかを告げた。男は裏口のドアを押し開け、顎をしゃくった。裏口には雪の降りかかる暗い路地があった。

ぼくたちは路地に出ると足早にアデーラとその男の後をついて行った。やがて、一、二ブロック行くと地下への階段があり、そこへアデーラは下りて行った。突き当りのドアが開き、ぼくたちは招き入れられた。そこには屈強な若者がもう一人待っていて、アデーラとうなずき合った。

　廊下を抜けると小綺麗なテーブルが並んだ店に出た。天井からはステンドグラスの照明が光を放ち、店の中を幻想的な色調に塗りあげていた。隅のテーブルには恋人同士らしいカップルが話しこんでいる。

「まあ、素敵」マリアが感嘆の声をあげた。

　天井のスピーカーからは静かなギターの曲が流れていた。

「ここなら安心だわ」アデーラは周囲に誰もいない壁ぎわのテーブルについた。一緒に来た男は、正面のドアに近いテーブルに坐って、店の中に用心深い視線を向けた。

　風漢おじさんとぼくは並んで、アデーラの向い側に坐った。マリアは仕方なさそうにアデーラの隣の席についた。店の支配人は知り合いらしく、アデーラの注文も聞かずに、ワインの瓶を一本運んで来た。アデーラは空のワイングラスに次々と注いだ。

　彼女はスキー帽を脱いだ。帽子の下から長い黒髪がはらりと落ちた。つややかな黒髪だった。ぼくは彼女の仕草にうっとりと見とれていた。突然、ぼくは誰かに足の向う脛をいやというほど蹴られた。マリアは知らぬ気にあらぬ方向を見つめていた。

「驚いた？」

　アデーラはぼくたちにいった。

「いったい、どうしたというのだね？」

風漢おじさんがワインを口に運びながらいった。アデーラは美しい眉をひそめた。

「ザビエル祖父さんが殺されてから、私たちも厳戒態勢に入ったのです。私たちはいま二つの敵と戦っているところなんです」

「二つの敵？」ぼくがきいた。

「一つはスペインの国家警察。もう一つは、裏切り者集団です。どちらも手強い。特に裏切り者たちはもとは一緒の組織にいた仲間でしょう？　互いに手の内を知りすぎていて逃げ隠れするのが、きわめて困難な状態になっているのです」

「――きみたちが〝風の旅団〟なのかい？」

「――――」アデーラは何もいわずにかすかにこっくりとうなずいた。ぼくは、それで十分だった。

「ザビエルはどちらに殺されたというんだ？」

風漢おじさんは低い声でいった。

「私たちは裏切り者たちが警察や政府機関とぐるになって、祖父を爆殺したと見ているのです」

「なぜ、ザビエルは殺された？」

「ザビエル祖父さんたちはパンプローナ警察にもぐりこんだ仲間から重要な情報を入手したのです。それは祖父たちの同志であるサム――いまのサムではないのですが

――を警察に売った人間がＥＴＡにもぐりこんでいることを示す証拠の書類でした」

「いったい、誰だというのだ？」

「書類には、そのスパイが誰かは記されていないのです。ただ、そのスパイが仕組んだワナや事件で何人もの同志が捕まったり殺されている――その事実が記録されていたのです」

「じゃ、まだ、そのスパイが何者かははっきりしていないのか？」

「ええ。まだ分っていません。ただ、ザビエル祖父さんたちはある人間を特定しかかっていたらしいのです」

「誰かね、それは？」

「さあ、私たちには。でも、手がかりはあるのです。祖父さんはあなたに会って、書類を見せてスパイを割り出そうとしていた。つまり、祖父だけでなく、あなたも知った人物がＥＴＡに潜りこんだスパイなのです」

「わしが知っている人物？」

風漢おじさんはさすがに驚いた様子だった。

「祖父は慎重を期していたのです。万が一、嫌疑をかけた人物がスパイではなかったら、大変なことになるでしょう。相手はＥＴＡの幹部指導者のひとりだったらしいのです」

「なるほど。それはそうだ」

「祖父は、それであなたがパリにいるのを知って、わざわざ会いに行こうとした。その祖父が携帯していた書類もろとも爆弾で吹き飛ばされたというわけです」

「――遺品もすべて持ち去られてしまった」

「そうだろうと思いましたわ」

アデーラはかぶりを振った。ぼくはアデーラのさまざまな表情に見とれながら、話に耳を傾けていた。

「わしはザビエルがすでにスパイを見つけていたものとばかり思っていた。後は、その嫌疑をかけた人物について知っている人間はいないのかい？」

「――あとはサムしか知りません」

アデーラは声をひそめていった。

「そのサムは、ぼくの父なのですか？」

ぼくは思い切ってアデーラにたずねた。アデーラは驚いた顔でぼくをまじまじと見つめた。ぼくは父の名前を告げた。写真を取り出し、アデーラの前に置いた。

「やはり、あなたはサムの息子さんだったのですか。どこか似ていると思った」

アデーラは目を瞠《みは》り、頭をゆっくりと頷いた。

「父なんですね」

「本当は私の口から出してはいけませんが、サムはあなたのお父さんといっていいでしょう」

「会いたいのです。どこに父はいるのですか？」

――アデーラは目をしばたき、困惑した顔付きになった。「それはいえません」

「いえない？　どうしてかね？」

風漢おじさんが脇からきいた。

「どこにいるのか、私たちにも分らないのです」

アデーラはゆっくりとかぶりを振った。

「そんな馬鹿な。サムは風の旅団の指導者なのでしょう？　指導者がどこにいるのか分らずに、どうやって連絡をとるのです？」

「連絡や指令は、サムから一方的になされるのです。しかし、もちろん、連絡がとれないことはありません。だから、あなたが会いたがっていることを伝えることはできるでしょう。あとは、サムの方から連絡が来るのを待つしかないのです」

ぼくは風漢おじさんと顔を見合わせた。

「わしもサムに会いたいんじゃ。ザビエルが死んだいま、わしがサムと会って話をすればスパイが誰かが分るかもしれんだろう？」

アデーラはうなずいた。

「でも……、いまはむつかしい」

「なぜかね?」

「いま、サムはある作戦を計画している最中なのです。それで、警察や情報機関が、必死になってサムの居所をつかもうとしている。作戦が終るまでは、サムは個人的なことに関わりを持つつもりがないのではないかと思うのです。スパイの捜査についても、サムはザビエルにまかせっきりにしていたはずで、自分は作戦をやるつもりでしたから。サムはそういう人なんです」

アデーラは尊敬を込めた言い方をした。ぼくはアデーラの口ぶりに、幾分、焼き餅を焼いた。マリアは運ばれて来たミルクに手もつけようとせず、不機嫌な面持ちで、ぼくたちの会話を聞いていた。

「ひとつ、頼んでみてはくれんか」

「ええ。やってはみますが、むつかしい状況下にあるのは知っておいて下さい。敵は必死でサムの行方を追っています。どこにいるかが分ったら、計画もすべて分ってしまうでしょう」

「その計画とは、いったい何なのです?」

ぼくは重ねてきいた。アデーラの顔はまた曇った。

「それは私からいうわけにはいきません。しかし、いずれ近いうちに分るはずです。

いま、その作戦が実行できるかどうかの瀬戸際にいるからです」

「じつは、わしたちは何者かから、脅されているんだ。サムに計画を中止させろ、とね。さもないと、ザビエルのように、わしたちの生命も保証しない、というのだ。ザビエルの死は、その警告だというのだよ」

「何ですって？」

アデーラは顔色を変えた。風漢おじさんは脅迫電話がかかって来た前後の事情を詳細に順を追ってアデーラに話した。アデーラの眉間に小さな縦皺が寄った。

「——計画を中止させろ、といったのですね」

「うむ」

「敵はすでに計画を察知している、ということなのかしら」

「それはわしにも分らない。相手は計画の内容まではいわなかったからね。しかし、何らかの計画があることについて知ってはいるみたいだったな。でなければ、中止を求めることはないはずだからね」

「そうですね」

アデーラは浮かぬ顔をして宙に目を細めた。

「いいことを教えていただきました。至急、いまの情報は、サムに伝えたいと思います。あなたたちが会いたがっている、ということも含めて伝えましょう」

風漢おじさんは顎髭を撫でまわしながら「もう一つ、ききたいことがあるのだが」といった。

「何ですか？」

「なぜ、サムは――つまり君たちはＥＴＡに見切りをつけて、分裂したのかね？」

「――答えるのがむつかしい質問ですね」

「来る途中、ＥＴＡの若手幹部に話を聞いた。サムはエル・ブホという暗号名の最高幹部の暗殺を計画したそうじゃないか。それで査問委員会から、死刑を宣告されたと聞いた。本当なのかい？」

「後半の話は本当です。でも、前半の話には嘘があるのです。サムは誰かの罠にはめられたのです」

「はめられた？」

「ええ。祖父にいわせれば敵のスパイにはめられたのだと。何者かがエル・ブホやロドリゲスなど最高幹部会議のメンバーの車に、爆弾を仕掛けたのです。その結果、エル・ブホや何人かの幹部は未然に爆弾を発見して助かったのですが、ロドリゲスの車だけは間に合わなかった。ロドリゲスの家族が乗りこんだ時に爆発した。ロドリゲスはたまたま乗り遅れたために助かったのです」

「それでどうしてサムが疑われた？」

「一つには、サムがETAの爆弾闘争の最高指揮官だったからですわ。発見された爆弾はサムの指導通りの造り方でセットされていたのです」

「なるほど。しかし、それだけではサムの仕業《しわざ》とはいえないね」

「もちろんです。第二には、サムはロドリゲスはじめ、いまのETA指導部に強烈な内部批判をしていた矢先だったのです。ETAの戦略はいたずらにバスクの犠牲を大きくするだけで、現実的な効果をまるであげていないという批判を展開していた。そのサムを若手の私たちが支持していたので、指導部は分派活動と見ていたのです」

「それで爆弾事件が起ったら、それはサムの一派だということになったのかね」

「そうです。幹部会員で唯一、サムを支持したのが祖父だったのですわ」

「そういう訳だったのか」風漢おじさんは目を細めた。

「濡れ衣《ぎぬ》を着せられたのです。そこで秘密の査問委員会が開かれることになった。サムや祖父は出席を拒否したのです。私たちの得た情報では、この際、指導部は嫌疑の当否はともかく、サムを反党分子として除名する方針を予《あらかじ》め固めているのが分ったからでした。でも、結果は欠席裁判の末、証言者まで現われて、死刑宣告まで出てしまったのです」

「証言者？」ぼくはきいた。

「サムや祖父がエル・ブホの周辺を嗅ぎ回り、車に何かを仕掛けるのを見たという目撃者がいたというのです。それで、あの爆弾事件はみなサム一派の仕業《しわざ》となったのです。それで、もはや、私たちはETAにいる必要なし、と考えた。新しい指導部による新生ETAを造り、バスク独立を求めようとなったわけです」

「それが風の旅団なのか」

「ええ」

アデーラは深い溜息を洩らしながらうなずいた。

「いずれ、私たちのやることはETAに残っている同志たちも分ってくれると思うのです。そのためには、私たちを罠にはめたETAにひそむスパイを何としても暴かねばならないのです。それを祖父が中心になって、やっていたところだったのですが……」

アデーラは一息つくと、赤ワインを口に運び、喉を潤《うるお》した。

「そういう訳だったのかい」風漢おじさんはかぶりを振った。「ザビエルが生きておればなあ。いろいろきくことがあったのに」

「私も残念でなりません」

「せめて、昔のサムを死に追いやった犯人が誰かを教えてくれていればなあ。わしも、それだけははっきりせんと、死んでも死にきれない思いがするんだよ」

「分ります。その気持は。その犯人については、いまのサムも祖父から聞いていると思います。ですから、サムに会えばきっと、その話も出て来るはずです」

アデーラはなぐさめた。

「サムに伝えてもらうとして、いつ返事をもらうことができるだろうか？」

「――それはいつになるか、お約束できません。私たちも任務があって、今夜にもこの町を出なければなりませんし、――そう、あなたたちも早めにこの町は出た方がいいでしょう」

「なぜです？」

「どうも警察の動きが妙なのです。私たちのアジトに張りこみが始っていますし、近く一斉捜査があるという情報が入っているのです。それで私のアパートも厳戒態勢に入っていた」

「出るといっても、あなたたちはどこへ行くのです？」

「――――」アデーラは笑って答えなかった。

「それよりも、あなたたちはどこへ行くのです？　どこにいるかが分れば、私たちの方からの連絡もつく」

「パンプローナです」ぼくはいった。

「パンプローナ？　なぜ、そこへ？」

「父からの手紙に、そこに居たことが記してあったのです」

「パンプローナの誰のところにいる予定ですか？」

「この人の所に連絡してもらえると有難いのだが」風漢おじさんは手帳を取り出し、メモを見せた。アデーラは目を通し、暗記するかのように、口の中で何度も住所や電話番号をくりかえした。

「メモすると、万が一、敵の手に落ちた時、困りますからね。何でも覚えてしまうのです」

アデーラは白い歯を見せて笑った。ぼくもおかしくはなかったが、つられて愛想笑いをしてしまった。マリアが頬杖をつき、ぼくを小馬鹿にした目付きで眺めていた。

「さて、もう行かねばなりません」

アデーラは出入口近くのテーブルに坐っていた若者に目配せした。若者はのっそり立ち上った。ぼくも慌てて立ち上がった。その拍子に椅子が後ろに倒れ、大きな音をたてた。店中の人の視線がぼくに集中するのを覚え、首筋まで熱くなった。

「では、また。いつかまたあなたにお会いできますか？」

ぼくは思わず口走っていた。アデーラは目を丸くして、ぼくを見ていたが、ゆっくりとうなずいた。

「神様の思し召しがありましたなら、きっとお会いできますわ」

アデーラはぼくに手を伸した。ぼくはアデーラの手を握り返した。先刻とは違って、彼女の手は柔かく、ぬくもりがあった。

　マリアがこんこんと咳をした。マリアは呆れた顔でぼくを見上げていた。アデーラは風漢おじさんに別れの挨拶をし、マリアにキスをすると若い男に護衛されながら、また裏口から消えて行った。ぼくがさっそうとしたアデーラの後ろ姿に見とれていると、マリアがもう一度、わざとらしい咳をした。

「目尻が下がっていたわよ。みっともないったら、ありゃしない」

　マリアは憤然とした口調でいった。風漢おじさんは何もいわず、笑いながらワインをすすっていた。ぼくは空気の淀みに残っているアデーラの残り香を嗅いだ。サフランの芳香に似た匂いだった。

「あの女は危険な女よ」

「どうして分る？」ぼくは手に残ったアデーラのぬくもりを味わっていた。

「どうしても。あの女は見かけは綺麗でも、心は冷たい女。好きになったら、きっと不幸になるわ」

「マリアは、ああいうタイプの女が嫌いみたいだね」

「好き嫌いでいっているのではなくてよ。女同士だと、ピンとくるのよ。ああ、この女は信頼できる人間だとか、そうではないとか。あの女は好きになっては駄目なタイプよ。いいこと」

マリアは小さな鼻をうごめかしていった。ぼくはマリアの真剣なまなざしに、辟易《へきえき》しながらうなずいた。

「分ったよ。まるで、ぼくの恋人のような口ぶりだな。心して、マリアの忠告は覚えておくよ」

マリアはぼくを見上げ、目をしばたいた。心なしか、マリアの頬が一瞬赤くなったような気がした。ぼくは不意にマリアが妹のように可愛く感じられ、頭を撫でようと手を伸ばした。

「いやッ」

マリアは激しい怒りの声をあげ、身を引いた。マリアの目がなぜか赤く潤みはじめたのに気がついた。

「さあ、二人ともホテルに戻ろう」

風漢おじさんがぼくたちをとりなすようにいい、マリアの肩を抱いて、店の主人に手を挙げた。店の主人は、「代金はもういただいてます」といった。

マリアはポケットから数枚のコインを取り出し、テーブルの上に置いた。

「私までおごってもらうつもりはなかったわ」

マリアはぼくにあてつけたようにいい、先に立って歩きはじめた。ぼくは風漢おじさんと顔を見合せて、頭を振った。

「女はどんなに幼くても、女だからね。気をつけることだ」

風漢おじさんは外套を着ながら、ぼくに囁いた。

18

翌朝、ぼくたちはホテルを発ち、国道1号線を南に下ってパンプローナへ向った。昨夜の吹雪がまるで嘘であったかのように晴れ渡り、澄みきった青空が拡がっていた。目前に拡がるピレネー山系の嶺々は雪を被り、青空にくっきりとその山容を現わしていた。なだらかに山間《やまあい》をうねる国道が黒い帯のようにピレネー山系に伸びている。道の両側には雪に覆われた林や原野が純白の銀世界を作っている。山間《やまあい》のところどころに散在する農家からは白い煙が立ち昇っていた。間近《まぢか》に迫った山肌は荒々しく、岩壁が雪の間から顔を覗かせていた。

マリアは朝起きてから一言も口をきかずに窓ガラスに顔を押しつけていた。風漢おじさんは後部座席に躰を沈め、ヒーターの温かい風を受けて気持良さそうにうたたねをしていた。途中で車は雪か事故のせいか、次第に混み出し、渋滞となっていた。

だが、その渋滞の理由も、しばらく進むにつれ、先にパトロールカーの点滅するランプを見て分った。サン・セバスチャンの町を出ようとしている車に対し、一斉検問が行なわれていたのだ。

マリアはそれと気づいたのか、不安気な面持ちでぼくを見た。ぼくは「大丈夫、心配ない」とうなずき返し、風漢おじさんを起すようにいった。

「なんだね」風漢おじさんは口許の涎を腕で拭い、寝ぼけまなこをぼくに向けた。

「この先で検問をしているんです」

「検問？」

風漢おじさんは前の座席の背もたれから身を乗り出し、前方の車の列に目をこらした。分厚い防寒着を着こんだ警察官が肩から吊した短機関銃を構え、道端で長蛇の車の列を見張っていた。その先には二台の装甲車が道路を左右から挟みこむようにして並んでおり、砲塔の機関銃が不気味に銃口を車の列に向けていた。

車は一台一台警察官の合図で停止させられ左右の窓から武装警官たちが乗っている人物を確かめるように覗きこんでいた。トランクはもちろん、ボンネットの中まで開けられている。車の下にも鏡を付けた台車が差しこまれてチェックされていた。

道路脇の空地には、何台かの乗用車やトラックが誘導され、座席のシートやドアの側壁まではがされて調べられている。

「えらい厳しい検査だなあ」

風漢おじさんは眉をひそめた。

「何かあったのですかね？」

「あったら、朝のニュースで放送しているはずなんだが」

ぼくは車に何か都合の悪い物を積んでいないかどうか心配になった。風漢おじさんはもぞもぞと尻を動かし、座席の座布団を直した。

やがてぼくたちの車の番が来た。左右から髯面の警官と鋭い目付きの警官が覗きこんだ。

「パサポルテ」

ぼくは窓ガラスを下げ、三人のパスポートを手渡した。警官たちはパスポートの写真とぼくたちの顔を一人ひとり確かめるように眺めた。ボンネットとトランクが開かれ、何人かの警官たちが覗きこんだ。

「何があったのです？」

「――――」警官たちは何もいわずに車の中を覗きこんだ。

「どこへ行く？」髯面の警官はぼくにきいた。

「パンプローナへ」

「何をしに行く？」

「観光です」

ぼくは警官の問いに素直に答えた。髯面の警官はぼくたちをひとわたり見回すと、上官らしい男にパスポートを持って行った。上官の男は髯面の警官から報告を聞き、ぼくたちの方を見た。上官の男は傍のパトロールカーの窓に顔を突っこみ、無線電話で誰かとしきりに交信しはじめた。

目付きの鋭い警官は、ぼくに車を道路脇につけろという仕草をした。ぼくは言われた通りに車を道端に寄せた。

「見て」マリアがぼくの肘に手をかけた。マリアが目で指した方角を見た。

道路端の空地に停められた護送車の前に、両手を頭の後ろに回して立たされている男たちの姿があった。男たちは五人おり、取り囲んだ警官たちに銃を突きつけられていた。彼らは次々後ろ手に手錠をかけられ、護送車に乗せられるところだった。

先頭の男は殴られて口の端を切ったらしく、口から血を流していた。昨夜、アデーラを護衛していた革ジャンパーの男だった。

男は引きたてられる際に、ぼくたちをちらりと見たが素知らぬ顔で護送車のステップに乗り、車内へ消えた。ぼくは思わず、他の男たちを見た。

「アデーラも捕まったのかな」

「いかん、知らん顔をしているんだ」

風漢おじさんが低い声で注意した。ぼくもマリアも慌てて顔をそむけた。髯面の警官が目ざとく、ぼくたちが見ていた方角とぼくたちを見比べながら、ゆっくりと車の傍にやって来た。

「知っている連中か?」

「――――」ぼくは生つばを呑み、かぶりを振った。髯面の警官は手にしたパスポートをしばらく弄《もてあそ》んでいたが、ぼくに渡した。上官の男が行けという仕草で顎をしゃくった。髯面の警官は車の屋根を叩き、「行け」といった。

ぼくはゆっくりと車を出した。装甲車の前をすり抜けた時、バックミラーを見た。髯面の警官と上官らしい男が腰に手をあて、ぼくたちの車を見送っていた。

「いったい、どうなっているのですかね?」

ぼくは風漢おじさんにきいた。

「わしにも、見当がつかん。やつらはわしらのことをどこまで知っているか、分らんのだよ。さりとて、わしらを捕える口実もない。わしらは違法行為を何ひとつしておらんからな」

「でも、警察はデッチ上げるのがうまいから」

「いまのところ、様子を見ているのかもしれん。それにしても、内まで調べられないで、ほっとしているよ」

風漢おじさんは座席のシートを叩きながら、空気の洩れるような笑い声をたてた。

「知ってるわ」マリアが嘆くようにいった。

「パパ、またそこに銃を隠しておいたのでしょう？　私、ひやひやしていたのよ」

「銃を？」ぼくは運転しながら驚いて、バックミラーを覗いた。

「ああ。万が一を考えてな、持って来たのだよ」

風漢おじさんはシートを少しめくった。座席のシートの下にパリの家にあった散弾銃の銃身が鈍い光を放っていた。ぼくは安堵に胸をなでおろした。

「おいおい、よそ見をせんでくれ。事故を起こされては困るからな」

風漢おじさんはシートを元通りに戻して、にやにやと笑いかけた。マリアは頭を振って溜息をついた。

パンプローナの町に着いたのは、その日の午後早くであった。サン・セバスチャンからわずかに九十二キロの距離しかないのに、途中、検問や雪道のため、車の渋滞に引っかかり、予想以上に時間がかかってしまったのだ。

国鉄の線路を越え、パンプローナの市中を流れるアルガ川の橋を渡ると前方に古い城壁が見えて来た。その城を中心にして取り囲むように町は拡がっている。ぼくは灰色にくすんだパンプローナの町を目にして、はやる心を抑えきれずにいた。この町に祖父や父が住んでいたのかと思うと、知らず知らずのうちに胸が高鳴ってしまったのだ。父に会うことができたら、何といってやろうかと考えた。母さんやぼくを捨てて、なぜ、スペインくんだりに来て、テロリストになんかなっているか。母さんがどんなに寂しい思いで亡くなったのかを、ぼくは父に叩きつけてやりたかった。ぼくは多分、父に逢ったら殴りかかるだろうと思った。殴りつけて、母さんの霊の前に父を土下座させ謝罪させてやらねば気が収まりそうになかった。

「どうしたの？　そんな恐い顔をして」

マリアがぼくの脇腹を突っついた。マリアは検問を過ぎた頃から、だいぶ機嫌を直して話すようになっていた。

「何でもないさ」ぼくは思考を邪魔されたのでぶっきら棒にいった。

「嘘、何かに怒っているわ。神経がピリピリしているもん」

「マリア、放っておきなさい。彼には彼の思いというのがあるんだから」

風漢おじさんがぼくの心を見抜いたようにいった。

「思いって？　何の思い？」

「父さんに対しての思いさ。この町には彼の親父さんの足跡があるはずなんだ」

マリアが上目づかいにぼくを見ている気配がしたが、ぼくはとり合わず、車を運転し続けていた。

ぼくは車を古い石造りの町並みの中に走らせていった。風漢おじさんは「懐かしい」

「懐かしい」といいながら町並みに目を瞠っていた。

とりあえず町の中心部に近い闘牛場の裏手にあった二つ星のオスタル・レジデンシアに部屋をとって旅装を解いた。部屋は狭かったが、よく掃除の手が入った小綺麗な部屋だった。ぼくが四階の一室を、風漢おじさんとマリアが五階のやや広めの部屋をとった。

トランクを部屋に入れて、ぼくたちは早速町にくり出した。風漢おじさんのところに父が送って来た手紙の住所が手がかりだった。十年以上も前の住所に、そのまま父が住んでいるとは思えなかったが、他に父の居場所を調べる手づるはない。

風漢おじさんはオスタルの主人の婆さんに手紙の住所を見せた。婆さんはしばらく、あれこれといいながら首をひねったりしていたが観光用の市内地図をどこからか取り出して来て、町の南側の一角に◯印をつけた。

ぼくたちは再び車で出掛けた。地図の印を手がかりに車を広場近くに路上駐車し、近くの雑貨店に寄った。風漢おじさんは出て来た店の主人と声高に話をした。やがて店の主人は店の外に出て来て、道順を教えてくれた。

住所として記されていた場所は、旧市街の一角だった。五階建てのビルがあり、その家の五階の部屋に父は住んでいたのだ。

ぼくはあたりの風景をある感慨を持って眺めた。父は毎日こんな世界に住んでいたのか、という思いを抱いたのだ。

玄関はガラス窓の入ったドアで、鍵はかかっていなかった。ドアを開けると右手に管理人室があった。真っ赤に焼けたダルマストーブの傍で、歳老いた女が椅子に坐り、編み物をしていた。テーブルの上に載った旧式なトランジスタ・ラジオが甲高い音を吐き出していた。

ぼくたちが老婆に声をかける前に、老婆は編み棒を動かす手を止め、顔を上げた。

風漢おじさんが戸口に歩み寄り、老婆に挨拶をした。

「何か御用かい？」老婆は膝掛けをテーブルの上に片付け、立ち上がった。

「以前、こちらの五階に住んでいた人のことをききたいのだが」

「誰のことだい？」

ぼくが進み出て、父の名前を告げた。老婆は老眼鏡をずり上げ、ぼくたち三人をじろじろと眺めた。

「ああ、シンジョウさんのことね。わたしゃよう覚えとるよ」老婆は大きくうなずいた。

「いまどこに住んでいるかはご存じですか？」ぼくは勢いこんでいった。

「いまかい。いまはどちらにいるのか、わたしゃ知らん。警察も何度か来て、しつっこく同じようなことをわたしにきいて来たが、知らんものは答えようもないがね」

ぼくは風漢おじさんと顔を見合わせた。

「いまは誰が住んでいるのかね？」

「いまは学生さんが住んどるよ。パンプローナの大学の学生さんがね」老婆は口ごもった。

「父の知り合いですか？」

「いや、知らんと思うね。だいぶ後から入った人だからねえ」

老婆は気の毒そうにいった。

「いつ頃まで父はここに住んでいたのです？」

「もう七、八年も前になるかねえ。外国に行くとかいって、しばらく留守にしていたんだが、そのうち手紙が送られて来て、部屋を解約したいといって来た。あんな真面目な人はおらんかったね。ふつうは家賃を滞納したあげく、踏み倒して出て行くのに、あの人はそうはしなかった。いい人だったよ。約束をきちんと守る人でね。そうかい、あんたはあの人の息子なのかい」

老婆はしげしげとぼくを見つめた。

「で、こちらのお嬢さんはあんたの妹さんかい」

「いいえ、ちがうの」マリアは風漢おじさんを見上げた。「ねえ、パパ」

「この娘はわしの娘でね。わしはこの少年が父さんを探すというのでついて来た者なんだ。もちろん、彼の父さんの誠くんはわしもよく知っているし息子のようなものだがね」

　老婆はまた大きくうなずいた。

「まあまあ、そんな所にいては寒かろうに？　内にお入りなさい」

　老婆はマリアとぼくの躰を手で引いて部屋の中のストーブの側に連れて行った。ストーブの上に載せられた薬缶が蒸気を吹いていた。老婆は腰をかがめ、ストーブの焚き口を開け小さな鉄製のスコップで泥炭をすくって放りこんだ。石炭の臭いが鼻についた。いったん石炭をかぶって消えそうに見えた炎が再びめらめらと燃え上がった。

　部屋の中は程よく暖かかった。ダウンジャケットを脱がないと汗ばんでくるほどだった。老婆は戸口のガラス戸を閉じた。その際に廊下に人気がないのを確かめたようだった。

「そういえば、あんたはあの人にどこかよく似ている。そうだったのかい。あんたが日本に残して来た息子さんだったのかい」

「ぼくのことを知っているのですか？」

　ぼくは驚いて老婆に尋ねた。

「あの人から何度か話を聞いたことがあったよ。うむ。一人息子を日本に残してきたのが、なんとしても気がかりだった、とね」

「母のことは何かいってませんでしたか？」

「――――」老婆はバスク語で何かを呟き、頭をふった。ぼくはそれが祈りの言葉のように聞えた。

老婆は口をもぐもぐと動かし、ぼくから目をそらした。風漢おじさんが、助け舟を出すように老婆にいった。

「この子は父さんを探しに、わざわざたった一人でスペインまでやって来た。何とか力になってやってくれまいか」

「――わたしも、何とかしてあげたいのはやまやまだがね、どうしようもないのさ。ローラの孫のためだものねえ」

「ローラを、――ドローレスを知っているのかね？」風漢おじさんが眉根を開いた。

「知っているも知らぬも、わたしは大昔、ローラと大の仲良しだった。子供の頃からいつも一緒だったものだよ」

「ひょっとして、わしを覚えていないかい？　わしはローラのつれあいのサムの親友だった日本人だ。ローラとも何度も会ったことがある」

風漢おじさんはぼくに写真を出すように指示した。ぼくはポケットから五十年前の風漢おじさんの写真を取り出して、老婆に見せた。老婆は老眼鏡をかけ直し、写真に見入った。老婆は写真の中の髯面の男を見て声をあげた。

った」

「聖母様《ラ・グロリオサ》」

「そう、その髭男が若い頃のわしだ」

「なんていうことなんでしょ。覚えているわ。あなたがあの時の日本人《ハポネス》なの？」

「ああ。わしもあんたをどこかで見た記憶があるんじゃ」

「わたしはバシリサだよ。覚えておいでかい？　わたしはパンプローナ一の踊り子だった」

老婆は皺だらけの手を風漢おじさんに伸ばした。彼女の目が赤く潤んだ。

「バシリサ。ああ、思い出した。可愛い娘のバシリサがこんなに……」

風漢おじさんは途中で後の言葉を呑みこんだ。バシリサは若い娘のようにはしゃぎ風漢おじさんの手をとった。

「こんな婆さんになってとお言いだろう？」

「いや、まだまだ若い娘のようだよ。昔とあまり変らない」

「嘘をおっしゃい。目が笑っているよ。あんたも、こんな爺様になってしまって」

二人は互いに抱き合い《ハグし》、涙を流しながら笑い合った。ぼくとマリアは二人の喜び合う様に顔を見合わせた。

「そうだったのかい。あんたも何十年ぶりかに帰って来たということだったのかい」

「ああ。もう五十年ぶりになる」

風漢おじさんも興奮がやや収まったのか、落着いた声でいった。

「それで、この子の父親のことなんだ。ローラの孫のためにも、父親の居所を教えてやっておくれよ」

「――本当にわたしは知らないんだよ。でもヘノベーバ婆さんなら知っているかもしれない」

バシリサ婆さんはぼくに向き直り、ぼくの手を握った。温かく優しい手だった。

「ヘノベーバ婆さん？」風漢おじさんが訊いた。

「ドローレスは四人姉妹の二番目の娘だったのを覚えておいでかい？　ヘノベーバは末娘の四番目だった。いまじゃ、ルビエロス家はヘノベーバが取り仕切っている。覚えていないかねえ。昔は末っ子のヘノベーバはいつもローラの後ろにまとわりついていた洟《はな》たれ娘だった」

「――覚えている。覚えている。小さい頃に馬から落ちたとかで、片脚が不自由だった娘がいたが、あれがヘノベーバじゃないか？」

風漢おじさんは上気した顔でうなずいた。

「そう。その娘がヘノベーバ婆さんというわけさ。そのヘノベーバ婆さんの所を訪ねてごらん。きっと、あんたの力になってくれるはずだよ。なんといっても、ヘノベーバ婆さんは、ローラ祖母さんの妹で、あんたの肉親なんだから、きっと力になってくれる」

バシリサ婆さんはぼくを抱くと頰にキスをしてくれた。ぼくは照れ臭かったがじっとがまんをして動かなかった。

「バシリサ。ヘノベーバ婆さんの家は昔のまま、同じ所にあるのかい?」

「ルビエロス家はフランコ時代に落ちぶれてねえ。それは可哀相だった。一家はばらばらになってね。だから、昔の家はとっくに売ってしまって、ヘノベーバ婆さんは町の中に住んでいるよ」

バシリサ婆さんは老眼鏡をかけると、棚から分厚い日記帳のような冊子を取り出し、頁を何枚かめくり、風漢おじさんに見せた。風漢おじさんは声を出して住所を読み上げた。バシリサ婆さんは何度もうなずいた。

「そうそう、思い出したわ。あんたは唄が上手だった」

「いまだって相当なものさ」

「何か唄っておくれ。昔の懐かしい唄がいい」

「いまかい?」風漢おじさんは、やや照れたように顎髭をいじった。

「パパ、唄ってよ。私も聞きたいわ」マリアが手を叩いたので、ぼくもつられて拍手をした。

「じゃ、唄うから、バシリサも拍子をとっておくれ」

風漢おじさんは足踏みをし、調子をとりながら唄い出した。朗々とした声が部屋中に響いた。あまり上手だとは思えなかったが、どこかに哀調のある唄だった。

さらば《アディオス》　パンプローナ
わが愛しのパンプローナ
さらば　パンプローナ
また会う日まで

単調な歌詞で唄い易かった。バシリサとマリアも声を合わせて唄っていた。
「二番は覚えているかい？」
「ああ。もちろんだ」

娘たちがべっぴんだから
べっぴんだから
行くんじゃないぜ
おれが行くのは
祖国を守るためなのさ

風漢おじさんは足を踏みならし、やや調子っぱずれだが、溌剌《はつらつ》とした声をあげた。バシリサ婆さんはエプロンをひるがえし、太い躰を動かして踊り出した。ぼくや風漢おじさんは手を叩き、調子をとった。マリアも立ち上がり、バシリサ婆さんの仕草を真似て、スカートの裾を持ち、踊りはじめた。

ぼくは風漢おじさんの目に泪が光っているのを見つけた。

19

ヘノベーバ婆さんの家は旧市街の北のはずれにあった。バシリサ婆さんの描いてくれた地図は不正確ではあったが、路地や曲り角などの目印になる要所要所はちゃんと押さえてあったために、ヘノベーバ婆さんの家には間違わずに辿りつくことができた。

バシリサ婆さんのところで思わぬ時間をとってしまったので、ヘノベーバ婆さんの部屋のドアを叩いた時分にはあたりに薄暮が迫っていた。ヘノベーバ婆さんは古い四階建てのアパートの四階の部屋に娘夫婦たちと暮していた。

ぼくは初めて会うバスクの肉親に胸が躍った。少なくともぼくは孤独ではないのだという思いが頭に押し寄せては返していた。

薄暗い階段の最上階に立ち、ドアが開くのを待った。中から女の人の返事が聞え、やがてドアが内側に開いた。中年の女が顔を出した。風漢おじさんがヘノベーバ婆さんに会えないかと尋ねた。中年の女は怪訝な顔をして奥に声をかけた。

ぼくはやや緊張して待った。やがてでっぷりと太った大柄な女が現われた。かすかに右脚をひきずっていた。

「あれまあ《ラ・グロリオサ》」

「ヘノベーバ。わしを覚えているかね」

「覚えていないなんてことがあるかね。ああ聖母様、何という思し召しでしょう。セニョール・ヤマト。たしかタケルだった」

ヘノベーバ婆さんは風漢おじさんをがっしりと抱き寄せた。彼女はすぐにぼくたちに目を向けた。

「この子たちは、あんたのお孫さんかい？」

「わしの娘のマリアと、あんたの姉さんの孫の未来くんだ」

「ミライ？」ヘノベーバ婆さんは一瞬、目を輝かせた。ぼくは拙いスペイン語で、父のことを話した。風漢おじさんがかいつまんでぼくのことを紹介してくれた。

へノべーバ婆さんは話を全部聞かぬうちに、聖母様を連発し、マリアを、ついでぼくを力一杯抱きしめ、頰にキスの雨を降り注いだ。ぼくたちはまるで引きずりこまれるように部屋に入れられた。

ぼくたちは居間のソファに坐らされた。へノべーバ婆さんは涙ぐみながら、ぼくたちが訪ねて来たことを喜んだ。

最初に現われた中年女はへノべーバ婆さんの娘のルイサだった。ルイサは事情が分ると、ぼくたちを大歓迎してくれた。次々と部屋にいた子供たちが紹介された。しばらくの間、大騒ぎが続いた後、ようやく落着きを取り戻したへノべーバ婆さんはお茶をすすりながら、風漢おじさんからこれまでのいきさつを聞いた。その間も、ぼくはへノべーバ婆さんの太い腕に肩を引き寄せられたままだった。手を離してくれたのは、話がすべて終ってからのことだった。

「父さんを探しに来たのかい。それも、はるばる日本から、たった一人でねえ。よくお出でだったよ」

へノべーバ婆さんはハンカチを鼻にあて、大きな音をたててかんだ。彼女はハンカチをぶるぶると震わせると、ぼくに向いた。

「うんうん。本当にこの子はサムによく似ている子だよ。目のあたりなんかはローラ姉さんそっくりじゃないかね。あんたはバスクの子だよ。うん、バスクの子さね」

婆さんはもう一度、ぼくの躰を太い腕で引き寄せると頬にキスをした。

「父に会えますか？」

「ああ、もちろんさね。いま事情があって、すぐには無理だろうが、きっと父さんに連絡をとってあげる——これもすべてマリア様の思し召しだろうて」

ヘノベーバ婆さんは盛んに胸で十字を切っては神に感謝の言葉を並べた。

「ところで、ミライ、あんたに予め、話をしておかねばならないことがあるの。父さんに会う前に、知っておいて欲しいことがね」

ヘノベーバ婆さんは先刻までとはうって変った厳しい顔になった。ぼくは居住いをただした。

「何ですか？」

「何を聞いても驚かないでおくれ。あんたももう十七歳となれば、立派な大人なんだから」

ヘノベーバ婆さんは、ぼくの両手をとって掌で包んだ。ぼくは大きく息を吸った。

「あんたの父さんは、こちらにも奥さんがいるの。バスクの娘と結婚したの」

ぼくはいきなり頭を殴られたようなショックを受けた。ヘノベーバ婆さんの言葉が急に遠くから聞こえるような気がした。目の前に屈んでいる大柄なヘノベーバ婆さんが望遠鏡を逆から覗きこんだ時のように急に小さく縮んで見えた。ぼくは死んだ母さんが聞いたらどんなに悲嘆にくれるだろうかを想像すると、胸が締めつけられるように痛んだ。

「それで帰らなかったのですね」ぼくは自分の声がかすれているのに気がついた。喉がからからに渇いていた。

「お父さんを分ってておあげ。お父さんも男なのよ。いくら、あんたやあんたの母さんを想っていても、長い間、離れているうちには、他の女にも心惹かれてしまうことがあるということをね。まして、あんたの父さんはバスク人になりきり、バスクのためにこの地に骨を埋めようと心を決めた男なのよ。これまでのすべての過去や日本人であることを捨ててしまった男なの」

「——勝手すぎる」

ぼくはバスクなんか糞くらえと思った。やはり父はバスクにいい女ができたから、ぼくや母さんを捨てて帰ろうとしなかったのだ。ぼくはそんなことを知るために、わざわざバスクくんだりまで父を探しに来たのかと思うと馬鹿らしくなった。まだ見ぬ父だったが、また父が憎くてたまらない男になってきた。

「まだ、お父さんの気持を分るには、若すぎるかもしれないわねえ」

ヘノベーバ婆さんは溜息まじりにいった。ぼくは握られていた手を引っこめた。

「そのうち未来くんにも分ることだよ」風漢おじさんは顎髭《あごひげ》を撫でながら頭を振った。

「もう一つ、大事なことがあるわ」ヘノベーバ婆さんはぼくの肩をゆさぶった。「あんたには弟や妹がいるのよ。腹違いではあるけど、正真正銘の血がつながった弟と妹よ」

「ぼくには関係ないな」

ぼくには弟や妹といわれても、思いもよらぬことだったし、まるで実感が湧かなかったのだ。

「あら、いいじゃない」マリアがぼくをなじるようにいった。「何よ、その態度は。私なんか、兄弟や姉妹が欲しくたって、もうどこを探してもいないのよ。あんたはぜいたくよ。私なんか、この世にたった一人なのよ。私はあんたがうらやましいわ」

「おまえには関係ないだろう。これはぼくの問題なんだ。余計な口出しはするなよ」ぼくはつっけんどんにいった。風漢おじさんが、「まあまあ」とぼくを手で制した。

「マリアもいいすぎだよ。彼は考えているところなんだから」

「だっていいじゃない。兄弟なんか、欲しくてもいるものじゃないわ。兄弟や姉妹が多いことは楽しいことよ。喜んであたり前のことよ。私は喜んであげているのよ」

風漢おじさんはマリアに耳打ちをし立ち上がらせた。ヘノベーバ婆さんはルイサに目配せした。ルイサはマリアに、子供たちと一緒に遊ぶようにいいながら、隣の部屋に連れて行った。風漢おじさんはヘノベーバ婆さんにきいた。

「弟や妹といっても、いくつの子供たちなんだね？」

「上のアントニオは十二歳、妹のローサがたしか十歳のはず。二人とも父さん似のいい子たちだよ。顔立ちの整った美男子と美人になる子たちだよ。アントニオもローサも、兄さんが現われたとなると、きっと大喜びだよ」

「二人は未来くんのことを知っているのかい？」

「ええ。父さんは二人に日本に置いて来てしまったミライのことを包み隠さず話していたわ。アントニオもローサも、まだ小さくて幼かったけど、日本に兄さんが住んでいると聞かされて、うれしがっていたからね」

「――母親は知ってるんだろうね」

「ああ、もちろんだよ。嫁になった娘はうちのルビエロス家の遠い親戚筋にあたる美しい娘でね。マコトが彼女に逢った時は、まだエルミニアが――そう彼女はエルミニアというのだけど――十八歳の頃だった。エルミニアは悩みに悩んで、私にすべてを打ち明けてくれた。日本にいる奥さんに済まないってね。日本にいる奥さんとちゃんと別れてくれなければ、マコトとは結婚できないって――」

ぼくはそこに居たたまれなくなった。何も知らなかった母さんを想うと腹が立ってきて、話をそれ以上聞いていられなかった。ぼくはダウンジャケットを引っつかむと、椅子から立ち上がった。

「どうしたというのだい?」ヘノベーバ婆さんがぼくを見上げた。

「ちょっと外を歩いてきます」

「待ちなさい」

ヘノベーバ婆さんは立ち上がりかけた。風漢おじさんが手で止めた。

「いいだろう。行って来なさい。少し考えてみたいのだろう?」

「ええ」

ぼくはダウンジャケットをはおり、ドアをあけた。ヘノベーバ婆さんが何かいいたげだったが、ぼくは黙ってドアを閉めた。

建物の外はすっかり夜のとばりに閉ざされていた。パンプローナの町には雪が積っていなかったが、ピレネー山おろしの北風が町の中を吹き抜けていた。

ぼくは石畳の路地を出て、繁華街への通りを歩いた。昼間には気づかなかったが、大通りにはクリスマスのイルミネーションが、アーチのように飾りつけられて賑やかに光り輝いていた。

ぼくは冷たい風に頬を撫でられながら、きらびやかなイルミネーションを見て歩いた。防寒具に身を固めた親子連れが、楽しそうな笑い声をはずませながら通り過ぎて行った。

どこをどう歩いたのか分らなかったが、いつの間にか、赤や青のネオンが輝く飲み屋街の路地の入口に差しかかっていた。バルや居酒屋が立ち並び、店の窓から煌々《こうこう》とした明るい光が路地に洩れてくる。賑やかな笑い声や嬌声がどこからか聞こえて来る。

通りの暗がりから一目で娼婦と分る女がぼくにすり寄って来て、たばこの火を貸してくれないかといった。ぼくが肩をすくめると、女は「坊や、いいことをして遊ばないか」とぼくの耳許に囁いた。

ぼくは無視して歩き去ると、女はお道化《どけ》た格好で腰を振り、卑猥《ひわい》な言葉をぼくの背中に投げつけた。ぼくは「坊やなんかじゃないッ」と女に怒鳴り返したが、馬鹿にした笑いが戻って来るだけだった。

ぼくは行当りばったりに、一軒のバルに入ってみた。カウンターには労働者らしい男たちが肩を寄せあって飲んでいるだけの店だった。店の主人はぼくを見ると、早口のバスク語でまくしたてた。ぼくは隣にいる男が飲んでいる赤ワインを指差した。

バルの主人はぼくがスペイン語しか喋れないと分ると、バスク語を止め、スペイン語で話してくれた。

「おい、若いの。未成年じゃないだろうな」

「ちがう」ぼくは軽く頭を振った。

「ならばいいんだ。若く見えるからな。念のためだ」

主人はグラスに自家製らしい赤いワインを注いだ。ぼくは金を払い、グラスのワインを舐めた。

「どこから来たね」主人は退屈そうにいった。

「日本だ」

「えらい遠い所から来たんだな。日本人かい？」

「ああ。日本人だ」ぼくはグラスを口に運びかけた時、背後のドアが開くのに気がついた。ぼくは酒棚の鏡越しに入ってきた男を眺めた。見覚えのある男だった。ぼくは口に含んだワインを思わず呑みこんだ。ごくりという喉の音がやたらに大きく響いたように思った。男はバイヨンヌの町の通りで、ぼくたちを見張っていた口髭の男だった。

　男は隅のテーブルに坐ると新聞を拡げた。店の主人が声をかけると、男はビールを注文した。男は入って来てから、一度もぼくに注意を払わなかった。

　ぼくはワインを呑み干すとバルをゆっくり歩み出た。ワインのアルコールが躰に回って来たらしく、躰が急に熱っぽく感じた。後ろを振り向いたが誰もつけていない。

　飲み屋街を出て大通りに抜けた。ぼくは通りすがりのタクシーに手を上げた。タクシーがブレーキの音をたてて道路の端に停った。ぼくはタクシーに乗りこんだ。

　運転手にヘノベーバ婆さんの住んでいる路地や名前を告げた。運転手は知っているらしく何も返事をせずに車を走らせた。

その時、反対側に駐車していた乗用車が急にタイヤの音をたてて発進し、Uターンするのが見えた。ぼくは息を殺して、リアウィンドウから外をうかがった。Uターンを終えた車は、タクシーの後にぴったりとつけて走り出した。

尾行されている。酔いがすっかり醒めてしまった。バイヨンヌで彼らはいなくなったと思っていたが、そうではなかったのだ。

タクシーは見覚えのある路地の入口の手前で停った。ぼくはタクシーを降りた。後からつけて来た車は知らぬ気に速度を落さずに傍を走り抜けた。運転席と助手席に二つの人影があった。走り過ぎた際に、対向車のヘッドライトが運転席を照らした。一瞬、マルコと呼ばれた男の横顔が明りの中に浮んで消えた。ぼくは足許がすくむのを感じた。

タクシーは料金を払うとすぐに走り去った。ぼくは路地の石畳を急ぎ足でヘノベーバ婆さんの家に歩いた。

部屋に戻ると、マリアがほっと安堵した顔でぼくを迎えた。風漢おじさんとヘノベーバ婆さんは紅茶を呑みながら、まだ話し合っていた。

「よかった、よかった」

ヘノベーバ婆さんはぼくを手招きした。

「お腹が空いたろう？　みんなで夕食をとろうと待っていたんだよ」

ぼくは抱きかかえられるようにして、食堂に連れて行かれた。ルイサがマリアや風漢おじさんを食堂に招いた。大きなテーブルには皿やナイフ、フォークが並び、湯気の立った料理が用意されていた。テーブルの回りにはすでに子供たちが席について、ぼくたちを待っていた。旨そうな料理の匂いが鼻孔を刺戟した。ぼくは急に空腹だったのを思い出した。

ヘノベーバ婆さんの家を辞したのは、その夜遅くのことだった。婆さんはしきりに泊って行くようすすめたが、固辞して引き揚げた。ぼくはあまりにいろいろな事実を知らされ、混乱していた。ひとりで考える時間が欲しかったためもある。

オスタルへの帰り路、ぼくはしきりに車の背後に気を配った。だが、やはり誰もつけてくる気配はなかった。考えてみれば、彼らはぼくたちがオスタルに泊っていることを当然知っているだろうし、あえて帰り路に尾行する必要もないことに気がついた。

風漢おじさんに尾行されたことを告げると、彼は顔をしかめた。

「本当にやつらだったかね」

「間違いなく、あの大男のマルコたちだった」

「さすがにプロの連中だな」

風漢おじさんは妙な感心の仕方でいった。

「ね、ね、ミライ兄さんはどうするつもり？」

マリアがぼくの腕に手を回してきいた。

「何のこと？」

「弟や妹に会いたいと思わないの？」

「思わないね」

「どうして？」

「どうしても」ぼくは正直にいった。「ぼくには母さんを裏切った父が許せないんだ。だから、そんな相手の女の子供なんか、ぼくは認めない。弟とも妹とも思えないね」

「――でも、それはお父さんやお母さんの問題であって生まれた子供には何の罪もないのではなくって？」

マリアは正しいと思った。しかし、論理的には父の子供たちに責任はなくても、ぼくは素直に彼らを弟と妹として受け入れることができなかった。弟や妹を持ったことがないからかもしれないが、親しみが湧かなかったからだ。

「ねえ、パパ。パパはどう思う？」

「そうだな。突然に未来くんのようにいわれたら、やはり戸惑うだろうな。でも、未来くん、あまり早く結論は出さなくてもいいと思うな。じっくり考えてからでも遅くはない」

風漢おじさんはぼくの肩を叩いた。

オスタルの前の路地には車が何台も縦列駐車してあった。ぼくは車を路地に入れ、かろうじて一台分の空スペースを見つけて駐車した。路地は人気なく静まりかえっていた。

ぼくたちは車を降り、オスタルの玄関のドアを押した。ぼくは玄関に入る時、もう一度あたりに気を配ったが、どこにも怪しい人影を見つけることはできなかった。

20

久しぶりに母さんの夢を見た。

母さんが海辺に立ち、風に吹かれながら波の打ち寄せる様を見ている夢だ。ぼくはなぜか十歳か九歳くらいの子供に戻っていて、しきりに砂の城づくりに興じていた。そのうち母さんはふらふらと波に向って歩きはじめ、ぼくはそれに気がついて必死に呼び止めようとする。母さんは輝く光の中に消えてしまいそうになった。

　ぼくは、いつの間にかいまの年齢のぼくに戻っていて、一生懸命、母さんの後を追おうともがいた。ぼくの前に突然、顔の見えない大男が立ちはだかり、ぼくの行く手を妨げた。

　ぼくは大男を押しのけようと、体当りを加えたが、相手の姿はなく、ぼくは見知らぬ原野に立っていた。その原野の砂場で男の子と女の子が砂遊びをしていたが、ぼくを見ると急に泣き出して逃げはじめた。ぼくは大声で「マリア」と呼んだ。女の子はマリアだったからだ。もう一人の男の子を捕えようと手を伸ばすと、風漢おじさんが現われて、ぼくにいった。

「二人はおまえの弟妹なんだよ」

　その声はヘノベーバ婆さんの声だったのかもしれない。いや、ひょっとすると母さんの声だったのかもしれない。ぼくは立ちすくみ、逃げて行く二人の姿に目をこらした。すると、白い雪原にいましも黒い羽の揚羽蝶が、黒い鱗粉をしきりに撒き散らしながら舞っていた。それもほんの一瞬の間で、蝶は逆光の中に吸いこまれるように姿を消して行った。

　ぼくははっとして目を覚した。何条もの光の帯が窓の鎧戸の隙間から部屋に射しこんでいた。そのうちの一本が、ベッドに寝ていたぼくの顔に当っていた。顔を少し動かすと、光がぼくの目を射った。

ぼくは高い天井の漆喰を眺め、昨日のヘノベーバ婆さんの話を思い出していた。

ドアをノックする音がした。マリアの声がドアの向う側から聞えた。

「起きてて？」

「ああ。起きてるよ」ぼくはベッドを出て部屋の明りをつけてからドアを開けた。両手に息を吹きかけながら、マリアが入って来た。

「まだ寝てたの？」

「うん」ぼくは腕時計に目をやった。針は十時を過ぎたあたりを指していた。

「風漢おじさんは？」

「車に乗って出かけたわ。朝早く」

「どこへ？」

「ほら、ラモンさんに紹介してもらった人のところ。昼頃までには帰ってくるっていってたわ」

マリアはベッドの端に坐った。

ぼくは窓を開け、鎧戸を押し開けた。朝の鮮烈な光が部屋の中に雪崩《なだ》れこんだ。ぼくは目を手で被《おお》った。マリアがくすくすと笑った。ぼくはガラス窓を閉めた。

窓ガラス越しに、パンプローナの古めかしい町並みが見えた。今朝も昨日に引き続いて青空が拡がっていた。南の空には雪に覆われたピレネーの白嶺がそびえていた。

「ちょっと街を歩いてみようか」

「賛成」マリアは退屈していたのか、大声でいった。風漢おじさんが帰ってくるまで、じっと待っているのも能がないように思ったからだ。行けるなら、昨日のバシリサ婆さんの所を訪ねてもいい。車なしでも十分に行ける距離にある。昨日は聞けなかった父についての話も、新しく聞き出せるかもしれない。それに朝食をどこかで食べる必要もあった。

ぼくたちは着替えを済ますと、町にくり出した。ハンバーガー店で腹ごしらえをした後、マリアとぼくは町のあちらこちらをぶらついて歩いた。闘牛場を見たり、城壁やカテドラルを見物し、骨董品屋を覗いたりした。

そのうち、昨日見覚えた通りに出た。記憶を辿りながら歩いているうちに、かつて父が住んでいたアパートメントに行きつくことができた。

「寄ってみる?」マリアも家を思い出したらしくぼくを見上げた。

「ああ」ぼくは玄関のドアを押した。

玄関に入って、すぐ左手にバシリサ婆さんの部屋がある。だが、バシリサ婆さんの部屋のドアは閉じられていた。ぼくはドアをノックした。中からは何の返事もなかった。

「留守らしいね」ぼくは階段の上を見上げた。

「上に行ってみない？」マリアはいたずらっぽくぼくを見た。

「行ってみるか」ぼくは父が住んでいた部屋が最上階の五〇一号室だったのを思い出した。

ぼくとマリアは階段をゆっくりと登った。五〇一号室の住人がいたら、訳を話し、内を見せてもらおうと思った。どんな部屋に住んでいたのか、興味があった。

階段を登り、階ごとの踊り場に出ると両側に向いあう形でドアがあった。いずれのドアにも人気が感じられなかった。まるで建物全体が空室のようにしんと静まり返っていた。

ぼくたちが四階から五階への階段に差しかかった時だった。いきなり階上で鈍くはじけるような音が三回鳴った。マリアが急にぼくの腕をとった。

「あれを聞いた？」
「うん。何だろう？」
「あれは銃声よ。私、何度も聞いてるから、分るの。間違いなく、ピストルの音だわ」

マリアは足をすくませていた。男たちの怒鳴り声が聞えた。女の悲鳴もあがった。

ぼくは咄嗟《とっさ》にマリアの手を振りほどくと、階段を駆け登った。

「待って。行っちゃ駄目」

マリアが下から叫ぶのが聞えたが、ぼくは夢中で五階の踊り場まで駆け上った。悲鳴が続いていた。バシリサ婆さんの声だった。

五〇一号室から聞えて来る。ぼくはドアの把手をつかみ、ドアを開けようとした。鍵がかかっていた。ぼくはドアを思い切り叩いた。

「開けろ。警察《ポリシア》だッ」

ぼくはスペイン語で怒鳴った。ドアを足で激しく蹴った。

突然、内で轟音《ごうおん》が起った。目の前のドアの羽目板を何かが突き破って飛んだ。木片が散った。ぼくは右腕に電撃のような激しい衝撃を受けて叫んだ。焼け火箸をあてられたような痛みが襲った。ぼくはドアの傍に跳びのいた。続いてまた銃撃が起って羽目板が吹き飛んだ。

マリアが階段の途中で金切り声をあげた。

「上ってくるな」ぼくはマリアに怒鳴った。

右腕が動かすたびにずきずきと痛んだ。ジャケットの腕の部分が裂け、血が吹き出していた。ぼくは傷口を手で押さえた。壁に背中ではりつきながら、はじけ飛んだ羽目板の跡に開いた穴を覗きこんだ。床に倒れたバシリサ婆さんの躰の一部が見えた。

何人かの人影が開けた窓から外に逃げて行く。非常階段の鉄製の階段を逃げていく靴音が響いた。

「バシリサさん」

ぼくは犯人たちの姿が見えなくなるのを確かめてから、羽目板のはずれた穴から手を差しこみ、鍵をはずした。ドアを押し開け中に飛びこんだ。

バシリサ婆さんが白目を剝いて仰向けに倒れていた。ベッドの傍の壁に寄りかかった格好で、若い男が首をたれ、坐りこんでいた。胸に数発の弾痕が口を開き、鮮血が腹部から腰にかけて流れ落ちていた。後ろの壁にも血が吹き飛んでいた。一目で死んでいるのが分った。

ぼくは開け放った窓に寄った。二人の男たちが非常階段を降り切り、路地に駆けこむ姿があった。いずれもジャンパーを着ている。

男たちは路地に停っていた黒塗りの車に次々と乗りこんだ。仲間が待ち受けていたらしい。車は閉じるのも待たずにタイヤの軋《きし》む音をたてて急発進した。車は勢いよく路地から通りに走り出て行った。

待っていたかのように路地に一人の男が姿を現わした。男は物陰に隠れていたらしい。

ぼくは目をこらして男を見た。男はバスクの黒いベレー帽を被り、焦茶色の革ジャンパーを着こんでいた。遠目にも見覚えのある顔だった。肩幅のがっしりした、いかにも強そうな男だった。男は車の逃げ去った後を見ていたが、やがてぼくの方を見上げた。男はぼくに気づいたらしく、ジャンパーにつっこんでいた両手を出した。

ぼくは男を正面から真っすぐににらんだ。男はやがて口にくわえていたたばこを投げ捨てると踵を返した。石畳に縦列駐車をしている一台のルノーに歩み寄り、助手席のドアを開けた。乗りこむ時に、男はもう一度、ぼくを見上げた。ぼくは胸が締めつけられるように痛むのを覚えた。胃がまるでしこりができたように縮んだ。胸の動悸が高鳴った。

男の乗ったルノーは音もなく、車の列から脱け出し路地から出て行った。ぼくは車がゆっくりと大通りに出、先刻の車が逃げた方角とは逆の方角に折れるのを見送った。車の姿が見えなくなった時、ぼくは全身から力が抜けるのを感じた。

「――ミライ兄さん、来てッ」

いつの間にかマリアがバシリサ婆さんの傍に駆けつけていた。ぼくは一瞬、どうしたらいいのか分らなかった。電話機が床にころがっていたが、警察の番号を知らなかった。救急車を呼ぶ番号も知らない。

「大丈夫、バシリサさんは生きてるわ」

マリアはバシリサ婆さんの頭を抱え、首の動脈に触れながらいった。

「怪我は？」

「なさそうよ。呼吸している。気を失っているだけだわ」

ドアにどやどやと足音が響き、パジャマ姿の男やガウンをはおった女が恐る恐る覗きこんだ。ぼくが立ち上がると、彼らは一斉に物陰に隠れた。ぼくは大声で叫んだ。

「誰か救急車を呼んでくれ。バシリサさんが気絶しているんだ」

ぼくの声に男がひとり顔を覗かせた。

「あんたは？」

「怪しい者ではない。バシリサさんの知り合いだ。ついでに警察も呼んでくれ」

ぼくは壁に寄りかかった男が、ゆっくりとずり落ちるように倒れるのを見ながらいった。不意に嘔吐感が胸を襲って来た。ぼくは口を押さえた。マリアが醒めた目で、トイレを指した。

ぼくは急いで浴室に駆け寄り、便器を抱えこむと思いきり吐いた。さっき食べたばかりのハンバーガーの塊が未消化のまま、苦い胃液と一緒に水に落ちた。

「水を持って来て」

マリアの声がした。ぼくは口のまわりを手で拭うと、洗面台に這い上がった。グラスに水を溜め、バシリサ婆さんの所にとって返した。

バシリサ婆さんは気を取り戻し、口をぱくぱくさせていた。マリアが優しく話しかけながら、グラスの水をバシリサ婆さんに飲ませた。バシリサ婆さんは、ぼくたちの顔を見、何度も目をしばたいた。蒼ざめた顔で部屋の中を見回した。

「何が起ったというのです？」ぼくはつとめて平静な声できいた。

「――あの人たちは……」

「もう引き揚げて行ったわ」

「ああ、聖母様」バシリサ婆さんは壁際に血に染って倒れている若者を見て、天を仰いだ。

「いったい何があったのです？」

「ベニートは死んだのね」

「いま救急車が来ます。しっかりして下さい」

「ベニートは……」バシリサ婆さんは悲痛な声をあげた。ぼくはマリアに目配せをした。

「大丈夫。重傷だが生きている。どうしたというのです？」

ぼくは嘘をついた。嘘をつかなければバシリサ婆さんは発狂するのではないかと思ったからだ。

「あの人たちが来たの。サムを出せ、と。サムがどこかに隠れているはずだって」

マリアは部屋の棚からブランデーの瓶を下ろして持って来た。瓶にはまだ三分の一程のブランデーが残っていた。ぼくは栓を抜いて、バシリサ婆さんに一口、二口、ラッパ呑みさせた。ついでにぼくも口に含んで気を静めた。

「私は知らない、といった。するとあの人たちはベニートを出せ、というの。ベニートはどこにいるか、と」

「ベニートが父の住んでいた部屋を借りた大学生ですか？」

「そう」バシリサ婆さんは両手で顔を被《おお》った。

「ああ、可哀相なベニート」

「なぜ、やつらはベニートを出せといったのですか？」

「ベニートは……あんたたちには言わなかったけど、ＥＴＡに加わっていたのよ。あれほど注意しなさいといっておいたのに」

「バシリサ婆さん、ベニートはあなたの何だったの」マリアがバシリサ婆さんの頭を撫でながらいった。

「ベニートはわたしの甥っ子だったのよ」

遠くで救急車のサイレンが鳴り響いていた。次第に近づいて来る。

「どうして、やつらはベニートをあんな目に遭わせたのです？」

「──サムの居所を吐けって、脅したの。さもないと、わたしを殺すって」

「ベニートは知っていたのですか？」

「そうらしいの。私は全く知らなかったけど、ベニートはサムにくっついて一緒にＥＴＡを飛びだした仲間だったらしいわ」

「ベニートはサムがどこにいるっていっていたのです？」

「ベニートは……。ああ、可哀相なベニート。聖母様、あの子の命をお救い下さい。ベニートは何も喋らなかった。それで、あの連中はベニートやわたしをさんざん痛めつけて、吐かせようとした。それでも言おうとしなかったので、見せしめにとあの子を撃ったのよ」

階段の方角が賑やかになった。警官たちがやって来たらしい。ぼくはバシリサ婆さんの躰をゆすった。

「あいつらは何者だったのです?」

「きっとETAのメンバーだわ。ベニートも知っている連中だった。あの人たちはベニートやサムを裏切り者と呼んでいたわ。裏切り者には死をって」

戸口からどやどやと白衣の救急隊員が駆けこんで来た。ぼくたちを押しのけるようにして隊員たちがバシリサ婆さんやベニートに駆け寄った。バシリサ婆さんは担架に乗せられた。

ぼくはマリアを促して立ち上がった。バシリサ婆さんを乗せた担架は、屈強な男たちにかつがれ、部屋から運び出されて行った。

ぼくは呆然として見送った。足の踏み場もなく荒らされた部屋を見回した。本棚の本はすべて床に放り出されていた。家具らしい家具はなかった。窓辺に幅の狭いシングルベッドが一台、あとは机にラジオカセットが置いてあるぐらいであった。壁に銃を持った男のポスターが斜めにはってあった。「祖国か死か」という文字が黒々と書かれたETAのポスターだった。

　ぼくは下の路地に立っていた革ジャンパーの男を思い浮べた。いまでも、顔ははっきり思い出せた。忘れようにも忘れられない顔だった。あの男は、ぼくの父、新城誠だった。写真でしか見たことのない顔だったが、間違いなく父の顔だった。

「――兄さん」マリアがぼくの肘を突っついた。ぼくは我に返った。救急隊員がぼくの右腕を取り、傷口を調べた。

「大丈夫だ。運がいい。弾はかすっただけだ。すぐ治る」

　隊員はぼくにジャケットを脱ぐように命じた。ぼくはその時になって、ようやく腕の痛みを思い出し、顔をしかめた。


　パンプローナ警察で事情を訊かれた後、解放されたのは、あたりがすっかり暗くなった時分だった。迎えに来た風漢おじさんはぼくたちの無事を喜んでくれた。ぼくの右腕の傷は全治一週間ほどの軽い怪我で済み、ぼくも内心ほっとしていた。包帯をしているので、右腕を動かしにくかったが、痛みはほとんどなかった。

　ぼくたちは近くのレストランに連れて行かれたが、ぼくは血に染った死体を見た直後だったのでまるで食欲がなかった。マリアは平気な顔でステーキを頼み、何ごともなかったように平らげた。ぼくはわずかにサラダにパンとスープをとっただけで、もう食べられなくなっていた。

「ともかく無事で良かった。あまりわしを心配させせんでくれよ」

風漢おじさんはワインのグラスを何杯もあけ、やや上気した顔をほころばせた。ぼくは風漢おじさんに事件の一部始終を話して聞かせた。だが、路地で見かけた父の姿についてだけは、言いそびれてしまい、何もいわなかった。マリアは目をくりくりさせた。

「階段を駆け上がって行ったミライ兄さんは勇敢で、格好が良かったわ」

「行ってはいけないって叫んでいたくせに」

「私も行きたかったのよ。でも、足が動かなかったの。銃声だと分ったから」

「ぼくは銃声だと思わなかった。知っていたら、ドアを開けようなんて、考えなかったよ」

風漢おじさんは真顔になって、ぼくに向いた。

「いいかね、未来くん。今回は無茶をしても運が良かったから助かった。だが、次からは気をつけるんだよ。この国では日本と違って敵も味方も武器を持って戦っているんだ。丸腰だからといって相手は決して手加減してくれるわけではない。だから、今日のような場合、もっと慎重に動かなければいけない。いいかい？」

「分りました」ぼくは身を縮めた。

ドアに駆けつけた時、もう少し右に寄っていたら、ぼくはいまごろ腹部に弾丸をくらって死んでいたかもしれなかった。

「きみはまだ死ぬには早すぎるからな。わしなら、まだがまんもできるがね」

「そんなことないわ、パパ。パパも命は大事にしてね」マリアが頭をふった。

「ああ。おまえを遺してそう簡単に死ぬわけにはいかんからな」

風漢おじさんはいわれて満更でもなさそうな顔付きでいった。

「それで、風漢おじさんの方はどうでしたか？　ラモンさんの知り合いには会えたのですか？」ぼくは話題を変えた。

「ああ、会えた。ラファエルという人でな。ラファエルさんはカソリックの神父さんだった」

「神父さんですって？」マリアは目をしばたいた。「神父さんが地下活動をしていたの？」

「うむ。昔から教会の神父さんの中には反ナチ・レジスタンスの協力者が沢山いたものなんだ」

「ラファエルさんの所に、アデーラから何か連絡は入っていなかったのですか？」

「いや、まだだった。しかし、あせることはない。いずれ、何か返答があるはずだから」

風漢おじさんはのんびりとワインをすすりながら、一人うなずいた。ぼくはその時、首筋に鋭い視線を感じ、あたりを見回した。レストランは、ほぼ満席の状態で、店の中はたばこの煙と人いきれが満ちていた。どのテーブルにも楽しげに語らっている人たちばかりで、誰がぼくたちを見張っているのかは分らなかった。

21

ラファエル神父から至急来てくれという連絡が入ったのは三日後のことであった。ぼくたちは早速、神父のいる教会に出掛けた。教会はパンプローナの町の西部地区の住宅街にあった。

ぼくとマリアは風漢おじさんに連れられ、中世風の建築様式のカテドラルに入って行った。マリアは聖母像の前で胸に十字を切り、いつになく神妙な態度だった。カテドラルの内部は、クリスマスが近いこともあって、沢山の信者が出入りし、綺麗に飾りつけられていた。

ぼくたちは礼拝堂の中で神父が来るのを待った。やがて十分もしないうちに、黒い僧衣を着た神父が現われ、風漢おじさんと親しげに挨拶を交わした。風漢おじさんはぼくたちをラファエル神父に紹介した。神父はまだ六十代後半の年齢らしく、顔色のいい元気な人だった。

「こちらへ」ラファエル神父は礼拝堂を出るとぼくたちの先に立って歩き出した。

ぼくたちが案内されたのは教会の中にある会議室のような小部屋であった。アデーラに会えると思うとぼくは胸が躍る思いだった。

「彼女は追われています。長居はできないとのことです。しかし、ここなら誰にも怪しまれずに話ができます」

神父はそれだけいうと、ドアを開け、静かに足音もたてずに出て行った。

「アデーラからはどういう返事だったのですか？」

「ともかくも、ここへ来てくれという伝言だった」

アデーラの名前を聞くと、マリアはとたんに不機嫌な顔になった。しばらくするとドアにノックがあり、ドアが開くと黒いスカーフを頭に覆《おお》った女性が一人しずしずと入って来た。女はスカーフをはずした。アデーラが微笑んでいた。

「よかった。アデーラ、ぼくはてっきりサン・セバスチャンの町を出る時に、あんたも捕まったのではないかと心配していた。無事に通過できたんだね」

「――私はうまく移動できたのだけど、仲間の何人かが、捕まってしまって」

「見たよ。検問所で、あんたの護衛をしていた男が捕まっていたのを」

「残念ですが、手も足も出せずに、私も逃げたのよ。でも、今に彼らを救い出すわ。そういう手はずになっているの」

　アデーラは硬い表情でいった。

「それで、アデーラ、わしたちの願いはサムに伝えてくれたのだろうね？」

「ええ」アデーラはうなずいた。ぼくは固唾《かたず》を呑んで、次の答を待った。

「サムは残念ですが会えないといってました。作戦が終るまで待って欲しいというのです」

　アデーラは心苦しそうに顔を伏せた。ぼくは思わず叫ぶようにいった。

「どうして？　どうしてなんだ？」

「前にも申し上げたはずですが、私たちは二重の敵を相手に困難な戦いを強いられているのです。前面には警察や軍がおり、後背からはかつての仲間から撃たれているのです。先日も、私たちの仲間が一人、殺されました。最早、一刻も猶予はないのです」

「ベニートが殺《や》られたことだね？」

「そうです。彼は若いがサムの右腕ともなっていた同志でした」

「サムはどこにいるのだね？」

「それはいえません。ただいえるのはサムはパンプローナにはいない、ということです」

「嘘だ」ぼくは思わず大声でいった。「ぼくは見たんだ」

「何をだね？」風漢おじさんは首をかしげた。

「父を見たんだ。ベニートが殺された時、父さんは下の路地にたしかにいたんだ」

「本当かね」

「間違いない」

「サムが？」アデーラが怪訝な顔をした。「そんなはずはないわ」

「じゃ、どこにいたというんだ？」

「――――」アデーラは口をつぐんだ。「ここにはいるはずがないんです」

「でも、ぼくは確かにこの目で見たんだ。それは父にきけばいい。ぼくが嘘をついているかどうか、きいてくれ」

「もしかして……」アデーラは考えこんだ。

「どうしたというのかね」風漢おじさんがきいた。

アデーラは頭をふった。

「ベニートが何か嗅ぎつけたのかしら」

アデーラは浮かぬ顔で呟いた。

「何を嗅ぎつけたって？」ぼくはきいた。

「それは分らないわ」

「いったい、ベニートは何を調べていたというのかね？」風漢おじさんが首を傾《かし》げた。

「彼はザビエル祖父さんの下で働いていたのです。そもそもパンプローナ警察から秘密記録を抜きだしたのはベニートだった」

「しかし、彼はまだ大学生だったのだろう？　どうやって警察の秘密の記録を盗み出した？」

「彼は専攻がコンピューター工学だったの。それで大学にあるコンピューターを使い警察のコンピューターに侵入して、うまく情報を引き出したのよ」

「彼はハッカーだったのか」ぼくは思わず叫ぶようにいった。

「ええ」アデーラはうなずいた。

「ハッカー？　何だね、それは？」風漢おじさんは怪訝な顔をした。

「ハッカーはコンピューター侵入者のことですよ。コンピューターに外部から回線を使ってうまくもぐりこみ、情報データを盗み出したり、プログラムをぶち壊したりする人間のことをいうんです」

　ぼくの説明に風漢おじさんは分ったような分らぬような面持ちで聞いていた。

「パパにそんな話をしても駄目よ。パパは芸術家なんだから、機械の話なんかしてもからっきし分るはずがないわ」マリアがくすくす笑った。

「そんなに老いぼれてはおらんぞ。わしだってコンピューターの仕組みぐらいは知っている。あれは要するに物事をすべて0と1の数字の計算に置き換えて考えようという愚かな機械だよ。人間には頭脳があるのに、その外に人間を記号か数値でしか判断できぬ、もう一つの頭脳を作ろうというんだ。人間疎外の最たるものだよ」

ぼくはマリアやアデーラと顔を見合わせて肩をすくめた。

「仮にベニートがなにか重大なことを嗅ぎつけたとするね。それもスパイの正体につながる大事な証拠を探りあてたとして、彼はどうするだろうか」

「きっとサムに連絡するわね」

「それでサムが急遽ベニートに会いに戻ってきたんじゃないか？　ところが、スパイの方もベニートに証拠となるものを嗅ぎつけられたのを知った。サムにベニートが会う前に口封じのために消した。そう推理できないだろうか」

「私もそんな気がしたの」

アデーラはゆっくりとうなずいた。

「ベニートは本当は何を嗅ぎつけたのかな？」

廊下が騒がしくなった。ドアが急に開き、ラファエル神父が顔を覗かせた。

「外の様子がおかしい。いま知らせが入った。警察が教会の出入口を押さえに掛かっている」

アデーラは眉をひそめた。

「私が尾行されていたのかしら?」

「いや、わしらかもしれん。用心したつもりだったが、つけられていたかもしれない。どうもパリを出て以来、誰かに見張られているような気がしてならないんだ」

「神父様、どこか隠れる場所はありませんか?」

アデーラはラファエル神父に向き直った。彼女の顔はやや青ざめて見えた。

「大丈夫。しばらく使っていないが、外に出る秘密の通路がある。私が案内しましょう」

ラファエル神父はアデーラについて来るよう促した。ぼくはアデーラに手を差し出した。

「もう一度、父に会えるようとりはからってくれませんか」

「分りました。やってみるわ」アデーラははにかんだように笑い、ぼくと握手をした。

「わしからも頼む。わしらはどこへ出かけてもいいのでな」

アデーラはうなずいた。彼女は風漢おじさんとマリアに別れの挨拶をし、身を翻《ひるがえ》すと神父の後について行った。ドアから出て行った。

「ぼくらは逃げなくてもいいのですか?」

「何か悪いことでもしているかね?」

「していないわ」マリアはいった。「私たちはここに礼拝に来ただけでしょ。それに知り合いの神父さんを訪ねただけじゃない」

ぼくたちは部屋を出ると礼拝堂にゆっくりと戻った。風漢おじさんは顎をしゃくった。

「では、堂々と出て行こう」

ぼくたちは他の礼拝者たちにまじり出口に向った。出口にはいつの間にか制服警官たちが並んで監視の目を光らせていた。礼拝者たちは一列に並ばされ、一人ひとりチェックを受けている。

ぼくたちの番が来た。警官たちはぼくたちを見たが何もいわずに通れという仕草をした。あまり呆気なかったので、ぼくは拍子抜けした思いだった。

「なんだ、人騒がせな」ぼくは警官達を振り返りながらいった。

「いや、あれで終ったわけではなさそうだよ」風漢おじさんは頭をふった。

「どうして？」マリアがきいた。

「お客さんが待ってるからさ」風漢おじさんは駐車してあるシトロエン２ＣＶに目配せした。シトロエンに見覚えのある大柄な男が寄りかかりたばこを喫っていた。

シトロエンとならんで黒塗りのプジョーが駐車していた。排気孔から青白い排ガスが吹き出していた。助手席にも人影があった。

　ぼくたちが車に近づいていくと、マルコは組んでいた脚を解き、たばこを石畳の上に落して靴で踏み消した。マルコは威圧するように胸をはり、ぼくたちをにらみつけた。

「サムに会ったかね？」

「あんたは？」風漢おじさんは一歩もひるんだ様子もなく大男を見上げた。ぼくはマルコが自分より頭ひとつ上背があるのに気がついた。胸も分厚く、首の回りは雄牛のように筋肉が盛り上がっていて、ネクタイがいかにも窮屈そうだった。

「DGSEの者だ。以前はセデックの名の方が通りはよかったがね」マルコは内ポケットから身分証を形式的にちらりとぼくたちに見せた。

「あんたがマルコさんかい」

「ほう。よくおれの名を知っているな」

　マルコはにやっと笑って、たばこのやにで汚れた歯を見せた。風漢おじさんはいった。

「DGSEはフランスの機関だろう。スペインでは何の権限もないはずだ」

「わが国とスペインでは、この件について司法協力していてね。自由に動けるようになっている。あいにくだが」

　マルコはぼくをじろりとにらんでから、たばこをくわえた。

「どいてもらおうか」ぼくは運転席のドアの鍵を解き開けようとした。マルコがドアに寄りかかっていたので、ドアはびくともしなかった。

「ちょいと聞きたいことがある」

「何をかね?」風漢おじさんはマリアの肩を抱き寄せた。

「だから、さっきいったろう? 教会の中でサムに会ったかい?」

「会ってはおらん。だいいちサムはあんな教会の中になどはいない」

「だろうな。おれもそうは思っていたよ。だが、こちらの当局者が居るという情報をつかんだそうなんでね。一応、敬意を表して、ここに来たというわけさ」

マルコはたばこに火をつけ、うまそうに一服喫った。

「これから、サムに会うのだろう?」

「だったらどうだというのだ?」ぼくはマルコに胸を張って向き直った。マルコを押しのけようとした。びくともしなかった。

「おまえがサムの息子だというのは分っている。バスクの血がながれているということもな。だから、忠告しておくが、自分がまだヒヨッコだということはわきまえておけよ。嘴の黄色いヒヨッコだってことをな」

ぼくはマルコにつかみかかった。一瞬早くぼくの右の手首をマルコはつかみ、逆手にとって捻じ上げた。ぼくは躰をエビのように折って痛さをこらえた。銃創を受けた傷口が裂けそうに痛んだ。風漢おじさんがマルコに手をかけた。マルコは手を離した。

「これは警告だ。自分よりも強い男はいくらでもいるということを頭に叩きこんだ上で、口をきくんだ」

「―――」ぼくは捻じ上げられた腕をさすった。腕の痛さよりも男としてのプライドがひどく傷ついた。マリアがぼくに寄り添い、慰めるように腕を撫でた。マリアは憎々しげにマルコをにらんだ。

「ムシュウ北条、我々に協力してくれないかね」

「ほう、何の協力かね?」

「時間が無いんだ。サムを捕えるのに協力して欲しいんだ」

「誰が協力なんかできるか」ぼくは腹を立てていった。風漢おじさんがぼくをなだめた。

「頭を冷やしたまえ。ここは相手が何を考えているのか知るのにいい機会なんだから」

「だって、こいつらは―――」

「ここはわしにまかせておくんだ。いいな。口出しはしないで、聞いているんだ」

風漢おじさんはぼくの肩を押さえていった。ぼくは渋々おじさんに従うことにした。

「協力を拒んだら?」

「二度とわが国には入れない。三人ともだ」

「それは脅しだね」

「サムはもっと強烈な脅しを我々にかけようとしている」

「何のことだ？」

「知らないのか？」マルコは訝った。「やつらから聞いていないのか？」

「何をだ？」

「とうに知っていると思ったぜ。信じられんな」

マルコは頭を振った。

「わしたちはＥＴＡのシンパでも何でもない。ただ、わしは友だちを殺した犯人を探しているし、この子は父親に会いたがっているだけだ」

「ならば教えよう。協力してもらうためにな。じつはサムはわが国とスペインの両国政府に期限付の脅迫状を出して来た。バスクの独立を約束しろ、という要求だ。バスクの自治だけでなく完全独立を要求している。それも来年年頭に両国政府が同時に、そのバスク独立を認める宣言を行なえ、というのだ」

マルコはぼくたちの顔色を探るように見回した。ぼくは風漢おじさんと顔を見合わせた。

「スペインはバスク四県を手放し、わが国もバスク三県を分離せよ、とな。あとはバスク住民の意思決定に従って独立国バスク共和国を創り、スペインとフランス両国は

ている。

「画期的な提案だな」風漢おじさんは顎髭を撫で回した。マリアも腕組みをして聞い

「提案ではない。脅迫なんだ。それも画期的な脅迫さ。もし、この要求を呑まなければ、両国に多大な災禍と損失が見舞うだろうというのさ」

「何をやるというんだ?」

「両国でいま稼働中の原子炉を爆破する、というんだ。第二、第三のチェルノブイリをスペインやフランス国内に造ってくれるという、有難くない御託宣なんだ」

「まさか、そんな無茶やるとは思えないな。自分たちも死ぬし、バスク人だって大勢死ぬぞ。脅しだけじゃないのかね」

風漢おじさんは顔をしかめた。

「我々も頭から信じはしなかったよ。やつらも命は惜しいだろうとな。それで回答せずに放っておいた。すると、期限が切れた翌日にやつらはサン・パレに建築中の原子炉を爆破してくれた」

マルコは苦々し気に呻き、ペッと石畳につばを吐いた。

「やっぱりあれは風の旅団の仕業だったんだ」ぼくは唸るようにいった。

「そしてサムは再びわが国とスペイン政府に、第二の脅迫状を送り付けたんだ。サン・

パレは自分たちが本気だということを示す警告だというのだよ」

「しかし、信じられんな」

「ああ。普通なら信じられん。狂気の沙汰だ。さすが日本人《サムライ》の血が半分混じった男だよ。死ぬのをまるで恐れていない。それに大勢の人々を巻きこんで死ぬのもいとわない。〝祖国か、さもなくば死を〟がやつらの合言葉なんだ。バスク独立が果せなければ、自分たちも含めて死んでもいい、という発想さ」

ぼくはベニートの部屋に貼ってあったポスターを思い出した。あのポスターにもたしかに〝祖国か死か〟という標語が刷りこまれていた。

「あんたたち日本人なら分るだろう？　なんといったっけ？　大戦の時、爆弾を積んだ飛行機で艦船に体当りをした人間誘導爆弾は……」

「カミカゼかい？」

「ああ、そのカミカゼだ。サムはカミカゼをやるつもりなんだ」

「なぜ、マスコミが報道しない。サムたちにとっては絶好の宣伝の機会じゃないか」

「サムは頭がいいよ」マルコは頭を指差して、肩をすくめた。「やつは政治家でもある。サムは要求の中に、絶対にマスコミに洩らすなと条件を付けているんだ」

「なぜ？」

「考えてみれば分るだろう。マスコミが大騒ぎしたら両国政府が脅迫に屈してバスク独立を認めると思うか？　面子にかけて政府は要求をつっぱねるだろう。サムは独立の要求を両国政府に呑ませやすくしようとしているんだ。もし、我々がマスコミに公表するような事態が起ったら、それは要求拒否の回答とみなし、原子炉攻撃を行なうというんだ。サムにいわせれば、バスクを両国政府の善意による宣伝で独立させたいというのさ。脅迫でなく善意でな」

マルコは皮肉な笑いを浮べた。

「今度の期限はいつだね？」

「キリストの降誕祭の前日さ。クリスマス・イブというわけだ」

「それまでに要求を呑むという回答を出さなかったら？」

「死の灰がビッグなクリスマス・プレゼントということになる。世界に平和な死の訪れる日になるわけだ。もちろん、あんたたちの身にもな」

「どこの原子炉を爆破するというのだ？」

「それが分れば、まだ手の打ちようもある。いいかね、わが国だけでいま稼働中の原子炉はざっと四十二基もある。試験運転中のものも含めれば四十七基だ。スペインは少ないがいま火の入っている原子炉は十基になる。それらを軍隊で一基ずつ守るにしても限度がある」

「サムたちの風の旅団は、そんなに手強いのかい？」

「はっきりいってETAやIRAより恐ろしいね。サムはアラブゲリラ仕込みなんだ。我々の調査では、風の旅団はイスラム過激派と手を組んでいる。武器弾薬の供給源はアラブの強硬派の国だ。サムは一時、レバノンでイスラム過激派と一緒にいた。その時、何が起ったか知っているか？」

マルコは溜息をついた。

「いや、知らん」

「わが国も治安維持のため軍を派遣していた時だ。おれもいたんだ。ある日、厳戒態勢にあるアメリカ海兵隊本部のビルにTNT火薬を満載したトラックが突っこんだ。そのトラック爆弾の爆発で、七階建てのビルが全壊し海兵隊員二百人以上が死んだ。たった一人の命知らずのカミカゼ攻撃でだ。守りについた軍隊は弱いものさ。あのカミカゼ攻撃を教えたのがサムなんだ」

「——本当に？」ぼくは風漢おじさんと顔を見合わせた。

「だから、我々は心配している。軍隊が守っていても、死ぬ覚悟さえあればそして対戦車ミサイル一基あれば、バズーカ砲一挺、対空ミサイルのスティンガー一挺あれば、いくらでも原子炉は破壊できるものさ。サムたちは厳重な警戒態勢にあったサン・パレの原子炉をものの見事に爆破してみせた。やつらはやるといったらやる連中なんだ。もし、サムたちがどこかの原子炉を爆破したらどうなると思う？」

ぼくはチェルノブイリ原発事故が世界に撒き散らした放射能禍を思い浮べた。風漢おじさんも憮然とした表情で顎髭を撫でまわした。

「地球が死んでしまうわ」マリアが呟いた。

「ほら、結果は子供でも分っていることだ」

「私を子供扱いしないで」

「ああ、分ったよ、お嬢さん」マルコは大袈裟にマリアにお辞儀をした。

「ともあれ、サムに馬鹿なことはさせたくないんだ。バスクが独立したいのは、おれだって分る。おれたちコルシカも、独立したいと思っているからな。しかし、手段がまずい。皆、死んだ後で、バスクが独立できても意味ないじゃないか」

「フランス政府はバスクの独立を認めないのかい？」

「フランス政府はまず自国領バスクを手放そうとはしないだろうな。だがスペイン領のバスクが独立するのには一向に反対しない」

「スペイン政府は？」

「その逆ということだろうな」マルコはにっと笑った。「お互い捜査協力はし合っているが、別々の思惑で動いているのさ」

「それが政治というわけだ」

「そう。政治というものさ」

マルコは肩をすくめた。

「さて、話はこれでお終いだ。訳は分っていただけたろう？　どうだろう。わが国の国民を、いやヨーロッパに住む人々みんなを恐ろしい災禍から救うために、協力してもらえないか。いいや、こう言い直してもいい。お嬢さんのいうように、この美しい地球を救うために、我々に協力してほしいのだ」

「どう協力しろというのだね？」

「風漢おじさん」ぼくは思わず声を荒げた。

「きみは黙っていなさい」風漢おじさんはいつになく厳しい表情でいった。

「――きみたちがサムに会ったら、思い止まらせてほしい。説得してほしいのだよ。バスクの独立を掲げるのはいいが原子炉を爆破するのは犠牲が大きすぎるとね。他の手段や方法を考えるべきだと。説得できるのは、恐らく、あんたや、そこにいる血の気の多い若僧しかおらんだろう」

「――わしらに説得できる問題ではないな。あまりに話が大きすぎる」

「もし、どうしてもきみたちの手にあまるというのなら、我々にサムの居場所を教えてほしいのだ。スペイン側が知る前の方がいい。後は我々が何とか手を打つ」

「――サムを殺すのか？」風漢おじさんはひんやりした声でいった。

「きさまたちだろう。脅迫電話をして来たのは。ザビエルさんを殺したのも、きさまたちだろう」ぼくはこらえきれずにいった。

「我々はたしかに汚い手を使うこともあるが、あんな粗野な脅しは使わない。我々はスペイン人よりも、洗練されたやり方が好みなんだ」

「わしの家の電話を盗聴していたな」

「御推察にまかせよう。いっておくが、スペイン側がサムを先に見つければきっと殺すだろう。やつらは粗野なやり方しか知らんからね。我々は生かして捕えたい。可能ならばだが」

「捕えてどうする？」

「まだ死ぬよりは生きていた方がましだろう？　ちがうかね」

「哲学の違いだな」

「人生の楽しみ方の違いだよ。どうかね、考えは決ったかね」

「わしらも脅しでは動かない人間なんだ」

風漢おじさんはぼくやマリアを見回しながらいった。ぼくとマリアは大きくうなずいた。マルコは頭を掻いた。

「協力しない、というのかね」

「事情は分った。あんたの話が本当なら、わしたちもどうしたらいいかを考える。わしたちはわしたちの流儀でやる。あんたたちに協力するという約束はできん」

「――――」マルコはぼくたちをゆっくり見回した。「あんたたちも相当に頑固な連中だな。まあ、いいだろう。考えが変ったら、いつでも連絡してくれ」

　マルコは名刺をひらひらさせて、風漢おじさんに差し出した。おじさんが受け取ると、大柄な躰を動かして、ドアから身を引いた。

　ぼくはドアを開け、運転席に乗り込み、助手席のドアや後部座席のドアのロックを解いた。助手席に憤然とした面持ちのマリアが乗りこんで来た。風漢おじさんは何ごとかを考えこんでいる顔で後部座席に身を入れた。ぼくはエンジンをかけた。

　ギアをロウにいれて、車を出そうとした時、マルコが近寄って来た。

「そうそう、北条さんに渡したいものがある」

　マルコは黒いコートの内ポケットから、丸めた茶封筒を抜き出した。風漢おじさんは窓のガラスを下ろした。

「これは我々の好意のしるしだ」

「何かね、それは」

　マルコは茶封筒を手でポンポンとはじいた。

「ザビエルさんが持っていた文書の一部でね。あんたが大変興味を覚えるだろう事柄が記してある。ま、これを読んで、我々の提案も考え直してほしいのだ」

　マルコは茶封筒を風漢おじさんに手渡した。ぼくはハーフクラッチにして車を出した。バックミラーに、軽く額に手をあて、挙手の礼をするマルコの姿が映っていた。

ぼくは背中でおじさんが大きく吐息をつくのを聞いた。

22

部屋の隅でモノクロのテレビが、マイケル・ジャクソンのロンドン公演のライブ中継をしていた。マリアがクッキーを齧りながら、床にあぐらをかき、喰い入るように画面を見つめていた。

ライティング・デスクに坐った風漢おじさんはマルコから受け取った書類を読みふけっていた。ぼくも書類を読んでみたが、一、二頁も読み進まぬうちに睡気に襲われてしまい、途中で放り出してしまった。

書類は治安警備隊（Guardia Civil）の公安本部に提出された報告書で、パンプローナ治安警備隊公安課が作成したものだった。治安警備隊はフランコ独裁時代に悪名をとった治安警察である。コンピューターに記録されていた報告書だったらしく、書類はプリントアウトされたものを、さらにコピーした写しだった。コピーの具合が悪く、ところどころ、墨の汚れがついていて読みにくかった。それに、むつかしい単語が並び、格式ばった言い回しのお役所で使う文章だったので、ぼくはすぐに読むのに退屈してしまった。

風漢おじさんもスペイン語を喋るのはうまかったが、読む方はだいぶ力が落ちているらしく、時々、スペイン語の辞書を引きながらでないと読み進めないようだった。それでも風漢おじさんには大変に興味がある報告書らしく、夕食を済ませて部屋に戻るとすぐに、彼は書類を読むことに没頭した。風漢おじさんは老眼鏡を押し上げ押し上げ、丹念に一語一句も見過さぬ様に読みふけっていた。

時折、眼が疲れるのか、眼鏡をはずし、両眼を指で強く押しながら、吐息を洩らしたりして休んでいたが五分もしないうちに、また書類に眼を戻していた。

文書は二種類あった。一つは一九四四年五月三十日付のもので、表題には〃アルマンドス事件〃処理報告とあった。この〃アルマンドス事件〃の関連ではさらに四通の報告書と三通の往復書簡が付帯されていた。

アルマンドスは風漢おじさんによれば、ローラ祖母さんが自動車事故を起して谷底に墜死した現場近くの地名だった。

もう一つの書類はパンプローナ治安警備隊が作成したものでパンプローナＥＴＡゲリラグループ逮捕事件報告という題が付いており、日付は一九五〇年十月二日になっていた。こちらには関連の事件の報告書が七通付いており、治安警備隊本部からの指令通達書などもあった。

こちらは兵馬祖父さんが逮捕された時の事件報告書のようであった。

ぼくはベッドに寝ころび、見るとはなしにマイケル・ジャクソンの機敏でリズミカルな唄と踊りを見ていた。マリアは画面をにらみつけていたが、やがて大あくびをして背伸びをした。

「私、やっぱり、この人好きになれないわ」

「それにしては、しっかり観ていたじゃないか」

「私が見ていたのは、この人の踊りよ。私も、将来、モダン・ダンサーになろうかな、と思っているから」

マリアは突然立ち上がり、リズムに合わせながらバレリーナのように片脚で立ち真直ぐに伸ばした脚を上げてみせた。それから、くるりと回転し、床に坐りこむと、脚を前後に開いて躰を起した。

ぼくは手を叩いた。マリアはしなを作り、手をひろげ深々と会釈した。

「やるじゃないか」

「そうでしょう？　素質はあると体操の先生にいわれたわ」

「パリに帰ったら、踊りの学校に行ったらどうだい？」

「パパが許してくれたら、そうしようかな」

ぼくは風漢おじさんの方を見た。風漢おじさんは一心不乱に読みふけっていて、ぼくたちの話はまるで耳に入らない様子だった。

「ミライ兄さんはお父さまに会った後、どうするつもり？」

「まだ何も考えていない」

ぼくはふと立川さん夫婦や規夫おじさんを思い出した。いま頃、どうしているだろうかと考えた。ヨーロッパに出て来て以来、一通も手紙を書いていない。心配しているにちがいないのだ。

「お父さまと一緒に暮すつもり？」

「ごめんだね」

ぼくは頭を振った。父に会ったら、母の分まで言いたいことをいう。父がぼくや母さんに謝罪さえすれば、それで会う目的は達せると思った。一緒に暮したいなどとは思いもしなかった。自分がどんな父の子なのか、自分の眼で確かめたかっただけのことだ。

「そうだったのか」

風漢おじさんは大きな溜息を洩らし天を仰いだ。ぼくはベッドに坐り直した。

「どうしたというのです？」

「やはり、きみの祖母さんのローラは殺されたんだ。可哀相なローラ」

マリアが風漢おじさんに駆け寄って、頭を抱きかかえた。風漢おじさんは老眼鏡をはずして、しばらくマリアの胸に顔を伏せていた。マリアは「いい子だから、泣かないで」といいながら頭を優しく撫でた。ぼくはベッドを降り「フーズ・バッド」を唄いだしたマイケルのテレビのスイッチを切った。

風漢おじさんは目をしょぼつかせて、マリアにキスをした。

「もう大丈夫だ。マリアはいつもわしを励ましてくれるね」

「パパを愛しているもの」

「ありがとう」風漢おじさんはチリ紙で思い切り音をたてて鼻をかんだ。

「誰に殺されたのです？」

「治安警備隊と裏切者の手でだ。名前は分らない。見たまえ、名前の部分だけ、記録から削除されている」

風漢おじさんは報告書の一部を指差した。名前の箇所には×印が並び、「以下暗号名で呼称」とあるだけだった。暗号名はベラスケスとなっていた。ぼくは呟いた。

「ベラスケス？　どこかで聞いたことがある」

「十七世紀のスペインを代表する絵かきの名前だよ。ふざけた暗号名を付けている」

「この人たち絵が好きだったのかしら？」マリアが小首をかしげた。

「そうかもしれんが」風漢おじさんは口をつぐんで、思案顔をした。

「なぜローラ祖母さんが殺されたのです?」ぼくは早く事件の内容が聞きたくて、風漢おじさんを促した。

「おう、そうじゃ。話して聞かせねばならんな。いままで読んだところまででいうと、ローラはゲリラ組織マキに加わって反ナチ反フランコ活動をしていた。これは前にも話したことがあるな」

風漢おじさんは時々、目をつむり、当時のことを思い出すようにしながら報告書にあった話を聞かせてくれた。

ローラの属していたマキは、国境の山岳地帯に根拠地を作り、スペイン領バスク、フランス領バスクに出撃してはフランコ軍や警察、ナチス・ドイツ軍に果敢なゲリラ攻撃を仕掛けていた。当時、フランスはドイツ軍占領下にあったため、バスクのマキはフランスのレジスタンスの「マキ」に合流し、彼らの支援を受けていた。

ローラはパンプローナの町でバスク人の若者をオルグし、マキに送りこむ重要な役割を担っていた。ローラのオルグ活動は巧妙で、支援者も多かったため、当時のパンプローナ治安警備隊はローラの正体を掴めずにいた。

ローラに誘われてマキに入った若者たちはパンプローナ治安警備隊の受け持つナバラ県内で、しきりに軍事施設や警察署を襲撃し、マキの最強のゲリラ部隊になっていた。

治安警備隊本部は内戦時に捕え、ビルバオの刑務所に収容していたバスク独立運動の指導者をスパイに仕立て上げ、脱獄させる工作を行なっていた。その男が暗号名ベラスケスであった。

ベラスケスはかつての共和主義者たちの仲間のところに首尾よく逃げこみ、匿われた。ベラスケスは治安警備隊の指示通りにいくつかの反ナチ・サボタージュやゲリラ闘争を指導して、仲間たちの信頼を勝ちとった。ベラスケスがビスカヤ地区のバスク民族主義党（ＰＮＶ）の幹部にのし上がった後、治安警備隊はかねての計画通り、ＰＮＶや独立運動へ大弾圧を行なった。

逮捕をまぬがれた幹部の何人かの一人としてベラスケスは隣のギプスコア県に潜入していた。治安警備隊本部はベラスケスが内戦前、パンプローナにいた経歴を思い出し、彼をパンプローナに逃亡させた。

ベラスケスは持ち前のさわやかな弁舌とビスカヤ地区の運動の指導者だった経歴を利用し、パンプローナの昔の仲間たちに接近した。短時日のうちにベラスケスはバスク独立運動の戦略家として頭角をあらわし大学生や仲間たちのリーダーになった。

ベラスケスはマキのゲリラを讃え、マキへの接近を図った。ローラたちも彼を信頼し、いったんは彼を仲間にしたが、ベラスケスは油断から致命的なミスを犯し、ローラにスパイの疑惑を抱かせてしまった。

　ベラスケスは治安警備隊の指示で、ローラに自らをナチス・ドイツとアメリカの二重スパイであると告げ、マキ本部に至急連行するように依頼した。彼は連合軍の大陸反攻に対するドイツ軍の防衛作戦計画を入手しているとローラに伝えた。ローラは半信半疑だったが、ベラスケスの連行を決め、極秘裏に国境の山岳地帯に向かった。

　それが仕組まれた罠だった。国道121号線でピレネーを越え、アルマンドスに差しかかった時、待ち伏せていた治安警備隊がマキのゲリラを装って車を停めた。ローラと二人の護衛は、その場で射殺された。三人の死体は車に乗せ、谷底へ突き落とした。車は炎上した。

　風漢おじさんは長い吐息を洩らした。

「そうして事故にみせかけて、ローラは殺されたんだ」

「ベラスケスはその後、どうしたのですか？」

「この報告書には、それ以後については記していない。あるのは、ローラなき後、パンプローナのマキは壊滅的な打撃を受ける話だ」

「非道《ひど》い男だな」ぼくはローラ祖母さんの写真を思い浮べた。

「ああ、非道すぎる男だ。ベラスケスは、その後のパンプローナ治安警備隊と本部との往復書簡の中に数行出てくる」

「何と出てるのです？」

「ベラスケスは無事にマキに潜りこんだというのだ。当分の間は、治安警備隊との接触を絶ち、彼に自由に行動させよう、というやりとりだ」

風漢おじさんの目に光るものがあった。ぼくは唇を噛んだ。

「ベラスケスは何者か、分りませんか？」

「いくつかの手がかりはあるが、わしには見当がつかん。こちらの報告書も全部読んでみないことにはな」

風漢おじさんは読みかけの文書の束を手で叩いた。

「しかし、絶対に見付け出してやる。ベラスケスが何者かを必ず割り出してやる」

風漢おじさんは心なしか声を震わせながらくりかえし呟いていた。マリアが風漢おじさんの背を撫でながら気を静めるように話しかけていた。


人の咳込む声が聞え、ぼくははっとして目を覚した。いつの間にか風漢おじさんのベッドに寝てしまったらしい。ぼくの躰には毛布がかけてあった。

「目を覚したかね？」

風漢おじさんはライティング・デスクに向い、まだ報告書を読んでいたらしい。彼の目は赤く充血していた。時計を見ると、午前三時を過ぎていた。隣のベッドには猫のようにシーツの中で丸くなったマリアが規則正しい寝息をたてていた。

「あまり無理すると、躰にさわりますよ」

「うむ。しかし、だ。この報告書のことを考えると、睡けも吹き飛んでしまうんだ。また新しい事実が分ったよ」

風漢おじさんは椅子から立ち上がり、とんとんと腰を手で叩いて伸ばす仕草をした。

「どういう事実です？」

ぼくは睡けでまだ頭がはっきりしなかったので、左右に振った。

「思っていた通りだ。兵馬も、つまりおまえの祖父さんも、ベラスケスの正体を見破りかけたために、治安警備隊に密告されて捕まったのだ。それでさんざん兵馬は拷問にかけられ、濡れ衣を着せられたまま獄死した」

「どこで死んだのです？」

「兵馬はわざわざサンチャゴの刑務所まで連れて行かれた。サンチャゴはスペインの西の端の町だ。バスクから遠く離れた辺地だよ。兵馬の骨は無縁仏の墓地に放りこまれたとある」

「祖父さんはそんな目に遇ったのですか」

ぼくは一度も会ったことのない祖父ではあったが、父よりも身近な存在に感じてならなかった。祖父さんのイメージが風漢おじさんと重なって見えるからかもしれない。

「兵馬はローラの死に不審を抱いたらしい。祖父さんはローラの忘れ形見の誠くんを日本に預けて戻ってくると、引き続き事故のことを徹底的に洗ったらしい。彼は現場まで行き、谷底にまで降りて車の残骸も調べた。そこで彼は、焼け残った車体に無数の弾痕があるのを見つけたんだ」

風漢おじさんは部屋を往ったり来たりしながら話しだした。

兵馬は事故ではないことを知ると、誰に待ち伏せされたかを調べはじめた。元マキの隊員一人ひとりにあたり、当時、アルマンドス付近で待ち伏せ攻撃をしたゲリラグループがいないかどうかを調べた。しかし、その事実はなく、犯人は分らなかった。そのうち、ローラたちの車には四人が乗っていたという目撃者をつかまえ、車にあった三体の遺体と数が合わないことが分り、ローラたちの死を知る鍵をにぎる人物としてある男への兵馬の追及が始った。

彼はそこで事件当日から姿を消した男に気がついた。それは兵馬のかつての同志でもある男で、内戦の際はビルバオ攻防戦で一緒に戦った友人でもあった。

「こちらの報告書でも、名前は削除されている」

「ベラスケスですか?」

「うむ。兵馬はパンプローナでのベラスケスの行状を洗ったらしい。そこでは不審はあるものの決定的なスパイの証拠はつかめなかった。ある時、兵馬はベラスケスに直接会いに行った。ベラスケスはその頃、ビルバオに戻り、再びバスク民族主義党（PNV）の急進派グループの指導者となっていた。兵馬はベラスケスを問いつめたらしい」

「証拠はなかったのにですか？」

「いや、報告書によると、兵馬はベラスケスにローラの日記を見せたとある。その日記にはベラスケスがナチの二重スパイだという告白をしたことが記してあったそうだ。そして、ベラスケスがローラたちの車に乗って、出かけるのを見たという証人もいると告げ、なぜベラスケスだけが助かったのかを追及したそうだ」

「白状したのですかね？」

「ベラスケスはあくまで白《しら》を切って、その場は逃れた。そして、彼と別れた後、ベラスケスは治安警備隊に兵馬を始末するように要請した。治安警備隊は兵馬がパンプローナに戻った翌日に、スパイ罪で逮捕している。後はおまえも知っての通りだ。これがいままで読んだ報告の概要だな」

「祖母さんの日記や目撃者はどうなったのですか？」

「それらについては何も書いてない。恐らく発見しても、すぐ処分しただろうな」

「その後、ベラスケスはどうしたのですか？」

「彼は有能なスパイだよ。ＰＮＶの急進派はその後、ＰＮＶから分裂して、一九五九年にETAを創った。ベラスケスはそのまま大幹部として、ETAの指導者になりすましているんだ」

「それで、だいぶベラスケスの正体を暴く手がかりが増えたでしょう？　誰なのか分ったのですか？」ぼくは身を乗り出した。

「――そう急かせるな。わしは、いまのETAの指導者が誰か知らないのだから。ザビエルにも最後のところで、誰かが分らないくらいなのだから。あとはサムに会って話をつき合わせねば誰かははっきりしないのだ」

風漢おじさんは目をこすった。ぼくは欠伸《あくび》をし立ち上がった。

「今夜はもう休みましょう。明日、また続きを教えて下さい」

「ああ、そうすることにするか」

風漢おじさんはさすがに疲れたのか、顔色がすぐれなかった。ぼくは「お休み」といい、ドアを開け階下の自分の部屋に戻って行った。

23

目を覚ましたのは正午近くであった。

ぼくはベッドに寝ころんだまま思い切り手脚を伸ばした。久しぶりにゆっくり眠った気分だった。昨夜遅くまで起きていたのを知っていたから、マリアは気を利かせて起しに来なかったのに違いない。

小窓の鎧戸《よろいど》の隙間からわずかだが外の光が流れこんでくる。明るい日射しではなかった。昨夜の話を思い出した。

ぼくは急にたばこが喫いたくなった。ベッドから降り、トランクの中をかき回した。日本を発つ時、何箱かのたばこを放りこんでおいたのを思い出した。封を切ったマイルドセブンを見つけ、ベッドに戻った。

たばこを喫い出したのは、高校生になってからのことだ。たいしてうまいと思ったことはないのだが、時たま無性に喫ってみたくなる。喫っていると何かの禁を犯しているかのようで、うしろめたく、幾分か自分が大人になったような気がするのだ。

いまは違った。風漢おじさんから聞かされた祖父母の辿った運命を考えると心が震え、落着かなかった。たばこの刺戟でもないといたたまれなかったのだ。

たばこをくわえ、枕許のサイドテーブルから灰皿とマッチを取った。マッチを擦った。橙色の炎がぼくの心のように揺れた。たばこの火をつけ、煙を喫ってみた。しばらくの間喫っていなかったせいか、乾草《ほしくさ》をいぶしたような味がする。喫って吐きだした時、不意に部屋がゆらりと揺れた。頭を振るとくらくらとめまいがした。

ぼくは兵馬祖父さんの死を考えた。祖父さんは恐らく冷えた地下牢のような狭い独房で病になり、死を迎えたにちがいない。ローラ祖母さんを殺した犯人を寸前まで追いつめながら復讐もできずに。敵に捕えられた祖父さんはどんなに口惜しい思いを残して死んだであろうか。祖父さんの口惜しさを思うと、父が祖父さんの遺志をついで、祖父さんの果せなかった夢を実現しようとしているのも分らないではなかった。

もし、ぼくが父と同じ立場に立たされたら、ぼくも父と同じように両親が何のために戦い、なぜ殺されてしまったかを調べ、両親の仇を討とうとするかもしれない。

そのことは自分にもだんだん分っては来た。だが、だからといって、ぼくだったなら、両親の問題は問題として、妻や子供を捨てたりはしない。まして、他に新しく女を作り子供を生ませはしない。そのことだけが、ぼくには納得できないのだ。

もう一人のぼくが心の中で、「分っていないな。おまえは、バスクのことを忘れているぞ」と囁いた。

「おまえにも流れているバスクの血のことを忘れてはいけない。父は日本人であることを捨て、バスク人として生きようとしているんだ」

バスク人として生きる？

「そうだよ。バスク人の血が四分の一しか混じっていないおまえには分らないかもしれないが、半分の血がバスク人の父には、バスク人として生きる意味があるんだ」

　それはどういう意味があるのだ？

「自分は何者なのか、ということが分ることさ。自分自身が何なのかが分れば、どう生きていくべきかも分ってくる。父は、そうやって自分が分ったから日本を捨てる道を選んだ。日本を捨て、日本人であることを辞め、日本人のぼくたちを捨てて生きる気持になった」

　それをぼくに認めろ、というのかい？

　もう一人のぼくは黙ったまま答えなかった。ぼくは灰皿に吸い差《さ》しの灰を落した。

　その時、ぼくはふと悲鳴のような声を聞いたような気がした。耳を澄したが声は一度きりしか聞えなかった。マリアの声のようにも思えたが、もう少し大人の女の声のようでもあった。階上からドアを勢いよく閉じる音がした。ぼくは吸い殻を灰皿に揉み消した。

　ドア越しに何人かの靴音が聞え、やがて遠のいて行った。ぼくはベッドからはね起きた。急いでドアに駆け寄り、そっとドアを開けて階段を覗いた。靴音は複数で、どんどん下に降りて行く。人の姿は見えなかった。

　ぼくはドアを閉じ、パジャマを脱ぎ捨て、シャツをはおった。セーターを頭からかぶり、ジーンズをはきながら、ドアに急いだ。

部屋から飛び出すと、階段を駆け上った。風漢おじさんたちのドアをノックした。中からは何の返事もなかった。ぼくは嫌な予感を覚え、ドアのノブを回した。鍵はかかっておらず、ドアは簡単に開いた。

「マリア？　風漢おじさん？」

部屋には誰の姿もなかった。床にトランクの中身がぶちまけられていた。コート掛けには風漢おじさんのコートも、マリアのダウンジャケットも無かった。

ぼくはさっきの悲鳴が気になった。すぐに部屋を飛び出し、石の階段を三段跳びで駆け降りて行った。一階のフロントまで来ると、カウンターの後ろで人のもがく気配がした。ぼくはカウンターの中を覗きこんだ。両手両足を縛られ、猿ぐつわを咬まされた宿の主人が呻《うめ》き声をたてた。

ぼくは「待ってて」と叫ぶと、玄関を飛び出した。路地には手下げ袋を腕に抱えた老婆が一人歩いているだけだった。

車のエンジン音が聞えた。はっとしてエンジン音の方を見ると、シトロエン２ＣＶが走り出すところだった。

シトロエンの助手席には坊主頭の男の顔があった。後部座席の窓に風漢おじさんの横顔が見えた。

ぼくは通りの方に走り去ろうとしている車を追った。排気ガスが白い蒸気となって吐き出されていた。車は通りに入って左折した。

「マリア」ぼくは走りながら怒鳴った。

リアウィンドウの影が揺れ、マリアの顔が窓に張りついた。男の影がマリアを引き戻すのが見えた。運転席の男がにたりと笑った。

車は速度をあげた。ぼくは通りまで全力で走ったが、車に追いつけなかった。

車はますます速くなり、通りの先に行った。ぼくは後ろから走ってくる車に手を振り、停めようとしたが、どの車も知らぬ顔で走り抜けて行った。ぼくは地団太を踏みながら、シトロエンが車の流れの中に姿を消すのを見ていた。


「やつら最初から変だと思ったよ。玄関から入って来たら、いきなり拳銃を突きつけて、あんたたちはいるかときいたんだ」

宿の主人は顔を赤くして、まくしたてた。あいつらが拳銃さえ持っていなければ、あいつらをただで帰しはしなかったのだが、とさかんに腕をまくって叩いていた。

彼の話ではやって来たのは三人の男たちだったという。三人のうち、丸い眼鏡をかけた中肉中背のあばた顔の中年男がリーダー格で、あとの二人は、長身の青白い顔をした若者とプロレスラーのように腕の太い坊主頭の大男だった。

丸坊主の男は助手席に坐っていた男にちがいない。ぼくは宿の主人の話を聞きながら、いったい何が起ったのか、すぐには事態を呑みこめないでいた。それでも、主人が警察に知らせるか、といった時、事態がこれ以上複雑になるのを恐れ、ぼくは警察は呼ばないでいいと言った。呼べば痛くない腹もさぐられかねない。

都合のいいことに宿の主人はカウンターの陰にころがっていたため、風漢おじさんとマリアが拉致《らち》されたところは見ていなかった。宿の主人は単なる物盗りなら警察沙汰にせず、穏便に済ませたがっていたので、すぐ納得し、形だけ文句をいいながら部屋から引き揚げて行った。

ぼくは気を取り直し、無くなった物を調べた。マルコから入手した報告書類は一枚残らず持ち去られていた。金はトランクの中に残っていたので、単なる金目当ての誘拐ではないことは明らかだった。

ぼくは放心状態で、がらんとした部屋のベッドに坐りこんでいた。これからどうしたらいいのか、判断もつかず、ぼんやりしていたのだ。

どのくらいの時間、そうしていただろうか。突然に、電話のベルがけたたましく鳴った。ぼくは我に返って受話器を耳にあてた。

「未来くんだね。私を覚えているかね」

受話器からしわがれた声が囁いた。前にも一度聞いた、脅迫電話の男の声だった。

「あんたは誰なんだ？」

「私かね。うむ、一応、フェデリーコとでも呼んでもらおうか。まだ、きみたちはサムに会っていないそうではないか」

「だったら、どうした？」

「すでに第二の警告はしておいたはずだ。ザビエルが爆死したのは覚えておるだろうな。今度はこれが第三の警告だ。北条とマリアの親子は私たちが預っている」

ぼくは背筋に冷汗が流れた。受話器を持ち直した。

「きさまたちが風漢おじさんとマリアを拉致したのか」

「その通り。声を聞かせようか」

男は引っこみ、続いて風漢おじさんの声が聞こえた。

「こいつらの言うことは……聞くな」

「ミライ兄さんッ」マリアは叫んで消えた。

「というわけだ。これで、いまのところは無事だと分かったろう？」

「二人をどうするつもりだ？」

「おまえは何としてもサムに会え。会ってサムに計画を中止させるんだ。もし中止させることができなければ、二人の命はない」

「卑怯な脅しだな。ぼくの説得でサムが止めると思うのか？」

「サムはおまえの親父だろう？　それからサムに伝えるんだ。計画を実行しようとすれば、真っ先にやつの家族の命がなくなる。それでもいいのだな、となし」

「家族の命がないだと？」ぼくは息を呑んだ。

「ああ。女房のエルミニアはもちろん、アントニオもローサも、いま我々の手元に人質にしてある。北条親子だけではないんだ」

電話は不意に切れた。ぼくは慌ててフックを叩いた。電話は切れたままだった。ぼくはしばらくの間、呆然として受話器を手にしたままベッドの端に坐りこんでいた。

何とか父に連絡をつけねばと思った。脅しに乗るのはいやだったが、人質がいては仕方がない。こちらから連絡をつける手はずは、ヘノベーバ婆さんしかなかった。

ぼくは手帳を取り出し、記しておいたヘノベーバ婆さん宅の電話番号を探した。電話機のダイアルを回した。発信音が数回鳴ったかと思うと受話器のはずれる音がした。勢いこんだヘノベーバ婆さんの声が聞えた。ぼくが名乗るとヘノベーバ婆さんは、沈んだ声で答えた。

「あんたかい。たいへんなことが起ったんだよ。あんたの弟妹が誘拐されてしまったんだ。母親も一緒にね」

「――知ってる」

「知っている？　どうして？」

ぼくは誘拐犯からの電話があった話をした。ヘノベーバ婆さんは何度も「聖母様」

をくりかえした。

「それで、どうしても父に会いたいんだ。ヘノベーバ婆さんは父への連絡方法を知っているんだろう?」

「もうその手は打ってあるのよ。だから、後は向うからの返事を待っているだけなのさ」

「こちらから直接乗りこんで会いに行く手はないのかい?」

「困ったねえ。あるにはあったのだけど、つい先立って殺されちまったんだ」

「ベニートのことかい?」

「おや、ベニートを知ってたのかい。彼さえ生きていたら、手っとり早く、あんたの父さんに会えたのだがねえ」

ヘノベーバ婆さんは溜息をついた。ぼくはほかの手づるも当ってくれるように頼んだ。ヘノベーバ婆さんはやってみるといって電話を切った。

ぼくは部屋の中を熊のように往ったり来たりしながら考えた。あとはアデーラからの連絡が頼りだった。アデーラに連絡さえつけば、何とかなる。ぼくは天にも祈る思いだった。アデーラにはこのオスタルの電話番号を教えてある。もし、こちらで連絡がとれなかった場合は、またラファエル神父に連絡が行くことになっていた。

ぼくは歩きながら考えをまとめにかかった。待つ間にもぼくにできることはないか、と考えた。

風漢おじさんとマリアを誘拐した犯人たちを考えた。フェデリーコたちはいったい何者なのだろうか。それを知ることが先決だった。敵が何者かが分らなければ、敵と戦いようがない。敵が誰かが分れば、対処の仕様もある。

フェデリーコたちはマルコたちの仲間ではない。マルコが風漢おじさんたちを拉致しようと思えば、もっと前にいくらでも機会はあったろうし、協力を要請したりはしないだろう。マルコはしきりに「スペイン側は粗野なやり方をする」と眉をひそめていた。

フェデリーコたちが、そのスペイン側なのにちがいない。たしかに人質をとってサムの行動を封じようというやり方は、乱暴すぎる手段だった。これがスペイン治安警備隊のやり方だというのだろうか？

それにしても、とぼくは思った。フェデリーコたちのやり方はやり過ぎに思えてならなかった。なぜ、こんなにも父を目の敵にして、潰しにかかっているのだろうか。何を必死に隠そうとしているのだろうか。

祖母のローラを殺し、祖父を獄死させ、その後もザビエルを爆殺し、ベニートも射殺した。いずれもがＥＴＡに潜りこんだ暗号名ベラスケスの正体を知られぬようにするためだ。そのために、なぜかくも治安警備隊が血道をあげるのか？

いや待てよ、とぼくは自問した。必死なのは治安警備隊ではなくベラスケス自身なのではないのか？　自らの正体が暴露されたならば、ＥＴＡは間違いなく、彼に死刑宣告を下すであろう。これは祖父母以来のベラスケスとサムの宿命の対決なのかもしれない。そう考えると、なぜフェデリーコたちが、サム、つまり父の家族や北条老人親子たちまで人質にとって、サムを表に引きずり出そうとしているのかが分るような気がした。

サムさえ叩き潰せば、ベラスケスは安泰になる。サムさえ消すことができれば、ベラスケスはこれまでのようにＥＴＡで大きな影響力を発揮できる。そのことは結果的に治安警備隊にも願ったりかなったりのはずだ。そこで治安警備隊がベラスケスを守るために全力をあげているのだろう。

問題はベラスケスが何者かだと思った。ベラスケスの正体さえ暴けば、治安警備隊やベラスケスの鼻をあかすことができる。このままでは、やられっ放しではないか。

ぼくはダウンジャケットをはおった。部屋でじっと待つよりは、連絡が入るまで時間を有効に遣った方がいい。ぼくは有り金をポケットに捻じこむと部屋を飛び出した。

一階に駆け降り、宿の主人にもしぼくに電話があったらここに掛け直すように伝えてほしいといい、チップと一緒にバシリサ婆さんの家の電話番号のメモを渡した。

もう一度、ベニートの部屋を訪ねてみたかった。ベニートはベラスケスの正体を暴く手がかりを手にいれたにちがいないと思ったのだ。それで、父はベニートの所に駆けつけたのだろう。ところが、それを察知したベラスケスがＥＴＡの処刑部隊を動かして、ひと足早くベニートを消したにちがいない。ベニートを殺した連中は逃げるのに精一杯だったから、ベニートが手に入れた手がかりを持ち去れなかった可能性もある。

　ぼくはタクシーでバシリサ婆さんのアパートメントに乗りつけた。玄関のドアには厳重な鍵がかかっていた。ぼくが呼び鈴を押すとドアの背後で人の気配がした。ぼくは覗き穴からよく見えるように顔を近づけた。

　ドアが開いて、バシリサ婆さんがぼくを抱きかかえるように迎えてくれた。バシリサ婆さんは痛々しく脚や腕、頭に白い包帯を巻いていた。

「あれから戸閉りを厳重にして、見知らぬ男は決して中に入れないようにしているのよ」

　バシリサ婆さんは弱々しげに頭をふった。ぼくはバシリサ婆さんの躰の具合をきいて、怪我が早く良くなるように慰めの言葉をかけた。

「それで、突然にどうしたというのだい？」

「ベニートの部屋を見せてほしいのです」

「あら、どうしてなの？」

「調べたいことがあって」

「警察の人も来て、さんざ調べて行ったけどねえ。国家警察や治安警備隊が入れ替り立ち替りやって来てねえ。整理するたびに、足の踏み場もなくひっくりかえしていくのでいまでは掃除もせず、ほったらかしてあるよ」

「やっぱり、そうでしたか」

ぼくは治安警備隊の刑事が来たと聞いて、ホゾを噛んだ。やつらならベニートが入手した手がかりを探すために、徹底的に家探しをしていったにちがいないからだった。ぼくはそれでも万が一見逃しているものがあるかもしれない、と思って鍵を借り、五階に登って行った。

ドアはすっかり修繕されていた。ぼくは鍵を解き、ドアを開けた。バシリサ婆さんのいう通り、部屋は足の踏み場もなくガラクタが床に積み上げられてあった。ベッドのマットはずたずたに裂かれ、壁紙まで剝がされている。机の引き出しはすべて出され、中身も外に放り出してあった。机の位置がずれているのは、床まで入念に調べあげられたからだろう。

ぼくは部屋の惨状を見ながら考えこんだ。

ベニートがコンピューターのハッカーだったというアデーラの話が心に引っかかっていた。部屋には、どこを探しても、コンピューター関係の資料はなかった。彼は大学で端末機をいじっていたという。ハッカーだったら、恐らく彼はまたどこかのコンピューターにもぐりこみ、ベラスケスに関する情報を集めていたのにちがいない。もし、ぼくがベニートだったら、その手がかりをどこへ隠しただろうか？

ぼくは床に坐りこみ、ガラクタの山をかきまわしはじめた。しばらくの間、ゴミの中をあさっていたが、やがて投げ出された衣類の中から赤地に白いストライプの入った派手なマフラーを見つけた。手編みのマフラーだった。そのマフラーの鮮やかな色彩が、一人住まいのベニートの汚れた部屋の中で、場違いのように目立っていた。

ぼくは床の上にマフラーを投げ出して宙をにらんだ。探そうにも、どこから手をつけていいのか見当もつかなかった。またデッドロックに乗り上げてしまった。

その時、台所の部屋で物音がするのを聞いた。ぼくは音をたてないように立ち上がり台所の戸口に忍び寄った。窓ガラスに黒い人影が写っていた。

ぼくは手近にころがっていた椅子を手に取り身構えた。ガラス戸の把手をつかみ、思い切って引きあけた。椅子を振り上げた。

銃口が目の前に突き出され、ぼくは息が止った。

「私よ」黒い革ジャンパーに黒のスラックス姿の女が立っていた。

「アデーラ」ぼくは自分の目を疑った。「どうしてここに？」

「オスタルに電話を入れたのよ。そうしたら、こちらにいるという返事だった。それで飛んで来たのよ」

　ぼくは椅子を床に置いた。アデーラは長い髪を押しこんだベレー帽を被っていた。バスク独得の帽子だった。彼女は拳銃をジャンパーのポケットに入れた。

「連絡がついたのかい？」

「ええ。サムはあなたに会うって。もちろん北条さんにも」

「遅かったんだ」ぼくはフェデリーコたちに風漢おじさんたちが拉致された話をした。

アデーラは美しい眉をひそめ、唇を噛んだ。

「そうだったの。では、どうしてこんな所に来たの？」

ぼくは自分の考えをいった。アデーラは何もいわずにぼくの話に耳を傾けていた。

「ベニートが何かをどこかに隠しているというのね」

「うむ。そうとしか考えられないんだ」ぼくは足の踏み場もない部屋を指差した。

「しかし、多分、敵にもまだ見つかっていない。見つかっていたら、何度も来ない」

「だったらいいのだけど」アデーラは部屋のあちらこちらを見て回った。

「ベニートは大学で端末機を操作していたのだね？」

「そうよ。大学の図書館。ベニートはそこでコンピューターを操作するアルバイトをしていたの」

　ぼくは腕時計を見た。午後の四時を回った時刻だった。

「父にいつ会える？」

「夕方よ。あなたのいっていた通りだった。サムはパンプローナに戻っていたの。ベニートからの緊急連絡を受けてね」

「どこで会う」

「私が案内するわ」

「まだ時間があるね」

「ええ」

「ベニートがアルバイトをしていた大学の図書館に寄ってみたいんだ」

アデーラは一瞬、考えこんだが、すぐにうなずいた。

「いいわ。知っている子がいるから」

「ベニートには恋人がいたんじゃないか？」

ぼくは赤と白のマフラーに目をやった。

「ええ。その娘《こ》が図書館で司書をしているの」

「その娘に話を訊きたいな」

アデーラは非常階段を目で指した。

「下で落ち合いましょう。車を回すわ」

彼女は台所の窓を引き上げ、外に出て行った。

24

パンプローナのナバラ大学は町の南側の郊外にあった。広い構内をサダール川が流れている。

アデーラの運転するセアト（SEAT）は、裏門から入り川に沿った砂利道を走って、すっかり葉が落ちた林に囲まれた建物に近づいた。

アデーラは落着かず、しきりにバックミラーを覗いたり、左右に目を走らせ、尾行を気にしていた。ぼくが見る限りは、つけてくる車はなかった。構内には雪がところどころ残っているサッカー場でボールを追って練習している学生たち以外に見当らなかったのだが、アデーラは気に入らない様子だった。

「どうしたの？」ぼくはアデーラの方が何歳か歳上なのが分っていたが、いつの間にか親しげな口の利き方をしているのに気づいて、ひとり赤くなった。アデーラはそんなぼくには気づかないで、真剣な顔でいった。

「気になるのよ。さっきから誰かがつけているように思えて仕方がない」

「この広い構内でもかい」

ぼくは広々とした大学の敷地を見回した。

「もちろん、ここではなく、裏門に入るまでのことよ。それに広いからといって安心できないわ。かえって何もないところは、動きが分ってキャッチされやすいの」

アデーラは苛立った口調でいった。車は林を回りこみ、四階建てほどのギリシャ建築を思わせる建物の前に走りこんだ。

図書館の前では、数人の学生たちが本を手に立ち話をしていた。アデーラは車を駐車場に入れて停めると、バッグを手に車を降りた。ぼくも車を降り、アデーラについて石段を登り図書館に入った。年老いた警備員が入口の傍に坐っていたが、アデーラが挨拶の言葉をかけると、何もチェックせずに中に通してくれた。

「アデーラ、彼もきみの知り合いかい？」

「ええ。私もここの学生だから」

ぼくはその時、初めてアデーラが大学生だと知った。

「何を専攻しているわけ？」

「文学。バスクの民族文学」

アデーラとぼくは二階への階段を登った。廊下をしばらく歩いた。

「ミライ、あなたは何を専攻しているの？」

ぼくは肩をすくめた。

「ぼくはまだ大学生ではないんだ」

「どんな方向に進むつもり？」

「それも決めてないんだ」

「サムから聞いたことがあるわ。あなたはお医者になりたいって、小さい頃いってたそうね。お母様が病弱で、その病気をなおしてあげたいといっていたと。あなたは母さん思いの心の優しい男の子だったとサムは目を細めて喜んでいたわ」

「――――」ぼくはかすかに母さんに、そんなことをいった覚えがあるのを思い出した。母さんは、きっとそのことを父に手紙で書いて知らせたのだろう。

アデーラは事務室のドアを開け、内を覗いた。彼女は部屋につかつかと入っていくと、窓際の机に坐ってぼんやりしている女に声をかけた。机の上には本が衝立のように積み上げられてあった。

「テレーサ」

アデーラの声に事務室のあちらこちらの本の山の陰から顔が見えたが、また元の通りに引っこんだ。テレーサは手を上げて応えた。眼鏡をかけた、そばかすだらけの顔はアデーラを見ると悲しげに歪んだ。彼女は同僚たちの机の間をすり抜け、ぼくたちの方にやって来た。

テレーサはアデーラに走り寄ると、抱きつき顔を肩に埋めた。アデーラはテレーサの背中を優しく撫でつけた。テレーサの机の椅子に、ベニートの部屋で見たのと同じ赤地に白い縞の入ったマフラーが掛けてあるのが見えた。アデーラは彼女にさかんに慰めの言葉をかけていた。

アデーラはぼくを簡単に彼女に紹介すると、声をひそめバスク語で彼女に何ごとかを話した。テレーサはアデーラに何度もうなずいた。

テレーサは目で奥の応接室に行こうと誘った。アデーラはぼくの腕をつかんで応接室に促した。

応接室といっても、事務室の一角をガラス戸で間仕切りしただけの空間だった。テレーサは泣き終ったばかりのような腫れぼったい目蓋をしていた。

「ベニートが殺された翌日、ここにも治安警備隊の刑事がやって来て、ベニートが担当していたコンピューター関係の資料やフロッピーを根こそぎ持って行ったわ」

テレーサはかすれた声でいった。

「そう。ここもやられているのね」アデーラはがっかりしたようにいった。

「ベニートはどこでコンピューターを操作していたのです？」ぼくはテレーサにきいた。

「隣の部屋に端末機があるの。そこに一人こもって朝から晩まで、ディスプレイに向っていたわ」

　テレーサの目がじんわりと赤く潤みだした。

「最近、彼が何をしていたのか知ってますか？」

「ええ。内緒で私には教えてくれたわ。彼はマドリードにある内務省のマスターコンピューターにもぐりこもうと必死だった」

「何を調べようとしていたのです？」

「さあ。それは私には難しくて、時々、彼が何をいっているのか分らなかったわ。でも、何かのリストをチェックしようとしていた」

「リスト？　何のリスト？」アデーラも興味を示した様子だった。

「さあ。たしか内戦時代の記録まで遡《さかのぼ》って調べていたから、その類のリストよ。なんでも、国防省のコンピューターにも侵入して検索していたから……」

　ぼくはベニートが生きていたら、と溜息をついた。これでは手がかりも得られそうにない。テレーサが顔を上げた。

「思い出した。私、彼から預かっているものがあったんだわ」

「何を？」アデーラが眉を開いた。

「待っていて」テレーサは応接室を飛び出して行った。数分もかからぬうちに彼女は戻って来て、テーブルの上に文庫本ほどの大きさの茶色の角封筒を置いた。

「彼が死んだ日の朝、私はこれをどこかに隠しておいてと頼まれたの。彼は前日徹夜したらしくひどい顔をしていたけど、うまくいったとすごく嬉しそうだったわ」

ぼくは封筒から中身を出した。出て来たのはパソコン用のフロッピーディスクだった。ぼくはアデーラと顔を見合わせた。

「あなた、コンピューター扱える？」アデーラはテレーサにきいた。

「私は駄目。ここには操作できる人は何人かいるけど」

「あなたは？」アデーラはぼくに向いた。

「パソコンのゲームはやったことがあるけど、本格的にはいじったことがない。きみは？」

ぼくはアデーラにいった。

「私はコンピューターなんて嫌いだったから、全く知らない。でも、パソコンゲームをしたならあなたは扱えるわ。ともかく、この三人の中では一番知っているはずよ」

「そう。この図書館のコンピューターは日本製だし、日本人なら操作できるはずだわ」

テレーサも同調した。ぼくも試すだけ試してもいいと思いだした。失敗しても、もともとだった。フロッピーの中に何が記憶されているのかを引き出すだけなら、ぼくにもやれそうだった。

「コンピューターの端末機は、空いている？」ぼくは指をぽきぽきと鳴らしながらいった。テレーサはぼくたちに囁いた。

「ええ。資料やフロッピーをごっそり持っていかれたので、誰も使わず開店休業の状態なの。付いて来て」

テレーサに案内され、ぼくたちは同じ階の資料整理室の札が掛けられたドアの前に立った。テレーサはいったん事務室に帰ると、部屋の鍵を持って戻って来た。

ドアを開け、ぼくたちは中に入った。冷えきった空気がぼくたちを迎えた。十畳ほどのがらんとした殺風景な部屋で、何台かの端末機が机の上に並んでいた。棚という棚には何もなかった。資料やファイルがすべて持ち出されたためだ。

「さあ、やってみて」アデーラはぼくを促した。テレーサが屈みこみ、端末機のコードをコンセントに差しこんだ。

ぼくは椅子を引き寄せコンピューターの端末機の前に坐った。電源を入れ、機種を調べた。一度も扱ったことがない機種だったが、たしかにＮＥＣのマークが入っていた。ぼくはフロッピーディスクをセットし入力のキイを押した。ディスプレイに文字が現われた。バスク語だった。アデーラが翻訳した。パスワードを要求する言葉だった。

テレーサは、日頃、ベニートが使っていたバスク語のパスワードを思い出してくれた。ぼくはいわれた通りの文字をキイで叩きこんだ。

日本で遊んでいたパソコンゲームがこんな形で役立つとは思いもよらなかった。ぼくは気が楽になり、ゲームを楽しむように端末機を操作した。

ディスプレイに、収録されているリスト名が並んだ。国防省や内務省、国家警察、治安警備隊、内戦博物館、さまざまなコンピューターから盗み出した人名リストだった。いずれも必要と思われる人名リストの部分を抜き出してコピーしたもののようであった。

ぼくはリスト冒頭に掲げられてあるビルバオ刑務所囚人リストに注目した。ディスプレイにその項目を引き出した。ついで脱獄囚のリストの項目を選んだ。

「これはどういうこと?」アデーラが訝《いぶか》った。

ぼくは構わず、風漢おじさんの話を思い出しながら、検索を続けた。恐らくベニートも膨大《ぼうだい》な資料を集め同じ作業をしたのにちがいない。一九四〇年七月にビルバオ刑務所の政治犯収容房から、かつての共和派のバスク囚人十七人が脱走しているのが分った。

ほかに脱獄した記録はない。ぼくはこの十七人の中にベラスケスが潜んでいるのを確信した。コンピューターに、これら十七人全員のその後について、検索するよう命じた。ほどなく、検索結果がディスプレイに現われはじめた。

十七人の名前が並んだ。名前の後に検索結果が記されていた。死亡、生存の別も入っている。

「何のリスト？」

「この中にETAの幹部にまでなったスパイがまぎれこんでいるはずなんだ」

脱獄した十七人のうち、その後十人が治安警備隊や国家警察に逮捕され、再収監されていた。その十人のうち、四人が獄死し、六人は恩赦や刑期満了などで一九五〇年以降一九六〇年代半ば頃までに全員釈放されていた。

逃亡に成功した七人については、うち四人の死亡が確認されている。四人中三人が亡命先の国で病死、一人が交通事故死となっている。

結局、残る三人が逮捕をまぬがれたまま、消息、生存等の不明者だった。ぼくは三人のうちの一人を抜き出し、キイを押した。ディスプレイに略歴やこれまで判明している足取り、等の記録が浮び上がった。正面と横からの顔写真も付いている。

ぼくは元のリストに戻して、三人の名前を口にした。アデーラが脇から覗きこんだ。

ガルドース。クリストーバル。アルヴァーロ。

「どうかね、見覚えはある？」

「ないわ」アデーラはかぶりを振った。

ぼくははじめ三人だけの記録をプリントアウトさせたが、思い直し、十七人全員の記録をプリントアウトするようにコンピューターに命じた。プリンターがせわしげに文字を打ち、記録紙を吐き出しはじめた。

「テレーサさん、あなたの彼はすごいことをやりましたよ。きっとこのリストで、彼の仇は討てると思います」

ぼくはテレーサを励ますようにいった。

テレーサは、アデーラの肩に顔をのせ、小さな声でベニートの名前をくりかえしていた。

25

昼の間、どんよりと低くたれこめていた分厚い雲は、夕刻になって気温が下がりだすと、待っていたかのように、雪を降らせはじめた。

十七人のリストと記録を入手したぼくたちは、すっかりあたりが暗くなった大学の構内から車を町に走らせた。大通りに出る頃には、車のヘッドライトに照らされた白い粉のような雪が渦を巻いて舞いはじめていた。

アデーラは大学構内から出た時から、急に無口になった。セアトは小気味いいエンジン音をたてて雪の降りしきるパンプローナの町の通りを疾駆していた。

大通りはクリスマスの訪れを祝うイルミネーションが飾りたてられていた。大きなロウソクや王冠を形どったイルミネーションとかトナカイに曳かせた雪橇やサンタクロースのイルミネーションが通りにアーチのように飾られていた。

アデーラは、そんな外の光景にはまるで関心もない様子で、しきりに車をあちらこちらの路地に走りこませては、勢いよく走り抜けたり、同じ通りを往ったり来たりしては、突然Uターンをして方向を転じたりした。

ぼくも後ろの窓から尾行車がないかどうかを何度もチェックしたが、それらしい車は見当らず、アデーラが尾行を警戒するあまりに神経質すぎるような気さえして来た。アデーラはきっと唇を結び、勝気そうに眉を吊り上げて前方をにらみ、時々、バックミラーに目をやっていた。彼女は納得が行くまでやってみなければ気が済まぬタイプらしい。

小一時間ほど走り回っていて、ようやく尾行がないと判断したのだろう。アデーラは普通の走らせ方に戻し、ぼくを見て微笑んだ。

「驚いたでしょう。あまりしつっこくチェックしたから」

「別に」ぼくはアデーラの横顔に見とれながらかぶりを振った。

「いいわよ、嘘をつかなくても。さっきから、私の顔を見ては、やれやれという顔をしていたもの。でも、私たちはいつもこうなの。一瞬の油断が死を呼ぶからよ。自分だけなら仕方がないけど、自分のミスで仲間が殺されたり捕まったりするのは絶対に避けなければならないの。だから、しつっこいくらいに念を押さなければいけない」

アデーラの顔にふっと淋しげな影が過《よぎ》った。

「きみ、恋人はいるの？」

「どう見えて？」アデーラは車を大通りから路地に入れた。町の中心部からはだいぶはずれた住宅街に走りこんでいた。

「いると思うな。きみのような美しい人を誰も好きにならないということはありえないな」

「ありがとう」アデーラは突然、ハンドルから右手をはなし、ぼくの手に重ねた。温かいしなやかな掌の感触だった。ぼくは自然に指と指をからませ彼女の手を握り返した。彼女は口許に微笑を浮べると、ぎゅっとぼくの手を握り返してから、手を引いた。

ぼくは咄嗟のことだったので、その時には平気だったが、後になるにつれ、心臓が口から飛び出しそうになる程、胸の鼓動が激しく鳴っていた。

「さっきの話ね。私も好きな人はいたわ。でも、もうその人には会いたくても会えない。遠い所に行ってしまったわ」

「悪いことを聞いてしまった」

「もう済んだこと。女は後ろ向きでは生きていけない生き物なのだわ。それに私には永遠の恋人がちゃんといるんだもの。しっかりしなくては」

「永遠の恋人がいる？」ぼくはがっかりした思いでいった。

「ええ。私の永遠の恋人、それはこの美しい国バスクよ」

ぼくは思わず顔がほころんでしまった。アデーラはぼくをちらっと見て、

「おかしい？」

「いや、早トチリをしてしまったんだ」

ぼくはいってから急にまた恥ずかしくなった。車の中が暗かったからアデーラには見えなかったが、その時、ぼくは耳まで赤くなっていた。

アデーラは暗い路地の手前に車を停め、サイドブレーキを引いた。

「着いたわ」アデーラは向い側にある一軒のパブを指差した。「あそこで、あなたのパパは待っているわ」

「きみは？」

「ついて行ってほしい？」

アデーラは澄んだ目でぼくを見た。ぼくは母さんの目を思い出した。ぼくはかぶりを振った。

「いや、いい。これはぼくと父の間の問題だから」

「そうね。サムから事情は聞いたわ。しっかりして」

アデーラはいきなり、ぼくの頬を両手ではさむと、ぼくの唇に唇を重ねた。ぬるっとした柔らかな感触が、ぼくの唇を襲った。ぼくは驚いてアデーラを見つめた。

「さあ、あなたは一人前のバスクの男よ。正面からパパに当って来なさい」

ぼくは背を押し出されるように車を降りた。唇が重なった時、脳天まで電撃が走り抜けたような感じだった。ぼくは唇の感触を指で確かめながら、パブに向って歩き出した。

「一人前のバスクの男よ」という彼女の言葉が快く耳に谺《こだま》していた。振り向くと、車の中の人影が手を振るのが見えた。ぼくは大きく深呼吸をした。空からは雪が間断なく降りかかっていた。

地面にうっすらと白い雪の被膜がかかっていた。通りの街灯の淡い光が降り注ぐ雪をやわらかく照らしあげている。

ぼくは居酒屋《パブ》から聞えてくる賑やかな笑い声やざわめきに向い胸を張って歩き出した。ぼくはジャンパーのジッパーを引き上げ、居酒屋《パブ》のドアを押し開けた。

パブの中は大勢の男たちでごった返していた。丸テーブルが所狭しと並び、年寄りや若い男がいりまじってビールやワインのグラスを手にテーブルを囲んで談笑していた。声高にバスク語が飛び交っている。

店の中は人いきれやたばこの煙が充満し、熱気でむんむんとしている。体臭やら汗の臭いが食物や酒の発散する匂いと混じり合い、独特の酒場の臭いをたてていた。ぼくが入って行くと、近くのテーブルの男たちが胡散《うさん》臭げにぼくを見ていた。店の中ほどに、石炭ストーブが真っ赤に焼けていた。

男たちはほとんどが上着を脱ぎ、シャツを腕まくりしていた。彼らの腕は一様に太くてたくましく、労働で鍛えぬいた筋肉質な腕だった。

ひとわたり見回したが、父の姿は見当らなかった。ぼくは意気ごんでいた分だけ拍子抜けしてしまった。店の左側の壁にはカウンターがあり、奥まで伸びていた。大柄な男たちがカウンターに寄りかかり、酒を呑みながら、仲間同士で冗談をいい合ったり話を楽しんでいた。

ぼくは彼らの間に割りこみ、カウンターの内にいるバーテンダーにビールを頼んだ。バーテンダーは中年のやや腹の出た男で、ぼくを見ると一瞬、目を瞠ったが何もいわずジョッキにビールを注ぎ、ぼくの前に音をたてて置いた。泡立ったビールがジョッキの縁からあふれてこぼれた。ぼくはペセタを払いながら、バーテンダーにいった。

「サムと呼ばれている日本人はいないかい？」

「――――」バーテンダーはぼくをまじまじと見つめてから不愛想にいった。「ここにはバスク人しかいない。バスク人のサムはいるがよ、日本人はいやしないさ」

その言葉に、ぼくの周りの男たちが一斉にお喋りを止め、ぼくに視線を向けた。ぼくは注目を浴びて耳まで熱くなったが、知らぬ顔をし、ビールを一息で呑み干した。誰かバスク語でからかいの声をかけ、小さな拍手と笑い声が起った。

「そのバスク人のサムはどこにいる？」

ぼくは呑んだビールを無理に胃に押しこみながらバーテンダーにいった。バーテンダーはにやにや笑い、ぼくの後ろを顎でしゃくった。

ぼくはゲップを抑えながら、振り返った。みんなの視線が店の奥のテーブルに向った。そのテーブルだけは物静かで、三人の男たちがビールのジョッキを傍に置きながら、カードをしていた。三人のうち、真ん中の男は背中と後頭部しか見えなかった。両脇の二人は頬髭をびっしりとはやした男たちで、見るからにバスク人だった。中央の男は筋肉質の頑丈そうな体付きをしていたが、両脇の男たちに比べ、東洋人の骨格をしているように見えた。

ぼくはアルコールが体内をかけめぐり、躰が火照《ほて》るのを覚えた。男は振り向こうともせず、カードをシャッフルし、両脇の男たちに配りだした。ぼくはむらむらと無性に腹が立って来た。

ゆっくりと大股でテーブルに向って歩き出すと、呑んでいた男たちが椅子を引き、ぼくの進路を開けてくれた。男たちは賑やかに談笑しながらも、ぼくの一挙手一投足を目で追っている様子だった。

　ぼくは男の後ろに立った。両脇の男たちはいったんぼくを見たが、表情も変えずに勝負に戻り、手札をひらいてテーブルに並べた。真ん中の男も、バスク語で何かをいい、手札をひらいて置いた。

「父さん」ぼくは日本語で声を押し殺しながらいった。

　男の頭髪は薄く、地肌が透けて見え、白髪が何本も浮いているのが見えた。男はテーブルの中央の紙幣や小銭をかき集めて手許に寄せた。

「父さん、あんたは何という非道いやつだ」

　ぼくは声が震えるのを抑えきれなかった。

　男は手を止めた。まわりの男たちが固唾を呑んでぼくと父を見ているのが痛いほど分った。両脇の男たちは椅子を後ろにずらし、立ち上がってテーブルを離れた。

「未来か」父は両手をテーブルに置いたままいった。

「母さんが死んだよ。母さんは死ぬ間際まであんたを愛しているといっていた」

　ぼくはそれ以上声が詰まって何もいえなくなってしまった。目頭が知らず知らずのうちに熱くなってくる。ぼくはこらえ切れずに怒鳴った。

「立てよ、親父。立て。立つんだ」

　ぼくは父の腕を引っぱり上げながら、椅子を足で蹴りとばした。椅子は音をたてて、床にころがった。父はゆっくり立ち上がり、ぼくの方を振り向いた。店が一瞬静まり返った。

目の前に写真でしか見たことのない父が立っていた。父は鼻の下に口髭をたくわえていた。父は穏やかなまなざしで、ぼくを見つめていた。父の上背は思ったほどには高くなく、ぼくの方がほんの少しだけ高かった。ぼくはやや気がそがれる思いがしたが、無理矢理に勇を奮い、父の胸ぐらをつかんだ。

「おれはあんたを殴りに来たんだ。わざわざここまで殴りに来たんだよ」

ぼくは力一杯、右のストレートを親父の顔面に叩きこんだ。親父はのけぞったが、すぐにぼくに向き直った。鼻血が吹き出していたが、親父は腕でそっと拭っただけだった。

ぼくは今度は左のこぶしを固め、渾身の力をふりしぼり、親父のボディにぶちこんだ。親父はうっと呻き、前かがみになったところに、右のアッパーカットを送りこんだ。親父の躰はぐらりと傾いたが、二、三歩よろけながらも倒れずに踏んばった。親父は口の中を切ったのか、床にペッと血の混じった痰《たん》を吐いた。血だらけになった歯が交じっていた。

ぼくたちの周《まわ》りが片付けられ、遠巻きに人の輪ができた。バスク語で親父を励ます怒鳴り声が飛んだ。ぼくは泪《なみだ》があふれて親父の姿がぼんやりと霞んでしまった。

ぼくは腹立ちで夢中になり、自分を失っていた。ぼくは間合いをとると、右脚を軸に躰を回転させて、左足の回し蹴りを親父の側頭部にぶちかました。さすがに今度は親父の躰は吹き飛んで人垣に突き当ってころがった。

「これは母さんの分だ」

ぼくは身構えながら、親父が立つのを待った。親父は床に四つん這いになりながら、頭を振っていた。周りの男たちが、こぶしを握り、親父に闘え、闘えと声を合わせて叫んだ。誰かが親父の腕をとって立たせようとしたが、親父は強い口調で断り、腕を振り払った。

「どうして、受けて闘わないんだ」

ぼくは叫んだ。親父はひとりの力で立ち上がった。

「さあ、来い、坊主」

親父は両手を拡げた。ぼくは大声をあげ、遮二無二、頭から親父の胸に突っこんで行った。思い切り、頭突きをくらわせ、親父に組みついたまま、重なるように床にころがった。

ぼくは親父の上に馬乗りになり、平手で親父の頬の左右を何発も張りとばした。親父は無抵抗で叩かれるままに顔をそむけるだけだった。

「もう止めて、ミライ」アデーラの声が聞えた。ぼやけた視界の中で、目の前にアデーラが立っているのが見えた。

「あなたのパパが、どんなにあなたを愛しているのか分らないの？」

ぼくは親父を張った手がしびれているのに気がついた。ぼくはのろのろと親父の躰から降りた。アデーラが親父の腕をとって躰を起した。

「気が済んだか、未来」

親父は手で唇の端から流れる血を拭いながら立ち上がった。ぼくも泪《なみだ》を腕で拭い、一緒に立った。親父の目にも、光るものがあるのをぼくは見逃さなかった。ぼくはうなずいた。

「――――」生意気そうな若い男がバスク語で、何ごとかをいい、ぼくと親父を見て笑った。隣の頭の禿げた大男も侮辱の言葉を吐いた。アデーラがきっとした顔付きで、二人を睨《にら》んだ。周りから哄笑が湧いた。

「未来、こいつら二人はおれたちを腰抜けと嘲笑《わら》ったんだ。口にするのも汚い言葉でな」

親父はぼくに笑いかけた。次の瞬間、親父の躰は一閃して回転し、禿げ頭の大男の顔面に右足の回し蹴りが叩きこまれた。大男の躰はものの見事に人垣の方へ吹き飛び崩れるように倒れた。

それを見た若い男は憤怒の顔になり、親父に後ろから殴りかかろうとした。ぼくは反射的に若い男に飛びついた。同時にはね腰にかけ、一気に男を投げ飛ばした。若い男は床にころがったまま、立ち上がれずにいた。誰かがぼくの肩をつかみ、振り向かせた。ぼくは油断して振り向いた瞬間、ストレートがぼくの顔面に炸裂して、ぼくは床にころがった。ぼくは夢中で起き上がり、殴って来た男に組みつき、足払いをかけて引きずり倒した。倒れたところに馬乗りになり、男の顔面に体重を乗せたストレートを叩きこんだ。

頭をもち上げると、周りでは男たちが入り乱れた大乱闘になっていた。親父も殴り合いの真っ只中に入って、奮戦していた。ぼくも加勢に立ち上がろうとしたところ、後頭部に猛烈な衝撃を受けて床に倒れこんだ。ぼくは奈落に落ちるようにあたりが急に暗くなるのを覚えた。ざわめきが遠くなっていく。

気を失う一瞬、光の中に一匹の黒い揚羽蝶がはばたくのが見えた。ぼくは母さんの蝶だと思った。

26

アデーラの顔がぼくを覗きこんでいた。ぼくの額には冷えた濡れタオルが載っていた。気がつくと、ぼくは見知らぬ部屋のベッドに横たわっていた。

「気がついたか」隣のベッドには父が腰をかけ、リストの人名に見入っていた。親父の顔は殴られたために腫《は》れ上がっていた。

「あれからどうなったのだろう?」ぼくはアデーラにきいた。

「本当にバスクの男たちは仕様がない人たちばかりなんだから」

「未来、おまえは最後は気を失っていたから分るまいが、みんなから、一人前のバスクの男として認められたぞ」親父は嬉しそうに目を細めた。

「あなた、一人で二人の男をのしてたからよ」

アデーラは苦笑まじりにいった。ぼくは照れ臭くてたまらなかったが、反面、久しぶりの喧嘩で日頃の鬱屈《うっくつ》した気分が晴れ、妙にすがすがしい気持だった。

「ここは?」ぼくはあたりを見回した。

「私たちのセイフハウス。安心して寝ていても大丈夫だわ。コーヒー、呑む？」

ぼくはうなずいた。アデーラはそそくさと立ち、部屋を出て行った。

「未来、おまえも強くなったなあ。危うく、おれはノックアウトになるところだった」

「怪我しなかったですか？」ぼくは済まない気持で胸が一杯だったが、口には出せなかった。

「ああ。大丈夫だ。おまえは？」

「──大丈夫です。若いから、治りも早い」

「こいつ、人を年寄り扱いしおって」

親父は白い歯を見せたが、すぐに顔を曇らせた。

「聞いているだろう？　じつは私はこんなところで、ゆっくりしている暇はないんだ」

「知ってます」ぼくはベッドに起き直った。

躰の節々が一斉に悲鳴をあげて痛んだ。ぼくは顔をしかめながらベッドの端に坐った。

「どうするつもりなんです？」

「どうするって？　何をかね」

「本当にバスクの独立をかけて、フランスやスペインが独立を認めなければ、原子炉を爆破するのですか？」

「爆破する覚悟だ。すでにその用意は万端、整っている」

父は決意をこめた重々しい口調でいった。

「どこを爆破するのですか?」

「それはいま明らかにするわけにはいかない。おまえは聞いてどうするというのだね?」

「どうすることもできませんが、ぼくは反対です。計画をやめて欲しいのです」

「私もこんなことはやりたくはない。私としてはやらざるを得ないからそうするのだ。バスク人の無駄な血を流したくないから、危険だが、最後の賭けをするのだ」

「原子炉を爆破したら、それこそ大勢の人間が死ぬでしょう。バスク人も死ぬ。チェルノブイリ事故と同じような、いや、それ以上の大災禍にヨーロッパ全土が巻きこまれる。放射能禍は北半球を被い、地球全体に汚染がひろまり、人類全体に大きな影響を与えるでしょう。それを承知でやるというのですか?」

「未来、おまえにいわれなくても、そうした事態は十分に知っているつもりだ」

「それこそ、バスク人だけでなく沢山の人々の無駄な血が流されることになる。ぼくたちの子孫も、未来永劫《えいごう》にわたって、放射能の被曝《ひばく》の影響を受けることになるでしょう。沢山の肢体不自由児が生まれかねない。生まれながらにして何の罪もないのに、ハンディキャップを背負わされた子供が大量に増加するでしょう。沢山の子がガンで死ぬでしょう。父さんはそれでもいいと思うのですか。バスク独立のためなら止むを得ないと考えるのですか？」

　アデーラが盆にコーヒーカップを載せて現われた。彼女は親父とぼくに湯気の立つカップを手渡し、自分もカップを持ってぼくの脇に腰を下ろした。

「そうしたことまで覚悟したバスク人の独立への悲願を、フランス、スペイン両国は真剣に考えて欲しいのさ。彼らだけでなく、全世界の人々にもバスクを認めて欲しいんだ」

「なぜ、父さんはそれを秘密裏に行なおうとしているのです。政府だけを相手にして独立を要求するより、両国の国民に公然と要求すべきではないですか。国民が逆に政府を突き上げて、バスクの独立の承認を求めるかもしれない。そうすることなしに、国民に考える間も与えず、政府が独立を承認しないというだけで、原子炉を爆破したら、バスク人だけが一方的に責めを負うことになるはずです」

「――我々は回答の期限切れをもって、すぐに爆破するつもりはない。誰にそう聞いたのか分らんが、期限までに回答を出さなかったら、我々はクリスマスの日に両国政府に独立の承認を求めている事実を明らかにするつもりだ。それでなお、我々の要求に応えようとしなかったなら、すべての責任は両国政府にあることを明らかにした上で、爆破を決行するつもりだ。闇雲《やみくも》に爆破するわけではない」

　父は苦渋《くじゅう》のこもった口調でいった。

「アデーラ、きみも同じ考えなのかい？」

「ええ。祖国の独立と自由が得られないのなら、死んだ方がましだわ。これまでバスク人は先祖代々他民族の支配の下《もと》に甘んじて来たのよ。血の債務は、いつかは清算しなければならない」

「——そのために何も知らない人類全体が災禍《さいか》に遇《あ》ってもいいというのかい？」

「いいこと、ミライ。知らないことも罪なのよ。そして知ろうとしないことは責められるべき罪なんだわ。他人の不幸の上に、自らの幸福を築いて、てんとして恥じぬ人間はそれなりの報いを受けても仕方がないと思う」

アデーラは両手をひらいて肩をすくめた。

「未来、この問題はおまえといくら議論してもラチがあかない問題なんだ。もう賽《さい》は投げられたのだ。あと五日のうちにどういう回答が出るかに全てはかかっている」

父は壁のカレンダーの日付を目で追いながらいった。クリスマス・イブまで、あと五日しか残されていなかった。

「いくら、ぼくがお願いしても」

「駄目だね。これはバスクの問題で私個人の問題ではない」

「スペイン政府やフランス政府はバスクの独立を承認すると思いますか？」

「認めさせせねばならない。独立を認めなければ、我々にも彼らにも未来がないことをはっきりと思い知らせなければならんのだ」

父は口ごもりながらも決然とした口調でいった。だが、眉間に皺を寄せた父の顔は事態がそう楽観的にはすすまないことを素直に現わしていた。ぼくは黙ってコーヒーをすすった。

「父さんの命を狙っている連中がいます。殺してでも止めさせようとしています」

「知っている。しかし、私を殺しても、作戦の実行を止めることはできないだろう」

「ぼくはやはり、父さんたちのやり方は間違っていると思うな。ぼくには父さんたちが本当に原子炉を爆破するとは思えないのです。そんなことをしたら、バスク民族は人類に対し、回復不可能な大罪を犯すことになると思うのですが」

「たしかに我々が間違っているかもしれない。だが、これまで多数派の人類が少数派の民族に対し、いつも重ねて来た罪悪の方がはるかに大きいだろう。少数派だからといって、例えばバスク民族がいつも多数派の安寧と幸福のために犠牲になり、がまんしなければならない理由はない。正義は万人に平等に与えられるべきなんだ」

父はぼくをさとすようにいった。ぼくはこれ以上話しても平行線を辿るだけなのが分り、口をつぐんだ。アデーラも話題を変えようとつとめて明るい声で父に話しかけた。

「そのリストに載っている三人の逃亡者について、心当りはなくって？」

父は手にしたリストに目を戻し、ガルドース、クリストーバル、アルヴァーロの名前を何度も口の中でくりかえした。

「どいつがベラスケスですか？」ぼくも身を乗り出した。父は三人の略歴を読み直した。ガルドースは共和派の軍人で、大佐だった人物である。彼は一九四九年にアルゼンチンに渡航し、当地に亡命した後、行方が分らなくなっていた。クリストーバルは共産主義者だった。脱獄後、いったんイギリスに亡命したが、亡命バスク政府と対立し、一九四三年にソ連に亡命。消息を絶った。アルヴァーロは元教師だった。脱獄後からスペインの各地に潜行していた形跡があったが、一九五〇年頃を境に消息が分らなくなった。アルヴァーロは元CNTの執行委員をしていた経歴もあった。

父は三人の正面と横顔の写真を見ながら、かぶりを振った。

「若い時の写真だから、はっきりとは断言できないが、この三人の中にはいないいな」

ぼくは急いで残りの十四人の記録を父に渡した。

「念のため、全部見て。他にも生きている人はいるはずだから」

父は一枚一枚の記録紙を丹念に睨みはじめた。十分ほどで、ひと通り全員の写真に目を通し終り、父は溜息をついた。

「ない。ＥＴＡの執行部にいる幹部たちと似ている人物はいない」

「どういうことなのかしら」アデーラは眉をひそめた。

ベニートはこのリストを入手して、何を考えたのだろうか？　ぼくはあらためて、リストに見入った。ぼくは呻いた。

「巧妙に隠してあるんだ。きっとそうだ」

「ベニートが何かいっていたような気がする」

父は両手で頭を抱えた。

「何と連絡して来たのです？」

「電話だからね。肝心なことは一言も触れなかったが、何かカラクリがあるといっていた。我々が知らないことで、内戦時代の仲間を知っているザビエルなら一目見れば分ることだと——たしかそんな話だった」

「風漢おじさんがいれば……」

ぼくは父と顔を見合わせた。ザビエルが分ることなら、風漢おじさんにもすぐ分ることかもしれない。ザビエルも風漢おじさんも内戦の際、ビルバオ攻防戦で何ヵ月も陣地に立て籠って戦った仲だった。ザビエルは軍医大尉として、風漢おじさんも将校として、大勢の戦友たちと顔見知りだったのだ。

ぼくたちはみんな黙りこくって、コーヒーをすすった。窓の外には雪がしんしんと降る気配がした。ぼくはふと、白根山の麓の山小屋で過した雪の夜を思い出した。あの頃、母さんはまだ元気な時代で、ぼくは小学校の五年生だった。ぼくは、あの時はじめて雪があたりの音まで吸いこみながら降るのを知った。

27

平地では穏やかな降り方だった雪は、山間部に入り次第に標高が高くなるにつれ、凶暴な牙を剝いてぼくたちに襲いかかりはじめた。

ぼくは前を走る車の後を見ながら慎重にフォルクスワーゲンのワゴン車を走らせていた。横なぐりの雪がフロントガラスに吹きつけ、いくらワイパーを動かしていても、見る間に白い雪の被膜が視界を妨げてしまう。ヒーターを最高温にしてフロントガラスに吹きつけたり、手で激しく叩いたりしながら雪を落して、のろのろと雪道を前進した。

ピレネーの峻厳な嶺々はすっかり雪雲に隠れ、切り立った岩肌から吹き下ろしてくる風が雪煙をあげて、行く手に立ち塞《ふさ》がった。すでにパンプローナの町から五十キロメートル以上離れたピレネー山中の山道に踏みこんでいた。

風漢おじさんやマリア、それに父の家族が監禁された場所が分ったのは、ぼくが父に会った翌々日の朝のことだった。ＥＴＡの中に残ったサムの協力者が密かに調べあげ、ピレネー山中の山荘に人質がいると通報して来たのだ。

その山荘は、かつてバスク人の「マキ」のゲリラが潜んでいたこともある。古い歴史を誇る要塞のように堅固な建物だった。冬場は深い雪に閉ざされ、滅多に人も足を踏み入れぬ山間の奥に山荘はあった。

助手席にどっしりと坐った父は、膝の間にソ連製のカラシニコフ自動小銃ＡＫ47を挟んでいた。アデーラも後部座席から身を乗り出すようにして、前方の白い雪の壁に目をこらしていた。

タイヤチェーンの金属音がひっきりなしに響いてくる。山道は谷側の縁に赤い反射板を付けた標識が一定の間隙《かんげき》を置いて雪の上に突き出ているだけの危険な道だった。標識を見落し一歩誤れば、そのまま谷底に転落する。だが、その谷底も降りしきる雪の幕に閉ざされて見えなかった。前を走るジープは白い排気ガスを吐きながら、二本の轍《わだち》を作って走っていく。ぼくはその轍を踏みはずさぬように車をゆるゆると走らせた。走るというよりも、這うようにゆっくりと移動したという表現の方が適切かもしれない。

ぼくは車のハンドルを握りながら、さまざまなことを考えていた。

「父さん、一つだけ訊いておきたいことがあるんだけど」

「何だね。言ってごらん」父は前に気を配りながらいった。

「ぼくや母さんを捨てた本当の理由は何だったのです?」

父さんは口をつぐんで、しばらく何もいわなかった。ぼくは父が口を開くまで辛抱強く待った。父は静かにいった。

「私の手前勝手な我儘《わがまま》からさ」

「――ぼくは母さんの告白を読んだのです。そこには、母さんの側にも訳があったと書いてあった。母さんも、しばらく父さんと離れて暮すうちに、心ならずも好きになった男がいたって」

「知っていたのか」父さんはぽつりと呟くようにいった。

「母さんは――ぼくは子供すぎたので、まるで分らなかったけど――女として生きるか、母として生きるか、相当に悩んでいたようです」

「可哀相に。私のせいなんだ」

「ぼくは初め、父さんがすべて悪いと思っていた。いまは少し考えが違ったような気がします」

「私が悪いんだよ。母さんが悪いんじゃない」

「ぼくはどちらが悪いかなどというつもりはまるで無いんです」

「どうしてかね?」

「ぼくはどちらでもいいのです。母さんは母さんで多分精一杯生きることができたろうと思うからです。母さん、死ぬ時、幸せだったといってました。父さんと短い期間だったかもしれないけど、一緒に過ごすことができて幸せだったと」

「―――」父さんは身じろぎもせず、前方を見つめたままだった。沈黙が耐えがたいほど長い時間、車の中に居坐っていた。

「父さん？」

「うん？」父さんの声は湿り気を帯びていた。

「いまの奥さんと子供たちを愛してますか？」

「愛している」

「誰よりも？」

「ああ。いまは誰よりもだ」

「それで安心した」

「安心？」

ぼくは自分でも、なぜ安堵したのか分らなかった。ただ、父さんの気持が生半可なものではないことだけを確かめたかった。母さんもぼくも生半可な気持で捨てられたのでは嫌だったからだ。ぼくは前を見たまま言った。

「母さんが好きになった人は規夫おじさんではないかな、と思ったのだけど、ちがいますか？」

「――規夫はいい男だ。私の親友だ。いまでも親友に変りはない。私は何とも思っていないと伝えてくれ」

「やはり、そうだったのですね？」

「ある日、彼から手紙をもらったのだ」

　初耳だった。規夫おじさんは手紙に何を書いたのだろうか？　ぼくは父さんの話を待った。

「母さんを本当に愛しているのなら、別れてくれ、とあった」

「――――」ぼくは何もいえなかった。

「おまえも彼によく懐《なつ》いているともな。私は決心した。私と居ては、母さんもおまえも不幸にしてしまう。私はこのまま帰らずにバスクに骨を埋めよう、とな」

　雪が一瞬、吹き上げて、車の前が真白になった。ぼくはサングラスをかけ直し、目尻に湧いた泪を指で拭った。ぼくは父さんの心の底を覗きこんだ思いがした。やはりバスクまで、やって来ただけの甲斐はあったと思った。母さんが規夫おじさんの愛にいったんはぐらつきながらも、結局、なぜ父さんへの愛を貫いたかがようやく分る思いだった。それが母さんにとっての女としての生き方だったのだろうし、同時にそれが母として生きる意義だったのだ。

先刻からぼくたちが日本語で話し合っているのを黙って聞いていたアデーラが、父さんに何の話をしているのか、ときいた。父さんはバスク語で説明した。アデーラは何もいわず、ぼくの肩に手を乗せ優しく叩いた。ぼくはアデーラにバックミラーの中で微笑み返そうとしたが、ぎこちなく口許が歪《ゆが》んだだけだった。

小一時間走ると、前を走っていた車が道端で車を停めた。ぼくもワゴン車をジープの後ろに近づけて停めた。雪は先刻よりは小降りになっていたが、依然として風は地走りとなって吹き寄せていた。

いつの間にか、ぼくたちは谷間を抜け、なだらかな傾斜の山腹に出ていた。

「山荘はここから二百メートル程先にある」

父さんは防寒服のジッパーを上まで引き上げ、毛糸のスキー帽を深くかぶり直した。アデーラも分厚いジャケットを着こみ、スキー用の手袋をつけた。

「おまえはここに残ってなさい」

「――いや行きます。ぼくも銃ぐらいは撃てます」

「駄目よ。あなたは、私たちの友人ではあるけど同志ではないわ。危険なことはしてはいけない」アデーラが真顔でかぶりを振った。

前のジープの両側のドアが開き、防寒服姿の男たちが次々と降りた。一昨夜、テーブルで父さんとカードをしていたホセとミゲルの兄弟、それに前にサン・セバスチャンで一度見かけたことのあるカミーロという若者の三人だった。

三人はぼくたちの車の方にやって来た。アデーラがワゴンの背後の扉を開いて、積みこんであったUZIマシンガンを三人に一挺ずつ手渡した。

「父さん」

「駄目だ。これは我々の戦いだ。おまえまで巻きこむわけにはいかん。おまえに万が一のことがあったら、私は向こうの世界に行っても母さんに申し開きがたたない」

「もう十分にぼくは巻きこまれてますよ。それに人質の風漢おじさんとマリアは、ぼくの大事な友だちだ。アントニオとローサはぼくの弟と妹だ。エルミニアさんは、ぼくにとっては義理の母さんということになる。ぼくも救出作戦に入れて下さい。ここまで来たのは、人質を助けるためで、見物に来たわけではない」

父さんはバスク語で仲間たちに話した。ミゲルとホセは髯面を少し歪ませたが、構わないという仕草をした。カミーロはぼくにちらりと目を走らせたが、無表情のままうなずいた。アデーラはかぶりを振ったが、父さんの説得に渋々うなずいた。

「一緒に来てもいいが、条件がある。私の側《そば》から離れぬこと。私の命令には絶対に服従すること。銃はやたらに撃つな。この山の斜面は、よく雪崩が起こる。これだけ大量の雪がいっぺんに降ると、山の上の急斜面に降り積もった雪がちょっとした衝撃で、雪の重さに耐えかねて大雪崩が起きやすい」

「分りました」

　ぼくはうなずいた。銃の撃ち合いは映画でしか見たことがなかったので、ぼくは武者震いする程、興奮気味だった。

「しっ。静かに」父さんは顔をしかめた。ぼくにエンジンを切れという合図をした。ぼくはすぐにエンジンを切った。急にあたりは静かになった。風の切る音が鳴っているだけだった。みんなは硬直したように、その場に動かなくなった。耳を澄《すま》している。

「どうしたのです？」

「風向きが変った時、車のエンジン音が聞えたような気がしたんだ」

「私も聞いたような気がした」アデーラが谷に耳を澄した。

「方角は？」

「風下だった」アデーラは来たばかりの山道を振り返った。山道は山間《やまあい》を縫うように走っているため、百メートルも行かぬうちに山の陰に見えなくなっていた。

　先刻まで降っていた雪はだいぶ穏やかになり、深い谷間に細かな粉雪がほとんど真横に流れるように降る様子が見えた。視界も利きはじめた。

「――これを持っていろ」父さんはベルトに挟んでいたリボルバーを取り出し、ぼくに手渡した。

「使い方、分るか？」

「ええ」ぼくは安全装置をはずし、引き金に手をかけた。父さんはすぐに銃身をつかみ、人のいない方角に向け、安全装置をかけた。

「安全装置をはずすのは、敵を撃つ時だけだ。それまでは絶対にはずすな。さもないと、自分の足や腹を撃ち貫くことになる」

父さんは厳しい表情で、ぼくのリボルバーを取り上げ、ぼくのズボンのベルトに挟みこんだ。

アデーラがさらに各自に手榴弾のような型のガス弾を配った。ぼくは車から降り、ドアを静かに閉じた。車外は凍るような風が吹き荒れていた。ぼくはジッパーを首まで引き上げ、マフラーを首に幾重にも巻き直した。スキー用の帽子を耳まで被り、ゴーグルをつけた。その上からダウンジャケットのフードを被った。スキー用の手袋をしていても、指先がたちまち冷たくなっていく。

父さんはバスク語で、男たち三人とアデーラに細かな指示を与えた。ミゲルとホセの兄弟は目配せし合った。アデーラはカミーロと組んだらしく、互いにうなずき合った。

アデーラはミゲルとホセにハンディトーキーを配り、自分の肩にも下げた。

「周波数は合わせてあるわ」アデーラはぼくにスウィッチの入れ方、切り方を教えた。

「よし、行こう」

父さんはぼくたちに合図をし、ゴーグルをかけた。ミゲルとホセが先に走り出した。ついでカミーロとアデーラが姿勢をかがめながら続いた。

父さんはぼくについて来い、と手招きした。山道はゆっくりと左に曲っていた。角を曲ると、降りしきる雪の中に、半ば雪に埋った山荘が見えた。山道はだらだらとした上り坂となって山荘の方角に消えていた。

父さんは双眼鏡を取り出し、岩陰から山荘を眺めた。先発した四人は、たくみに雪を被った立木や岩に身を隠しながら山荘に近づいていく。

「山荘には一、二階のほかに地下室がある。私も何度か、あの山荘に籠《こも》ったことがあるから分るが、もし人質を監禁するとすれば、地下室しかない」

父さんは先に立って走り出した。ぼくは父さんの真似をして後に続いた。岩陰から岩陰へ、樹氷から樹氷へと何度もくりかえして走っていると、手足は切られるように冷たいが躰は反対に温かくなってくるのを感じた。

夕方が近づいて来たのか、次第にあたりが薄暗くなっていた。いつの間にか、先を行ったはずの四人の姿は雪の中に消えていた。足跡が途中から山の斜面を登っており、四人は山荘の背後に回りこむつもりなのが分った。

ぼくたちは小一時間をかけ、慎重に山荘の下にまで忍び寄った。山荘は二階の屋根近くまで雪に埋れていた。雪の外に出ているのは二階の石造りのバルコニーと一階の玄関の出入口附近だけだった。二階の屋根の雪に突き出た暖炉の煙突から、白い煙が吐き出されていた。

山荘の前は車が出入りできるほどの庭があり、山荘の隣に車庫があった。車庫には二台の車が見える。一台は見覚えのあるシトロエン2CVだった。ぼくはよくこんな雪深い山奥まで、あのポンコツ車をころがして来たものだと感心した。もう一台は四輪駆動のレンジローバーだった。

ぼくたちは山荘の様子を窺った。時々、バルコニーのガラス窓に人影が映ったが外を見張っている様子ではなかった。

ぼくたちは岩陰に出来た雪の窪みに戻り、坐りこんで待った。あたりはみる間に青味がかった夕闇が迫ってくる。いったんは収まりかけたかに見えた雪も、また激しくなり、風に乗って横なぐりに吹きかけて来る。

じっとしていると体温がみるみるうちに失われていくのを感じた。ぼくはアデーラたちがどうしているのか心配になった。しかし、父さんは寒さに慣れているのか、平気な顔でじっと時が経つのを待っていた。

突然にハンディトーキーの赤い豆ランプが点滅しはじめた。父さんはフードを脱ぎハンディトーキーを耳にあてた。バスク語で何ごとかを囁き合い、腕時計に目をやった。父さんはハンディトーキーを置くと、分厚い防寒手袋を脱ぎ、毛糸の手袋に取り換えた。

「私たちは正面の入口を見張る。出て来たやつをみな大人しく降服させるのが役目だ。相手が抵抗して来ない限りは撃つな」

「どうして出て来るのです？」

「まあ見てればいい」

日がすっかり暮れた。山荘には明りがともった。どこかで自家発電機の音が鳴り響きはじめた。

父さんは無言で、ついて来いという仕草をした。ぼくは父さんについて雪の斜面を這い登った。山荘の窓という窓はぴったりと閉じられ、鎧戸が下りていた。窓越しに音楽が聞えて来る。

バルコニーに登る人影があった。ミゲルとホセの影だった。二人はバルコニーの柱や壁に張りついた。ガラス窓に時折人影が過《よぎ》った。男の影だった。

いきなり、家の中で小さな爆発音が鳴り響いた。父さんは玄関の脇の柱に隠れた。ぼくも、反対側の柱の陰に立ち、リボルバーを構えた。いつでも撃てるように安全装置をはずした。

山荘の中で悲鳴とも叫び声ともつかぬ声があがった。窓の隙間から煙が洩れだした。内から急に窓が押し開《あ》けられ白煙が吐き出された。刺戟臭がある煙だった。盛んに咳きこむ声がした。玄関のドアが慌ただしく開き、シャツ姿の二人の男が飛び出して来た。

すかさず、父さんが飛び出し、二人を雪の中に突きころがした。

「こいつらを見張れ」父さんが叫んだ。

ぼくは雪まみれになって咳きこんでいる二人に銃を突きつけた。二人の若い男は、ぼろぼろ涙をこぼし、喉をぜいぜいさせていた。

二人の躰を探り、ナイフや拳銃を取り上げ、遠くに放った。

バルコニーでガラス窓の破れる音がした。はっとして見上げると、ミゲルとホセが窓から飛び出して来た男を叩き伏せるのが見えた。二階の窓からも、白煙が吹き出している。屋根の上から二つの影が滑り下り、バルコニーに回りこんだ。アデーラとカミーロだった。二人が煙突から催涙ガスを放りこんだのが分った。

ぼくは足許の二人に立つよう命じた。シャツ姿だったので二人は寒さに震え上がっていた。

「仲間は何人いた?」父さんは男たちにきいた。一人が歯をガチガチいわせながら、「三人だ」といった。

「人質は?」

「地下室に入れてある」若い男はぶるぶる震えながら答えた。

アデーラたちは窓や戸を開けて回った。催涙ガスの煙は風に運ばれ、みるみるうちに薄れていった。頃合いを見て、ぼくたちは山荘の中に踏みこんだ。まだ催涙ガスの刺戟臭が残っていて、泪が出てくるが、がまんできない程ではない。

地下室へ降りる入口には分厚い鉄製の扉があって、ガスが下に回るのを防いでいた。父さんは見張りの男から鍵を取り上げると、扉の鍵を解き、扉を開けた。ぼくたちは捕虜たちをミゲルたちに預け、階段を急いで降りて行った。

天井には裸電球が階段や廊下を照らしていた。廊下は静まりかえっていた。ぼくたちは廊下の左右に並んだドアを一つ一つ開けていった。誰もいなかった。

一番奥の突き当りにドアがあった。ぼくはドアの把手をにぎり、勢いよく開いた。いきなり、眩い光が顔にあてられ、ぼくはたじろいだ。一緒にいた父さんとアデーラは素早く、戸口の両脇に身を隠した。父さんがぼくの腕をつかみ引っぱった。

「サム、大人しくしろ」

聞き覚えのあるしわがれた声がいった。脅迫電話をかけて来た男の声だった。

「人質の命が惜しかったら、銃を捨てろ。全員だ」

ライトが消え、部屋の裸電球の明りだけになった。部屋の隅に風漢おじさんやマリア、それに父さんの家族がひとかたまりになって身を寄せ合っていた。

「パパ」男の子と女の子が同時に父さんを見て叫んだ。銃を持った背の高い男が、駆け寄ろうとした女の子と男の子を押し戻した。

風漢おじさんは床に坐り、憮然とした顔で、マリアの肩を抱いていた。マリアは大人びた仕草で肩をすくめた。一人の女が男の子と女の子を引き留め、抱き寄せた。

丸坊主のプロレスラーのような大男が、鼻を手でですった。彼の手の銃は風漢おじさんたちに向けられていた。丸い眼鏡をかけた男が酷薄な笑みを浮べながら、しわがれ声でいった。

「やっと罠にかかってくれたな、サム」

男は手にした革手袋をぱしっと音をたてて、掌に叩きつけた。父さんはあきらめた顔になり、カラシニコフを床に投げ捨てた。

「どうも、事がうまく行きすぎると思ったよ」

アデーラもぼくも、近付いて来た丸坊主のプロレスラーに銃をもぎとられた。

「さあ、お嬢さん。階上の仲間を、下に呼んで来てくれ。銃を見張りに渡した上でな」

丸眼鏡の男は拳銃を抜いて、ぼくたちに向けた。丸坊主の男に腕をとられてアデーラは、階段の方に連れて行かれた。

「これから、私たちをどうするつもりだ?」

父さんは乾いた声でいった。

「きみたちには死刑宣告がでてるのは、先刻承知だろう?」

「私は仕方がない。だが家族や北条さんたちは関係ない。彼らは解放してほしい」

丸眼鏡の男は考えこんだ。

「——いいだろう。人質はもう必要ない。サム、きみたちさえ、捕えればいいのだ」

「それから、その日本人の息子だ。彼も釈放してくれ」

「父さん」ぼくは声を出した。

「息子は我々の仲間でもメンバーでもない。この男の命も助けてくれ」

「しかし、銃を持っていた」

丸眼鏡の男はぼくを睨んだ。

「私の拳銃を護身用に預けただけだ」

「あんたも、わしらをずっと見張っていたのなら、その子がサムの仲間でないことぐらいは分っているだろうが」

風漢おじさんが背後からいった。丸眼鏡の男はまた考えこんだが、ゆっくりとうなずいた。

「よかろう。我々も慈悲のある人間だ。人を無闇に殺すつもりはないからな」

階段に賑やかな靴音が響いた。頭の後ろに両手を組んだミゲルとホセが現われた。その後ろに銃を持った先刻の若い男たちがついて来た。続いて、カミーロとアデーラが手を挙げながら入って来た。しんがりに丸坊主の大男が姿を見せ、また大きな音をたてて、手鼻をかんだ。

「これで、全員おそろいだな」

丸眼鏡は満足そうに笑い、部下たちに地下室から外に出るように顎をしゃくった。

28

「やれやれ、こんな所で再会するとはな」

風漢おじさんはぼやきながら、父さんと抱きあい、無事を喜び合った。ぼくは父さんに紹介され、はじめて奥さんのエルミニアさんや、弟妹になるアントニオとローサに会った。

アントニオもローサも最初は思わぬぼくの登場に戸惑ってはいたが、すぐに馴れて、ぼくを兄さん、兄さんと呼ぶようになった。

戸惑いの点では、ぼくも同じだった。いまの今まで、ぼくは母さんに死なれてから、天涯孤独だと思いこんでいたのだから、突然に血のつながった弟や妹ができ、面喰らったというのが正直な気持である。

アントニオもローサも、目鼻立ちが父さんそっくりの顔をしていた。その点でいえば、ぼくも父さん譲りの顔立ちだから、三人並ぶとたしかに兄弟妹のように見える。

さすがにぼくはエルミニアさんを義母《かあ》さんとは呼べなかったが、彼女も同じようにぼくを息子とは思えなかった様子だった。エルミニアさんはそれほど美人ではなかったが、清楚で聡明な感じの女性だった。彼女は父さんのそばにつきっ切りで、かいがいしくあれこれと世話を焼いていた。明朝には、永遠の別れになるということもあってか、彼女は片時も父さんの側を離れたくない様子だった。

父さんはつとめて明るく振る舞っている様子であった。父さんはぼくの心配そうな顔を見ると微笑みさえ浮べ、「そんなに悲しむことではない。我々は最期《さいご》まであきらめずに窮地を逃れる努力をするから」と逆に励ましさえしてくれた。

部下のミゲルやホセ、カミーロもまったく心配した様子もなく、石の壁に寄りかかり、躰を寄せ合って暖をとっていた。アデーラでさえ、マリアやローサに童話を話して聞かせたりして、明日訪れる運命など、まるで考《ま》えていないかのようだった。ぼくは父さんや彼ら仲間たちの死をも恐れぬ豪胆さを目のあたりにして、舌を巻いた。ぼくには到底できないことだった。

「風漠さんに、ちょうど見てもらいたいものがあるのです」

父さんは例の十七人の脱獄者リストと彼ら一人ひとりの記録をポケットから取り出

して渡した。ぼくは風漢おじさんの傍に寄り、リストを覗きこんだ。

「これは？」

「あの治安警備隊の報告書にあったビルバオ刑務所からの脱獄者リストですよ。その中にベラスケスがいるはずなのです」

「それでベラスケスに相当する脱獄囚はいたのかね？」

「写真を見る限り、いまのＥＴＡ幹部会のメンバーと同じ顔の人物はいないのです」

父さんは苦虫を噛んだ。

「つまり、幹部の中にベラスケスはいない、ということかね？」

「そうなのです」

「しかし、ザビエルは誰かを疑っていたらしいじゃないか」

「ええ。私も、その人物については、ザビエルさんから聞いています」父さんは答えた。

「誰のことだね？」

「エル・ブホでした」

「暗号名では分らんな。エル・ブホは何者なんだ？」

「アグスティン。ザビエルさんはたしかアグスティンと呼んでいましたね」

「ああ、知っている。わしと同じ隊にいた男だ。たしか大尉だった。教師あがりのインテリでな。弁舌のうまい、理論屋だったよ」

ぼくは風漢おじさんの口調に、アグスティンに対して、あまりいい感情を抱いていないのが分った。

「アグスティンは、たしか戦線逃亡した男だったはずだ」

「ザビエルさんもそういってましたね。ビルバオ攻防戦が始って間もなく、行方不明になったはずだと」

「あいつは逃げた男なんだよ。行方不明ではなく、わしらの噂では、やつは敵に投降したのではないか、といっていたものだ。そんな男が、よくもＥＴＡの幹部にまで成り上がったものだな」

風漢おじさんは吐き捨てるようにいった。

「ザビエルさんも同じようなことをいってましたよ。それに、アグスティンは彼の本名ではないはずだっていってましたね」

「たしかにそうだ。やつはレーニンやスターリンを意識していたんだ。レーニンもスターリンも本名ではなかったからな。やつも、アグスティンで売り出そうとしていた」

「彼の本名を御存じですか。ザビエルさんは、それを気にしていたのです」

「──思い出せんなあ。しかし、どうしてザビエルは彼の本名を気にしていたのだ？」

「報告書を読みましたか？　あの中にビスカヤ県の地下活動がベラスケスの働きで潰

滅させられる話があったでしょう？」

「うむ」風漢おじさんはうなずいた。

ぼくもその話は覚えていた。

「あの弾圧をかろうじて逃れた人が、ベラスケスにあてはまる指導者を覚えていたのです。その人によれば、アグスティンはその問題の男によく似ていた、と。しかし、名前が違っていたらしいのです」

「──忘れたな。やつの本名など、聞いてはいたが、思い出せないな」

風漢おじさんは老眼鏡をかけ、暗い明りの下でリストに目をやった。読みにくそうだったので、ぼくが代りにリストに並んだ名前を読み上げた。

アルヴァーロの名前を読んだ時、風漢おじさんは、ぼくの腕を押さえた。

「それだ。アルヴァーロだ。アグスティンの本名はアルヴァーロだよ」

「しかし、写真はいまのアグスティンには似ても似つかぬ男ですがね」

父さんはアルヴァーロの記録がプリントされた紙を差し出した。風漢おじさんはそこに写っているアルヴァーロの顔写真を見た。風漢おじさんは頭をふった。

「この写真の男はアルヴァーロとは違う男だよ。この男も知っている。わしの隊にいた戦友でな、サルバドールという男だ。サルバドールは優秀な狙撃兵でな。敵の捕虜になるまでにだいぶ敵の将校を射殺した。それで、敵に捕まった後、銃殺刑にされたはずだ」

　父さんは顔写真に見入った。

「どうして、写真が間違って使われているのです？」

　ぼくは風漢おじさんにきいた。

「決ってる。アグスティンは、自分の過去を調べられても、アルヴァーロとは分らぬように工作したんだ。もちろん、治安警備隊が写真を入れ替えたのだろうがね」

「ベニートは多分、そのカラクリに気づいたんだ」ぼくは呟いた。

「そうだろうな。北条さん、ありがとう。これで父や母を殺した犯人も分ったし、ETAに潜りこんだスパイも、明らかになりました。これで長年の仇を討てます」

　父さんは風漢おじさんの手を握った。風漢おじさんは溜息をついた。

「しかし、ここに閉じこめられていてはなあ。まったく手も足も出せないじゃないか」

「大丈夫なのです」父さんは自信あり気に笑った。父さんはミゲルとホセに声をかけた。ミゲルとホセはズボンの裾をまくり、足首にくくりつけてあった細身のナイフを抜いた。

　カミーロはドアに忍び寄り、廊下の気配に耳を澄し、ＯＫのサインを出した。アデーラも起き上がると太いベルトを引き抜いた。ベルトの裏に帯状にしたプラスチック爆弾が貼りつけてあった。父さんもズボンをめくり、足首にくくりつけてあった軍用ナイフを引き抜いた。

父さんはつかつかと石造りの壁に歩みより、手であれこれ探っていたが、やがてナイフの刃先を石と石の隙間に差しこみ漆喰をはがした。

「ここだ」

ミゲルとホセが歩み寄り、父さんが指示した壁石の周りにナイフの刃先を入れはじめた。

「何をしている?」風漢おじさんは首をかしげた。

「この山荘には外への秘密の脱出路があるんです」

父さんはにこやかに笑った。


ぼくはうとうととまどろんでいたらしい。扉の鍵があけられる音に、ぼくは目を覚した。時計を見た。午前九時過ぎになっていた。大男が扉を開けた。

「お休みのところを悪いが、人質の皆さんには、お引き取り願おうかな」

丸眼鏡の男が現われ、毛布にくるまって寝ているみんなに声をかけた。サブマシンガンを構えた見張りの若い男たちが、扉の両側に立った。

ぼくは父さんの手を握り、別れの挨拶をした。父さんはぼくを抱き寄せ、背中を叩いた。

「達者でな。元気でやれよ」

「父さんも」ぼくは、それ以上言葉が詰まって出て来なかった。

ついで、ぼくはアデーラと握手をした。

「また会えるかい？」

「神様の思し召しがあれば」

アデーラは首から金の鎖のネックレスを外し、ぼくに手渡した。

「きっと会える。これを私と思っていて」

小さな十字架が金色の光を放っている。

アデーラはまたぼくの頬を両手で挟むと、ぼくの唇にキスをした。

「あのパブでのあなた、素敵だったわ」

アデーラは微笑んだ。マリアがぼくの腕を引いた。

「私、この前の悪口、訂正するわ」

「悪口？」アデーラは首をかしげた。

「あなたのこと、危険な女、嫌な女っていったけど、ちがったわ。私あなたに、嫉妬していたの。あなたはとっても優しいお姉さんだった」

マリアは背伸びをして、アデーラの頬にキスをした。父さんはアントニオとローサとを抱き、エルミニアに別れのキスをしていた。ぼくはもう一度、アデーラを見た。

「さようなら」アデーラがいった。

「さあ、もう時間切れだ」

丸眼鏡の男が大声でいった。ぼくたちは父さんたちに別れをつげ、廊下に出た。背の高い男の案内で、ぼくたちは階段を登った。

外はあいかわらず、どんよりと雲が低くたれこめた曇り空だった。風はほとんど吹いていなかった。

エルミニアと二人の子供たちは、ジープに乗せられた。若い見張りの男が運転席に乗りこんだ。ぼくたち三人は、シトロエン2CVに乗った。

「山を下りるまでは案内する。国道に出たら、きみたちの自由だ」

丸眼鏡はにっと笑った。ぼくは風漢おじさんと顔を見合わせた。いま頃、父さんたちは脱出路にもぐりこんでいるはずだった。

ぼくはエンジンをかけた。ジープが轟音をあげて雪道を走り出した。ぼくはジープの後を追って走り出した。雪は昨日よりも深く積っていたが、表面の雪の下は硬く凍りついたので、走り易かった。

ゆるゆると下る坂をエンジンブレーキをかけながら下って行った。風漢おじさんが腕時計を見ながら、「そろそろだな」と呟いた。

マリアが窓から山荘を振り返った。丸眼鏡の男たちが、まだぼくたちの方を眺めていた。

山腹の山道を下り、ワゴン車やジープを乗り捨てたカーブに差しかかった。

前を行くジープがゆっくりと停った。車の前に人影があった。銃を構えていた。

ぼくはジープの後に車を停めた。昨日、乗り捨てたワゴンとジープは、すっかり雪を被っていた。その背後に十数台の軍用ジープやトラックが駐車していた。兵隊たちがトラックから降り、待機していた。

車に見覚えのある大男が歩み寄って来るのが見えた。防寒服を着ているので、一回りも二回りも大柄に見えたが、顔はマルコだった。マルコはぼくたちににやっと笑い、挙手の礼をした。

「どうして、ここが？」ぼくはきいた。

「きみたちの車をずっとつけていたのさ」

マルコは肩をすくめた。

「きみたちのお陰で、サムを捕えることができそうだよ。サムはあの中にいるのだろう？」

マルコは山荘を指差した。

「いるにはいるけど——」

いきなり山荘の方角で小さな爆発音が起った。振り返ると、山荘から黒煙が吹き出しはじめていた。マルコが顔をしかめた。マリアが悲鳴を上げた。

白いカモフラージュの戦闘服を着た兵士たちが一斉に山道を駆け登りはじめた。マルコは双眼鏡で山荘を見上げた。

地鳴りのような轟音が湧き起った。山荘の背後の斜面にあった雪がゆっくりと盛り上がりやがて崩れ落ちて行くのが見えた。ぼくは車から降りた。大雪崩は猛烈な雪煙をあげながら、山荘に向って殺到して行く。

山道を登りかけていた兵士たちが一斉に戻りだした。その間にも雪崩はさらにまわりの樹々や岩をなぎ倒し引きずっては山荘に突進した。

やがて山荘は滝のように襲いかかる雪崩に呑みこまれた。雪崩はそのまま谷底に地響きをたてて落ちこんで行った。あとには雪煙がもうもうと立ちこめているだけだった。

地響きは長く尾を曳き谺《こだま》となって谷を渡って行った。それは地鳴りのようにいつまでも轟いていた。雪煙は次第に収まりだし、しばらくして、ピレネー山脈は、また何ごともなかったように静けさを取り戻して行った。

ぼくたちは呆然としてその場に立ち尽くしていた。

29

パリに新しい春が巡って来た。

ぼくは、ある晴れた穏やかな日に、シャルル・ド・ゴール国際空港から東京に向けて飛び立っていた。

あのすべてが雪崩とともに終った日の後のことを話しておかなければならないだろう。

あの大雪崩の爪跡には、それこそ木片一つも残っていなかった。雪崩はすべてを呑み尽し、ピレネーの深い渓谷の中に人も建物も、そして記憶とか愛とか、人生といったあらゆるものを引きこみ消し去ってしまった。

父さんたちがはたして脱出路を使って、うまく逃げおおせたかについても、定かではない。雪崩の跡を軍隊や警察官たちがいくら調べてみても、脱出路の穴を見つけることができなかったし、いまとなっては本当に脱出路があったかどうかすら、怪しくなっている。

ただ、これはあくまでぼくの直感であるにすぎないのだが、父さんたちはうまく逃げのびているのではないか、と密かに思っている。ひょっとすると、これは単なるぼくの願望にすぎないかもしれないが、いくつか、そうではないかと思える一連の出来事が起っているからだ。

一つは十二月二十四日クリスマス・イブを期限とする風の旅団による「原子炉爆破計画」についてだが、その後、スペイン、フランス両国政府が何ら回答や声明を出した様子もないのに、原子炉爆破は実行されることもなく、いまの今まで――三月までだが――過ぎていることだ。

二つには今年一月の半ば過ぎのこと、マドリードで一人の男が車ごと爆弾で吹き飛ばされた事件が起った。死亡した男は七十七歳の高齢ではあったが、ＥＴＡの影の指導者といわれた人物で、名前は通称エル・ブホ、本名はアルヴァーロとあった。

三つには、ＥＴＡが今年二月に再統一されたという観測記事がフランスの新聞に報じられたことだ。その記事によると、路線の違いから一部急進派がＥＴＡから分裂し、風の旅団を名乗って、独自のバスク独立運動をしていたが、風の旅団の指導部がバスク人民からあまりに遊離しすぎた行動を取りすぎたと自己批判をし、ＥＴＡに復帰したというのである。

ぼくはこれらの出来事が相互に決して無関係なものではないだろうと思っているの

だ。きっと父さんたちは生き延び、新しくＥＴＡの運動のやり直しをはじめたのだ。

エルミニア義母《かあ》さんと、新しい弟アントニオと新しい妹ローサについても話しておこう。エルミニア義母さんたちは、その後、パンプローナに戻ると、新しい家を構え、ヘノベーバ婆さんたちと一緒に暮すようになった。

ぼくはいずれ大学を出て、働き出したら、きっと弟や妹を日本に呼び、日本の生活や文化も学んでもらおうと思っている。

風漢おじさんとマリアはパリに帰ると、以前と同じ様な生活に戻って行った。マリアは今年の春からパリの舞踊学校に入学する心づもりで勉強している。多分マリアなら踊りのセンスがあるから、学校に楽に入学できるだろうと思う。

風漢おじさんはあいかわらず、気が向くと街頭に立ち似顔絵を描いたり、絵をサンジェルマン通りに並べて、その日その日を気ままに暮している。ぼくも年をとったら、風漢おじさんのような暮し方も悪くないな、と思ったりしている。

そして、ぼくのことだ。ぼくは昨年の秋から今年の冬にかけての半年間の冒険の旅で、自分でいうのも変な話ではあるが、だいぶ大人になったような気がする。もちろん、ぼくはまだ十七歳だし、わずか十七年間だけの人生経験しかないのだけれども、人間を見る目が大きく変ってしまったと思う。

ぼくは自分が何であるのか、まだはっきりとはつかめないが、おぼろげながらも分りかけてきた。これからも、自分とは何かを考えて行こうと思うのだが、その点で、父さんの生き方はぼくにとって衝撃的であった。もちろん、ぼくは自分がバスク人ではなく、日本人であるところから出発するつもりなので、父さんのようになるつもりはない。だが、生きて行く上で、父さんのように生きることも大事なことなのだ、ということだけはよく分った。

ぼくはだんだん地上を離れて行く飛行機の機上で、舷窓に顔を押しつけながら、風漢おじさんやマリアとの冒険の旅を、懐かしく反芻していた。そして、時々、夢にまで見る愛しいアデーラ。ヘノベーバ婆さん、バシリサ婆さん、ラモン、フランシスコ……みんな心優しい人たちだった。いまではあのマルコやフェデリーコでさえそう思えてくる。

「きっと会える。これを私と思っていて」

アデーラの声が耳の奥に残っていた。ネックレスの十字架を握った。

きっと会える。いまはそう信じるしかない。アデーラは運命の女なのだから。

目を閉じると、大音響とともに崩れ落ちてくる大雪崩が目に浮んでくる。あの雪崩を見ていた時、ぼくの心の眼にはじつは別の光景が映っていた。それは、母さんの死を聞いた時、一瞬、垣間《かいま》見えたモノクロのネガフィルムのような陰画の世界だった。

黒々と盛り上がり、山荘を呑みこんで黒い雪崩がやがて、一つの塊となって、空に昇り出す。その塊は次第に巨大な翼をひろげた鳥となり、大きくはばたきだすと天空に向って一気に飛翔していくのだ。

　ぼくはその鳥と一体になり宙に舞い上がる。ぼくがあの時、立ち尽くしていたのは、翼をつけたぼく自身が宙にぐんぐん舞い上がっていく様を見つめていたからだった。ぼくは飛ぶ快感に酔っていたのだ。

　その幻は一瞬だったために、かえって鮮烈に思い出せる。あの幻はいったい何だったのだろうか。

　ぼくはそんなことを思いながら、いつの間にか、深い眠りに引きこまれて行った。

　ぼくはうとうとしながらマリアが話してくれた目のない魚たちの話を思い出し、あの魚たちはどんな夢を見るのだろうかと考えていた。

解説

斉藤　日出治
（大阪労働学校・アソシエ副学長）

かけがえのない家族の死、それは誰もが経験するように、世界ががらがらと崩れ去るような衝撃を受ける出来事である。とくに若い年で経験する家族の死はそうである。だがその衝撃は、自己の中にはらまれた新しい生命が翼を広げて飛び立つ契機にもなる。

高校を自主退学した一七歳の新城未来は、たったひとりの家族である若い母を白血病で喪う。母は、広島で原爆が投下されたときに防空壕で産み落とされた被曝者であった。未来は母の喪失を機に、行方不明の父がスペインのバスクにいることを知り、自分と母を見捨てた父を追って日本を脱出する。

父はなぜバスクに行ったのか。未来の祖父新城兵馬は、一九三七年にスペインの人民戦争に参加し、バスク民族の自治と解放を求めて戦うなかでバスクの女性戦士ドローレスと結ばれ、そのあいだに生まれたのが父の誠だった。兵馬は誠を日本に戻した後バスクに引き返し、そのまま行方不明になる。成長した誠は行方不明になった父兵馬の消息を尋ねてバスクに渡る。兵馬のつれあいのドローレスは裏切り者に事故を装って殺害され、兵馬も裏切り者によって警察に引き渡され獄中死した。それを知った誠は兵馬が担った俗称サムと呼ばれるバスク民族解放戦線のリーダーの役割をみずから引き受ける。

新城未来は、祖父の友人の画家北条勇人を頼ってパリに渡り、北条勇人の義理娘でベトナム難民のマリアとともに、フランス領バスクの諸都市からスペイン領バスクの諸都市へと、父と祖父の消息を尋ねて旅を続ける。そして、この旅を通して日本人であると同時にバスク人であるという自分のハイブリッドなアイデンティティのルーツを知るようになる。

バスクの混血児を描くこの作品は、荒唐無稽な空想小説なのであろうか。

この作品には、未来の祖父兵馬がバスクの自由と自治のために闘った一九三〇年代、父の誠が自分のつれあいと生まれたばかりの未来を置き去りに祖父を探しにバスクに渡った一九七〇年、そして小説の物語が現在形で進行する一九八七年時点、という三つの時代が地質の成層のようにして重ねられ、主人公の新城未来が、自分の複合的アイデンティティをその歴史的成層の厚みの中で自己認識していくかたちで物語が展開する。

本作品にとって鍵を握る人物は、未来の父親の誠である。兵馬の遺志を継いでバスク解放戦線のリーダーとなる誠の生き様は、作者の森詠自身が青春を生きた一九六〇年代の時代状況から生み出された。バスクの血を引く誠の混血性には、ベトナム戦争、冷戦体制、世界的な学生叛乱、フランスの五月革命、東欧の民主化闘争、黒人解放闘争などに揺れた一九六〇年代の世界史的状況と向き合うなかで青春を燃焼させた著者の国際的な歴史感覚が投影されている。

著者は一九六〇年代の青春時代に培った歴史感覚で一九三〇年代を振り返る。そうすると、この世界戦争の時代が、日本と欧米諸列強が植民地の争奪をめぐって貪欲な争いをくりひろげた帝国主義戦争の時代であると同時に、列強の帝国主義体制そのものをくつがえして民衆が自由と自治を勝ち取るために闘った解放戦争の時代でもあったことがみえてくる。息子の誠（未来の父）が自分の父兵馬を見るまなざしは、この作者自身のまなざしから発したものにほかならない。

一九三〇年代に日本人は雪崩を打ってアジアの侵略戦争に邁進し、力尽くで奪い取ったアジア諸地域の利権を欧米諸列強から守ろうとして「大東亜戦争」に突進していった。兵馬はその道からひとり脱して、イベリア半島の一地方における民衆の自由と自治を求める闘いにみずからの生きる道を見いだす。その三〇年後に、誠はその父の生き方を踏襲する。

兵馬の生き方にも、兵馬を見る誠のまなざしにも、著者の一九六〇年代に培った青春時代の経験が投影されている。著者は別作『夏の旅人』でも、一九六〇年代の自己の青春時代にはぐくんだこの国際的な歴史感覚を一九三〇年代にさかのぼらせて、スペインの人民戦線に参画する日本の若者の生き様を描いている。

本書の末尾で、主人公の未来は「父さんのように生きる」と決断するが、この決断は、過去の歴史的成層のなかで現在の自己をとらえかえしてほしいという、著者が若者世代に託したメッセージにほかならない。三代にわたる混血のアイデンティティのルーツをたどる新城未来の旅は、私的個人の系譜をたどる私小説ではなく、三つの時代の重層的な歴史構造に裏づけられた社会的個人の自己認識の道程として読まれなければならない。

本作品をこのように受け止めるとき、この作品は読み手に対して鋭い問いかけをはらむことになる。「満州国」を偽造し中国侵略戦争に邁進しやがてアジア全域の植民地支配と侵略戦争へと突き進んでいったこの国の一九三〇年代とは、現代の若者世代の祖父あるいは曽祖父たちがアジアの諸国・諸地域に対しておびただしい暴力と犯罪を行使した時代であった。日本軍は無抵抗な農民を乳幼児や女性や高齢者を問わず殺害し、女性を強姦し、家畜・米を略奪した。無差別の空爆をくりかえし、細菌を空からばらまき、生きたままひとの肉体を切り裂いた。

当時生きていなかった現在の日本社会を生きる日本人は、この日本がおこなったおびただしい犯罪行為と無関係なのであろうか。そのように言い張る政治家がいる。二〇一五年に出された安倍談話は「あの戦争には何の関わりのない、私たちの子や孫、そしてその先の世代の子供たちに、謝罪を続ける宿命を負わせてはなりません」と言い放つ。森詠の作品は、このような政治家の薄っぺらな歴史感覚に痛撃を浴びせる。わたしたち一人一人の存在は、無数のひとびとの幾重にも成層化された時代の重なりに支えられているのであり、そのことを認識して生きることこそが真に生きる、ということではないのか、と。歴史の成層から切断された純粋無垢なわたしがあるのでも、「真性なる日本人」があるわけでもない。そのような抽象的自我の想定は、テレビに溢れる日本スゴイ論の大合唱の渦に容易に流されていく。ちまたに溢れる日本人の物語に抗して、歴史の厚みに裏打ちされた歴史的個体の自己形成の物語をわたしたちはここに見る。

本書は、一九九二年四月に講談社から刊行された『冬の翼』を、再編集し、文庫化したものです。

本作品はフィクションであり、実在の個人・団体などとは一切関係がありません。

文芸社文庫

冬の翼

二〇一七年十月十五日　初版第一刷発行

著　者　森　詠
発行者　瓜谷綱延
発行所　株式会社　文芸社
〒一六〇-〇〇二二
東京都新宿区新宿一-一〇-一
電話　〇三-五三六九-三〇六〇（代表）
〇三-五三六九-二二九九（販売）

印刷所　株式会社暁印刷
装幀者　三村淳

ISBN978-4-286-19172-0